田園閒事

6 完

文創風 170

莞爾 著

目錄

第一百零一章

崔敬平拿到銀子後，便開始在羅里正處買地備註，準備將崔薇對面的一大塊荒矮坡給買下來，建成房院。他手裡有銀子，背後又有聶秋染的名頭撐著，事情辦得便是很快，剛剛十二月初，便將地給買了下來。

這要建房，自然又是要請村裡人來幫忙的，小灣村的人這幾年對崔薇都很是感激，幾乎每年快要到過年的時候，崔薇家這邊便有活兒招眾人做。這一年小灣村的人過得都不錯，這回崔敬平一找人來建房子，自然許多人都回應起來，甚至許多鄰村的都過來幫忙，一時間崔薇家對面倒是熱鬧了起來。

崔敬平這回買的地十分大，因為是荒坡，之前沒人肯買這地方的，若要建房，還得先花銀子使人將這小坡給鏟了去，自然划不來。若不是崔敬平想離崔薇近一些，他也不可能在這邊買地建房，村裡什麼都不多，就是這樣的荒坡不少，價格也便宜，十兩銀子便能買極大一片。這會兒崔敬平乾脆將地方全買下來，想把崔世福那邊的房子到時也建了圈在自己家這邊，他買的地方不小，索性也給崔薇移了一截地方出來，因此過年前，崔薇家裡也開始跟著拆了準備重建起來，再弄得大一些。

看多了自己娘楊氏跟大嫂王氏鬧騰房子的行為，崔敬平在劃分地時索性請羅里正做了見證，將劃給崔薇的便給了她那邊，免得往後自己成了親雖說能壓著媳婦兒一些，可也怕到時娶的婦人不是知根知底的到時鬧將起來。

這廂崔家裡四處忙得熱火朝天，那頭聶家裡孫氏一邊詛咒著崔薇，一邊開始給兒子聶秋文張羅起婚事來，聶晴的婚事也在尋找之中，忙得不亦樂乎。

上回孫氏跑崔家去鬧的事，不知怎的，到底還是被人傳了些眉目出來。村裡便有人背地裡說聶秋文是個賊娃子，而孫氏教出了這麼一個兒子，自然是沒有臉出門見人。

孫氏恨崔薇恨得半死，可是這會兒也拿崔薇沒有辦法，幸虧崔敬平建房子的事情大，將聶家尋親的事壓下了一些，孫氏心裡才好受了不少。只是她原本不想娶孫梅的，她認為孫梅配不上自己的兒子，但如今村裡她名頭壞了，就連媒人想要為她作媒的，也怕到時引了眾怒，只做她這一家往後別人不找自個兒，因此沒人肯與聶秋文搭線，她也只有逼於無奈，開始向孫家提起親來。

雖然孫家不願意將孫梅嫁給聶秋文這樣一個沒有出息的，不過孫梅現在年紀不小了，她跟聶秋染同年，只比他小幾個月，如今都已經十八歲了，哪裡還拖得！

村裡人人都說孫家養了個老姑娘，再這樣拖下去，孫梅下頭的弟妹都嫁娶不得，也唯有將姑娘嫁到聶家來了。不過一個娶得不樂意，一個嫁得也不痛快，這門親沒有結成兩家之好，反倒是結出了兩家之怨來，好在兩家人表面目的都是一致的，因此趕在過年前，便將聶秋文的婚事給定了下來。

辦妥了兒子的婚事，孫氏這會兒便想到崔敬平如今買的地建的房，人家都說崔敬平現在發財了，越是有人誇著崔家，孫氏那心裡便越跟貓抓似的，她這會兒鬱悶得要死，那銀子本該是她的！可是崔薇這死丫頭，吃裡扒外的，竟然不給婆家還貼補娘家！

上回被崔薇一打，孫氏恨得心都發紫了，但她卻不敢說出去，一來沒臉面，二來聶秋文的把柄還在那兒，若是自己說了崔薇的閒話，誰知道那個膽大包天的死丫頭，敢不敢將自己兒子抓起來送衙門？

孫氏心裡又氣又恨，還帶著妒忌，而此時的楊氏心裡也不好受得很。

楊氏眼睜睜的看著崔薇如今發了財，日子越過越好，再想想自個兒，如今家不成家，整個家支離破碎的。雖然有三個兒子，可老大孝順她有什麼用，老大手裡變不出銀子來；老二是個殘廢的，如今生活不能自理，還得要她去侍候著吃喝，一把老骨頭了還要替他做著養他；老三倒是有出息有銀子，可他有錢自個兒建房，要分出去單過還沒跟楊氏說一聲。

楊氏心裡的滋味自然不用再提，別說是她，就連王氏也是氣得不行，見天地便與崔敬懷說些閒話。

一大早的聽著隔壁那些打石頭「叮叮咚咚」的響聲，王氏便氣不打一處來，陰沈著臉坐在院子裡頭，如今正值冬天，又有幾天快過年了，地裡農活不多，王氏也不用在地裡做事，只陪兒子在院子裡玩耍著。

楊氏抱了柴進來，看到王氏這懶散的模樣，頓時氣不打一處來。「眼見著天色不早了，妳還在這兒坐著幹什麼，難不成還要等妳男人回來給妳做飯吃？」

「他又不會回來吃，只在隔壁吃香的喝辣的，我煮了有什麼用！」王氏眼皮一翻，頭也沒抬便頂了楊氏一句嘴。

王氏說話一向不經大腦，哪句痛快便先說哪句，就算事後後悔，可這個性格卻也是一直都改不了。她這話音剛落，楊氏面色頓時就變了。

王氏這才心裡暗暗後悔，連忙拍了拍兒子的肩膀，示意他自個兒去玩耍了，這才老老實實地湊到了楊氏身邊，低聲道：「娘，我錯了，可是您也知道我的性格，也不是成心的，我就是氣不過！」

王氏說完，眼珠轉了轉，看楊氏手已經抬起來了，一副想要打她的樣子，頓時眼皮不住亂跳。

「娘您想想，四丫頭這樣多銀子，聽說比潘老爺也是差不到哪兒去了，三郎如今買了地又修房子，我估摸著，他手上恐怕有好幾十兩銀子哩！說不準還花不完，都是一個爹娘養的，四丫頭憑什麼只幫三郎，卻不管咱們家大郎？要知道崔佑祖還是她的親侄兒哩！這事不能這樣算了！」王氏本來是想鼓動楊氏的，誰料最後她自個兒越說卻是越火大了起來，恨恨地握了握拳頭，一臉氣憤。

楊氏瞧她臉色不對勁，冷笑了一聲，「啪」地一耳光抽得王氏身子都險些轉了半圈。

「妳腦子沒毛病吧？三郎也是我兒子，妳現在在我面前下他絆子，妳是不是吃飯吃傻了？」

王氏眼前一陣金星亂冒，心裡氣得快要吐血了，面上卻是強行露出一絲笑容來，看楊氏伸手還要打自己，頓時伸手便將她那隻抬起來的胳膊給抱住了，一邊焦急道：「娘，娘，您聽我說！二郎現在腿腳不便，孔氏又死了，二房便是絕了香火，您往後難不成只有三郎不管二郎了？若是您讓三郎拿些銀錢出來，給二郎看病也好，您也知道三郎跟二郎都是您一個肚皮裡爬出來的！」

王氏好歹機靈了一回，說的話正巧提到了點子上，楊氏原本還想打她的手，頓時便停了下來。

楊氏婆媳二人這廂在院子裡商議著事情，而崔薇則是做了飯菜準備去隔壁喚了崔敬平與聶秋染二人回來吃飯。

崔敬平那邊宅子最近才剛將地基給弄好，雖說人多力量大，但到底時日短了些，這會兒還沒能住人，因此他吃飯還是在崔薇這邊。崔薇這邊房子雖然拆了些，但好在仍剩了一間房沒拆，準備再建好一間房時才挪這邊的過去。

她剛解了圍裙出門時，遠遠的便看到不遠處楊氏正拉著崔敬平在說什麼，等到走得稍近了些，便依稀聽到楊氏在與崔敬平說——

「……到底也是你二哥，你也不想瞧著他去死……銀子……」

崔敬平滿臉平靜之色，倒是楊氏拉著他在說個不停，崔薇一聽到「二哥」的字樣，頓時心裡大怒，連忙走了幾步上前，沈了臉也沒去看楊氏，只是喚崔敬平道：「三哥，回來吃飯了。」

她這樣一副不將楊氏瞧在眼裡的姿態，令楊氏心裡很是不舒服，故意拉了崔敬平也大聲道：「三郎，你今年年紀不小了，也該到了說親的時候，你姨母家的大丫表妹，你還記得吧，你姨母有心想與咱們做個親家，來個親上加親……」楊氏一邊說著，一邊拿眼神往崔薇這邊看。

崔薇頓時笑了起來。「咱們三哥，可不是什麼香的臭的都要往家裡扒拉的。」

崔薇這話沒有指名道姓的，不知為何，她沒有如楊氏所想的一般發怒，但崔薇這樣笑著，卻令楊氏心中更加不舒服。

楊氏頓時沈了臉便道：「我自個兒的兒子，自己知道，天底下婚姻大事都是由父母作主的，不像有些不知羞恥的，自個兒便將婚姻大事給定下了。三郎，你可不要學某些不要臉的人那般了！」

若說以前楊氏對於崔薇還多少有些不自在，如今便是真正與崔薇撕破臉皮了，她將崔敬忠被剔了膝蓋骨的事怪到崔薇身上，這會兒恨她入骨了，說話時便專揀了那刻薄的來提。

只是楊氏這話說得倒是痛快了，但崔敬平臉上卻是露出一絲寡淡的神色來。「娘，我的事，我自己心裡有數，我要先去吃飯了。」

崔敬平這會兒是聽了出來，楊氏為了跟崔薇賭氣，若是自己順著她的心意，恐怕她真要將自己的婚事給定下來的，到時有可能真像崔薇所說一般，她昏了頭香的臭的都會往自己這邊扒拉。

楊氏的目光從她挑的兩個兒媳婦便能瞧得出來，崔敬平如今手裡有銀子了，買幾畝地自己就是成天坐著只等收租也夠他花銷了，不像旁人還要辛苦種田，他又出去見過世面，以前打交道的許多都是大戶人家的丫頭婆子們，眼光自然養刁了，楊氏所說的那個曹大丫，他還真是看不上。

本來以為自己的兒子應該是會站在自己這邊順著她的話提的，誰料一句話說出口，崔敬平卻是表現得與楊氏並不親熱，楊氏頓時吃了一驚，臉上僵了僵。

楊氏想到崔敬平以前跟自己撒嬌癡纏的樣子，想來竟然像是上輩子的事情一般，她約莫記得，崔敬平真正跟她疏遠，便是當日崔薇離家時，她為了拆崔薇房子，哄了崔敬平離開那一趟之後，這小子一跑出去便沒了影兒，後來回來整個人便變了模樣，從此跟她再也不親了。

一想到往事，楊氏眼圈登時紅了大半，乾脆抹著眼淚哭了起來。「我也是為了你們好，難道我這當娘的心，那死丫頭不明白，你們還不懂嗎？」

崔薇一聽這話，頓時便冷笑。楊氏對崔敬平幾人恐怕真有可能是一片慈母心，從她為崔敬忠的事如今熬成這般便能看得出來，但她對女兒可稱不上什麼好母親，完全是將她當成免費的傭人在瞧了，一天到晚的讓以前的崔薇做事，最後生生將女兒熬死了。

現在的她又不是自己想占崔薇這個身子的，她可不欠楊氏什麼，甚至就是這具身體，後來也是花了銀子買斷了楊氏的念想。現在楊氏擺出這副模樣，崔薇冷眼看著，半點兒沒動容之色。

她不是楊氏真正親生的閨女，對楊氏這副哭哭啼啼的神色沒什麼動搖便罷了，可崔敬平神色也是冷淡得很，乾脆當著崔薇的面便問楊氏道：「娘想要我做什麼？若是想給二哥治病，我可以拿些銀子出來，但這些便算是往後替娘養老了，再多我是一分銀子也沒了。娘自個兒要想清楚，我可不是當初娘隨意哄哄便會相信妳話的無知小兒了。」他神色極淡，不過這話裡到底是透出了幾分對楊氏的怨懟來。

楊氏聽得一呆，像是有些不敢置信一般，半晌之後才道：「你怎麼變成如今這樣子了？那屋裡躺著的，可是你二哥，我可是生養你的娘！」楊氏一邊指著崔敬忠房子的方向，一邊捶著胸口開始哭了起來。

崔敬平微微笑了笑，也沒伸手去扶她，只是認真道：「二哥可沒將我當成弟弟過，我可不想像二嫂一般，往後被活活逼死。我也不想讓娘以為我是個傻子好哄的，好透過我來總想騙妹妹的銀子，我便跟娘直說了吧，您如果還想要其他的，我把這條命還給娘好不好？」

崔敬平一語點破了楊氏心中的打算，一邊微笑著向楊氏走了過去。

楊氏實在沒料到現在這個兒子變得如此讓自己害怕，她頓時有些猶豫了起來，看到崔敬平的神色時，身體不由自主地往後縮了縮，聽到崔敬平說不想自己被崔敬忠與自個兒活活逼死時，楊氏臉上閃過一絲不自在的神色。半晌之後爬起身來，目光躲閃著也不敢看崔敬平的眼睛，忙丟下一句往後再來找他，便跑了。

「三哥……」等楊氏一走，崔敬平臉上露出一副疲憊之態來，他原本應該是朝氣蓬勃的少年，可剛剛被楊氏一逼竟然變成了這般模樣，崔薇頓時有些心疼他，連忙想要上前安慰他幾句。

崔敬平扯了扯嘴角。「妹妹，妳說我往後一年給娘半兩銀子，大哥奉養她，我則侍候到她終老，妳說這樣好不好？妳會不會怪我？」

那些銀子到底是崔薇給崔敬平的，不是他自個兒的，而楊氏跟崔薇間的恩怨，崔敬平是最清楚的，他心裡也害怕崔薇不睬他了。

崔薇嘆息了一聲，她知道母子情是割捨不掉的，不像她半路穿過來並不是楊氏親生的，對楊氏沒什麼感情的陌生人，崔敬平可是實實在在楊氏生出來的，更別提以前楊氏對他有多好了，他哪裡可能真不管楊氏了。

「三哥你自個兒決定就是，銀子給了你，便是你的，不用管我。只是那些銀子，你夠不夠用？」崔薇先是微微頷首，又接著問了崔敬平一句。

一百兩銀子瞧著雖然多，對村裡許多人來說已經是一筆可望而不可及的鉅款，但實則根本不怎麼經用，買了地花了十兩銀子，請工人建房子最少也得花上五兩左右，餘下的便只得八十多兩了。而崔敬平是準備再買地的，又得除開好幾十兩銀子了，剩餘的錢根本不多，他還答應了要照顧崔世福，如今又說要一年給楊氏半兩銀子，算下來他自個兒當真要省吃儉用才成了。而崔敬平還要娶妻生子，這些都是要花錢的。

楊氏為了一個崔敬忠如今已經熬得山窮水盡了，身上摸不出半枚銅錢，崔敬平成婚，她最多就出出人力，不倒找崔敬平拿錢已經不錯了，哪裡可能替他拿得出聘禮等物。

崔薇一想到這兒，乾脆拍了拍手掌。「我那兒再給你取五十兩銀子過來！」

「不用了！」崔敬平搖了搖頭，一邊要去喚聶秋染，一邊頭也沒回道：「給得再多，不過也填了我二哥那個無底窟窿，我可不想他們透過我再來找妳麻煩，妳且安心好好跟聶大哥過就是，崔家的事，妳就不要再管了。」崔敬平說到這兒，回頭衝崔薇笑了笑。「那是我的責任。」

一時間，少年臉上說不出的疲憊與堅毅之色，看得崔薇心裡發酸。

這個年便在眾人各自的忙活與盤算下過了。聶秋文那邊親事定下後，孫梅年紀不小了，因此決定開了春便嫁過來，上回崔薇打過孫氏之後，過年時也沒去聶家吃飯，聶夫子倒是喚了聶晴過來讓聶秋染回去一趟。

崔薇也不管這些，聶家的事只要表面過得去就行了，聶秋文欠她的銀子足有百兩以上，逮著這個把柄，孫氏掀不起任何風浪出來。

崔薇這邊房子建得差不多了，她如今有了銀子，自然是房子怎麼舒適、好看就要怎麼來，一棟房子照著前世小別墅的模樣建得華麗又漂亮，倒引得不少小灣村裡的人羨慕無比。

崔敬平那邊房子後建，到了三月時也差不多快完工了，雖然比不得崔薇這邊房子漂亮，但他那邊房子勝在寬敞，崔世福以後是要跟崔敬平住一塊兒的，幾棟房舍並在一起，看著也確實氣派。

過年時這邊房子斷了十來天沒修，否則這會兒早該完了的，崔薇與崔敬平的家便正巧是在兩對門，串門子也方便。

兩家之間門口改整過，修得極大，不過為了防止有外人進來，仍是建了院牆。崔薇院裡移了兩株園子那邊開得正好的桂花過來，崔世福對這事開始還有些不願意她這麼做，在聽到這地是崔薇的時，崔世福先是嚇了一大跳，後來自然是為崔薇歡喜了起來。

三月的天氣裡還透著一股寒意，崔薇早晨起來時手腳還有些僵，準備做早飯。崔敬平那邊房子尚未完工，家具也還沒送來，暫時仍住在了崔薇這邊。

崔薇呵了手拿了些湯圓麵出來，準備搓粉圓子吃。過年時做好的湯圓麵到現在還沒有吃完，崔薇先裝了水，又將湯圓加水調勻了，那冷水一碰到手，便凍得她打了個哆嗦，早晨時起床還剩餘的一些睡意頓時消失了個乾淨。淨了手之後搓粉圓子倒也簡單，只要做成指頭大小的湯圓，丟進水裡，再加些用糯米釀出來的醪糟便成。

這醪糟是此時小灣村人的說法，是用煮得半生熟的糯米釀出淡淡的酒味，再加蔗糖熬製成，煮湯圓時加些這個，味道更要豐富不少。

崔薇放了少量的甜糯米，等湯圓起鍋了，又加了兩勺還帶了桂花瓣的花蜜進去，頓時湯圓聞起來除了極淡的酒香味之外，又多了些花香味，再加湯圓粉兌了熱水勾成汁淋進鍋裡，早餐頓時便成了。

端了一大鍋甜湯圓進去，崔薇還沒喚崔敬平起來時，那頭便見他已經坐到了桌子邊，聶秋染也出來了，不知道是不是幾人吃膩了包子，最近對這道甜品二人倒很是喜歡。

崔敬平先舀了一碗，一邊吃了一大口，一邊就笑道：「要是鋪子還開著，這湯圓一推出，保准又得大賣！」他說到這兒，頓了頓，臉上的笑意便跟著淡了起來。

崔薇也不以為意，自個兒也盛了碗吃了，看著崔敬平就道：「三哥，最近崔家那邊是不是在給你說親了？」

楊氏這幾日拉了曹大丫住在了崔家裡，那意圖不用她自個兒說，人人都明白。村裡最近也傳出了楊氏想要跟自己妹妹親上加親的意思，不少人原本看著崔敬平有房子，想給他拉紅線的都止了這個念頭。

崔敬平一聽到這話，臉色就陰沈了下來。那曹大丫現在就以他媳婦兒自居，一天到晚的跑到他那邊去盯著房子，間或還指揮著人怎麼修整，跟瞧自己以後要住的家一般，實在令他頭疼不已。兩家都是親戚，要真得罪得狠了，往後楊氏在親戚面前抬不起頭來。

一想到這些事，崔敬平便覺得無比的頭疼。

「我還小著呢，等以後再說吧。」

「也是。」一旁正慢條斯理吃著湯圓的聶秋染開口了。「現在急什麼，再等兩、三年也不遲。」他一邊說著，一邊將湯圓吃了大半碗，三兩口吞了又再去盛了一碗道：「到時等我入場中試，過了以後三郎也好慢慢再挑。」

崔敬平自然也笑，幾人倒是稍忘了楊氏那邊的事，崔薇看崔敬平臉上勉強的笑意，沒有再說這個話了。

楊氏最近時常找崔敬平，為的是什麼幾人心裡都清楚，聽說現在崔敬忠那兒請了大夫過來瞧了，又抓著藥吃，腿比以前大有起色，雖然仍不能站立，但拄著枴杖走也不像以前那樣吃力且疼，也沒有再化膿流血了。崔敬平跟楊氏定了一個每年給五百銅錢的規矩，可現在看來，楊氏怕是預支的已經不只是三、五年的養老錢了。

這樣一番擠迫下來，難怪最近崔敬平人看起來憔悴得很，可誰要楊氏是他娘親？這也是沒辦法的事！崔薇心中暗自嘆了口氣，乾脆轉了話題看著聶秋染道：「我聽說最近你娘是不是在給聶晴說親啊？」

村裡近日都傳遍了，說是孫氏在挑女婿，可是孫氏眼光高，要的聘禮又不少，而之前陳小軍成婚時在聶家門口那一望，可算是給聶晴名聲抹了黑，現在沒哪個願意過來向聶家提親的。本來聶晴這樣一個極好嫁出去的姑娘，現在一鬧竟然頗有些無人問津的感覺。

聶秋染一聽她提到聶晴，臉色頓時陰了大半，連吃東西的動作也慢了下來。

「是在說了，不過這事與咱們無關，他們慢慢瞧著就是。」

前一世的聶晴嫁的是個貨郎，但她最後是個有本事的，丈夫捆不住她，也擋不住她後來的發達，當然也沒本事將聶晴留在身邊。聶秋染對第一個妹夫的印象已經很是模糊了，不過依稀記得是個老實且木訥的人，對聶晴很是溫存體貼，甚至她成婚幾年沒有孩子也不與她計較，將她當成珠寶般，只是後來那人卻沒得到好結果。

重活一世，也不知道聶晴到底現在是嫁到哪一家，不過她現在沒有跟羅石頭結緣，往後自然也無人相庇護，如今她還跟陳小軍這般關係，又跟那潘大郎亦有勾扯，往後沒了羅石頭保護，她的結果是可想而知了。

恐怕她也沒有那樣的好運，能嫁入上一世那樣疼寵她的人家裡，畢竟上一世聶晴因為陳家的婚事被她設計推給崔薇，使她博了一個可憐的名聲，聶夫子最後對她有些愧疚，自然她的婚事不是由孫氏一手操辦，而由聶夫子盯著。又不用像現在孫氏一般，跟賣女兒似的，還有好些嫁妝，又有他這個大哥照顧，聶晴嫁得極好。那貨郎家中的母親就是瞧在聶家的地位以及聶晴的嫁妝分兒上，對她也很是容忍，這一世情況完全相反，聶晴自然不可能再像前世那樣的幸運了。

崔薇說完一句話，便看聶秋染沈默了一會兒，連說了兩個話題，都惹得兩個人心中不快，崔薇也不開口了，乾脆低頭吃起東西來。

只是她不說話，崔敬平卻是想到了聶秋文，默默地嘆了口氣。

第一百零二章

早飯剛吃完，崔薇正收著碗筷，外頭便傳來一個少女指揮著人搬磚頭砌圍牆的聲音。

崔敬平本來準備去洗碗的，一聽這聲音，頓時臉色就陰沈了下來，將碗筷一擱，便朝外頭出去了，不多時就聽到外頭傳來崔敬平的大喝——

「這兒是我的家，用不著妳來指揮，妳是哪家的，胡亂跑到我這兒來裝什麼主人！」

崔敬平他這話說得極不客氣，顯然這些天他已經是到了忍耐極限了。

一個少女帶了委屈的聲音傳了過來——

「表哥，我不過是幫你瞧著而已……」

崔薇收碗筷的動作不由一頓，看了聶秋染一眼，忙也跟著朝外頭跑去，就見到崔敬平正冷眼站在自己家大門前，一個穿著灰色粗布衣裳、皮膚微黑有些壯碩的少女，正手足無措地站在他那修了一半的圍牆邊，臉色脹得通紅。

旁邊不少正在做工的村民們停了下來，有些尷尬地看著這兩人吵架的情景。

那站在崔敬平家圍牆邊的少女正是小楊氏的女兒曹大丫，今年已經十四歲了，但不知是不是長年做活，這姑娘身板結實，看起來竟然像是一個十七、八歲的少女般，光從外表瞧，她就比崔敬平像是大了許多的模樣。

崔敬平有些不耐煩，若只是親戚來家裡玩耍幾天，楊氏有那個心，只要她沒點破，崔敬平裝著不知道就是了。但這曹大丫的目的表現得也實在太明顯了，最近村裡人都在談論這個，崔敬平怕的就是楊氏到時真用這些流言逼著他娶了曹大丫，他根本不喜歡曹大丫，自然不樂意被楊氏這樣逼迫著。

「我不管妳是不是幫我瞧著，我的家，沒妳來幫的道理，雖然是親戚，還望表妹不要引人誤會！」

崔敬平不客氣的話說得這姑娘眼淚珠子就在眼眶裡轉，看得出來這姑娘雖然這幾天常跑過來，膽子也大，但面皮很薄，而且也沒有什麼急智，現在被崔敬平這樣一說，便急得說不出話來。

崔薇站在崔敬平身後盯著這姑娘看，旁邊做工的村民們也盯著她瞧，那曹大丫終於忍不住，捂著嘴哭著跑了。

崔薇眼皮發青，嘴角不住抽搐，這姑娘外表看似慓悍，可實則卻是一個軟綿的性子，這樣就受不住了，完全跟她表現的不一般。

這頭曹大丫被氣跑了，崔敬平才緩和了幾分臉色，有些尷尬地向村裡鄰居道：「對不住大家了，大家不要在意她，繼續忙就是。」

崔薇看崔敬平處理好這事，自個兒便回屋裡去了。

只是這事還沒完，還沒過兩刻鐘，那頭楊氏便領了哭鼻子的曹大丫過來找她算帳了，口口聲聲說是崔薇攛掇著崔敬平不聽自己話了。崔薇不開門她便坐在門口鬧，崔薇躺著也中槍，還是後來崔世福滿臉震怒的將楊氏給拎走了。

一大早的便如此熱鬧，崔薇隱隱覺得肚子有些不適，但卻強忍著，下午時便覺得身子有些不爽利了，小腹處一陣陣陰冷的疼痛，令她臉色有些微微發白。這會兒天氣還是有些寒冷之時，崔薇越發覺得肚子有些不舒適，不知道是不是早上時對楊氏的氣還沒有過，她這會兒忍了半晌之後，覺得更是難受。

崔薇不是真正不知事的小姑娘，她好歹還有前世的經驗，再加上自己的年紀，她隱約猜著恐怕是自己的「好朋友」要來了。

之前每天過得都忙，倒是忘了這個事，冷不防地來了這麼一齣，崔薇頓時有種手忙腳亂之感。果然再晚些時候，小腹處便湧出一層層熱流來，她臉色青白相間，來到古代之後雖然有過很多不習慣的時候，但還從來沒有像現在一般覺得不舒坦。

聶秋染早看出崔薇有些不舒服，因此下午便沒有出去，而是守在了崔薇身邊，這會兒一看她站起身來，忙也跟著站了起來，一邊就道：「怎麼了？可是哪兒不舒坦了？」

他將手摸到了崔薇額頭上，觸手便覺得小丫頭肌膚溫潤細膩，只是光滑潔白的額頭上這會兒卻沁出了細細的冷汗來，他眉頭皺了皺。

崔薇已經臉色通紅，連忙咬了咬嘴唇，下意識地夾緊了雙腿，只覺得一股熱流將自己穿的內褲都沁濕了，黏在身上極為不適。

「聶大哥，我沒事，我想先換身衣裳。」她一邊說完，一邊鑽進了屋裡，一下子就將門給關上了。

回了屋裡她脫了衣裳一看，果然是癸水來了，裙子上頭都沾了不少，也不知道剛剛聶秋染看到沒有。

崔薇一邊胡思亂想著，一邊卻是將自己早上預感到不好時便已經做了的棉團子鋪上，又重新拿衣裙換，冷不防間一抬頭就看到聶秋染站在窗外盯著她瞧。

這下子崔薇頓時腦門像是被雷劈過，換裙子的動作也頓住了，半晌之後她只覺得腦子裡一片空白，一股熱浪不住往臉上湧，燙得她自個兒都覺得有些受不了了，她這才連忙背過身，想想又不對勁，一下子蹲到了地上，拿裙子將身體擋著，衝外面惱羞成怒道：「你幹什麼！」

聶秋染這會兒表情鎮定，其實也覺得身體有些異樣，見她蹲成一團，嘴裡便道：「我瞧瞧妳是哪兒不對勁，咱們總歸是夫妻，早晚也是要瞧的……」他嘴裡說個不停，其實心裡卻在想，他到底在說些什麼！

崔薇臉色通紅，當初她建房子時便保留了整面牆開了大片窗的設計，窗前放了書桌，平日裡可以供聶秋染讀書用，而她一向不喜歡屋裡陰暗，所以平日窗都大開著，剛剛一時情急進來換衣裳時忘了這茬，那窗開了幾乎有大半面牆，窗臺邊雖然有木格子做了花紋，但一站在外頭便能將屋裡的情景看個清楚明白。她一想到剛剛聶秋染站在窗外看清自己換衣裳的經過，頓時便有種想一頭撞死的感覺湧上心間。

「你先轉過去。」崔薇聲音都有些顫抖起來，一邊努力保持鎮定，一邊指著窗外道：「等我換衣裳。」

她一邊說著，一邊聶秋染心裡也有些異樣，果然聽她話轉過身去了，崔薇連忙換了衣裳，一下午時兩人表情都有些不自在。

晚間時候崔薇要做飯時，聶秋染將她給攔住了。

「妳先歇著吧，現在天氣冷，妳還是少碰些涼水，晚飯我跟三郎去做。」他一邊說著，一邊自個兒出去了。

崔薇看著他身影，一邊臉又跟著紅了起來，心裡有些不好意思的同時，又有些疑惑，聶秋染怎麼知道婦人癸水來時是最好不要碰冷水的？這個念頭在心裡一閃而過，又漸漸壓了下去。

崔敬平晚飯時就發現這兩人有些不大對勁，崔薇目光都有些不敢抬起來看聶秋染了，一頓飯吃得不像平時有說有笑的樣子。

崔敬平愣了一下，小心翼翼地擱了筷子，看著這兩人道：「怎麼了？吵架了？」

他不開口還好，一開口崔薇就覺得渾身不自在，忙別開了下頭，掩飾般拿筷子又挾了些菜到碗裡，站起身道：「我到院裡瞧瞧，三哥，你那邊房子是不是快要修好了？」說完，沒等崔敬平回答，端了碗溜了。

她這模樣跟平日完全不同，崔敬平嚼了兩口飯菜，眼皮跳了跳。「聶大哥，她怎麼了？」

「她想去看你房子建好了沒有。」聶秋染滿臉正色的看了崔敬平一眼，也挾了菜端起碗來。「我也要去看看！」

早晨時才看到圍牆剛建一半，壩子還沒完全鋪好呢，一天時間這些活兒哪就做得完？這兩人肯定是有問題了！崔敬平想。

白天時因為癸水來了的原因，崔薇這會兒肚子還疼，她又想到下午的事情有些不好意思，晚上睡覺時爬上床便不去看聶秋染，自個兒縮角落裡頭了。

聶秋染嘆了口氣，看她這副有些害羞的模樣，想到前世看那些婦人一來癸水便丁點兒生冷的東西也不碰，而且還肚子疼，他想到下午時崔薇有些發白的臉色，跟她平日裡紅潤的雙頰有些不同。不知為何，心裡總想著她皺眉咬唇時的情景，聶秋染準備脫衣裳的動作頓了一下，又拴好腰帶出去了。

等他一走，崔薇有些好奇地轉過頭來，雖然沒看到人心裡有些失望，但又不可否認地鬆了一口氣。

今天肚子疼了一天，這一躺下來她便覺得雙腿僵疼得厲害，肚子也冷冰冰的，身上黏膩膩的極不舒服。她閉了眼睛，剛有些昏昏欲睡，那頭便聽到關門的聲音，有個燙熱的東西被人塞到自己肚子邊，原本冰冷的肚子頓時舒坦了不少。

她睜開眼睛，就見到聶秋染正坐在床邊脫著衣裳，背對著自己看不清他臉上的神情，崔薇心中微軟，小小聲地道了句。「謝謝。」

聶秋染沒有開口，事實上他這會兒是覺得自己發了瘋，以前若是內宅婦人身上不爽利，他根本不會歇在內院之中，而且這些事也用不著他來管，什麼時候他竟然會燒好湯婆子放在人家懷裡，這完全不像他自己會做的事。

而聽到崔薇說謝謝，他心裡莫名的有些不快，兩夫妻間哪裡用得著說這些，卻是忘了前世他與人相敬如賓時無話可說的生疏，只上了床擁了人進懷裡，這才覺得心裡舒適了。

崔薇一旦開始來了癸水，整個人便開始漸漸變起了模樣來，原本還有些圓潤的小臉漸漸開始收尖，褪去了嬰兒肥，身上多了幾絲少女的氣息來。這種變化實在太過明顯了，就連楊氏看崔薇時目光都有了些變化。

這會兒崔敬平已經搬到了他自己的宅子裡頭，楊氏最近張羅著給他說親的事，雖然崔敬平已經說過好幾回這事不急，但楊氏哪裡甘心，若是現在不急，她就怕往後崔敬平的婚事也被崔薇包辦了。

自己一個好端端的兒子被人奪走了，從小便不在自己眼皮底下，又跟自己不親，以前住崔薇家，崔薇不准她進屋裡便罷，現在崔敬平自個兒立門戶單過了，哪裡還有不准楊氏再進的道理，楊氏時常便光明正大的領了一些媒人前往崔敬平家。一段時間下來，崔敬平被騷擾得苦不堪言，可惜楊氏是他老娘，他就是想反對也不行，有幾回下來，他忍不住跑到崔薇這邊來串門子，那情景也著實是可憐。

時間一晃便到了四月末，再過幾天便是端午節了，小灣村這邊沒有興什麼划龍舟的節目，這些天眾人都在準備張羅著收地裡的糧食，村裡一派忙碌異常的景象。崔家現在雖然沒有種地了，但崔世福依舊會趁著一些閒置時間去村裡幫幾天工，掙些錢存著，準備等自己養老用。

崔薇一大早便準備進山裡去採些粽葉包粽子，而端午節照舊例是要割些草藥熬藥水洗澡，以清熱消毒的。

聶秋染跟她同行一塊兒進了山，兩人摘了不少的東西回來，遠遠的一下山腳，便看到楊氏又領著人站在了崔敬平家大門外。

「這還真是沒完沒了的了。」崔薇回頭看了聶秋染一眼，忍不住衝他撇了撇嘴，輕聲嘀咕了一句。

楊氏現在三天兩頭的過來找兒子，表面看來她像是覺得崔敬平前幾年住在崔薇這兒跟她生疏了，這會兒便想牢牢抓緊了他，因此幾乎一天便要去他那邊好幾趟，帶著媒人去也是隔三差五的，可這行為在崔薇看來她不見得就全是對兒子好的，有一部分的原因倒像是在與她賭氣一般。

「若妳三哥真想擺脫她，也不是沒有法子的。」聶秋染提著背篼，笑了一聲，眼睛裡閃過詭異之色，看了遠處的楊氏一眼，又回頭盯著崔薇看。

兩夫妻交換了一個眼神，他還沒說出口，崔薇便明白了他話裡的意思，頓時忍不住便笑了起來。

兩人趕緊加快了腳步，崔薇跑在前頭，那廂就聽楊氏在與崔敬平道——

「三郎，這戶人家的姑娘你黃嬸可說過了，是個端莊賢淑的，樣貌也不錯，家境也殷實，跟你正配呢。」

崔敬平有些不耐煩，聽到腳步聲時回頭看到了崔薇，眼睛便是一亮，連忙就道：「娘，我現在年紀還小呢，哪裡有這樣快成親的，那戶人家的姑娘再好也與我無關。」

楊氏一聽他這話，頓時便有些著急了，她自然也看到了遠處過來的崔薇，登時就放大了音量道：「怎麼年紀還小？某些人十二歲便嫁了人，那時怎麼沒人說年紀小的，你老老實實收拾著屋子，就等著將人抬回來吧，這事娘給你作主了！不然你就娶了你大丫表妹，我瞧著她挺好的，一看就是能生會養的，一些小丫頭片子頂什麼用？」

楊氏的話全傳進了崔薇耳朵裡，一聽到這兒忍不住就冷笑了起來，也沒去看楊氏，只是皺著眉，便衝崔敬平喝道：「三哥，你欠我聶大哥的五十兩銀子什麼時候還？我聶大哥再過不久便要進京趕考了，等著急用銀子打點呢！」她板起了臉，衝崔敬平眨了下眼睛。

崔敬平頓時明白了她話裡的意思，連忙就笑了起來。

「妹妹且寬限幾天，以後一定還，一定還！」崔敬平說到這兒，臉上故意露出貪婪之色來，看著一旁穿紅掛綠，打扮得花枝招展的婦人便道：「黃嬸，那家小姐我娶了，正好可以拿她嫁妝還妹妹銀子呢，黃嬸妳可真是一個大好人，來得及時啊！」

他態度變得也太快了些，那婦人一聽他這話，頓時眼皮便翻了翻，她是想給自己家一戶親戚說親的，人家都說崔敬平手裡有銀子，人家才肯委託了她過來說親，要是他還欠著銀子，只是驢糞蛋子表面光（注），那人家可不會嫁到他家來，都是離得不遠，沾親帶故的，若是往後這樁婚事出了差池，豈不是得罪親戚？

那婦人抹了抹嘴，拿帕子擦了把臉就道：「這天氣也太熱了，眼見就快到端午了，我家裡還等著包粽子吶，崔二嫂，我下回再來與妳說話！」說完，沒等楊氏反應過來，轉身便跑了。

楊氏愣了一下，等人跑遠了她這才回過神來，連忙要去招呼，可人都已經跑得不見蹤影了，她哪兒還能去喊。

楊氏一旦沒見著人，看到崔薇便是氣不打一處來，指著她鼻子便厲聲道：「都是妳這死丫頭作怪，妳是不是成心想看妳三哥娶不上媳婦兒了？」

崔薇根本不理她。

楊氏瞧她這模樣，氣得要死，可是崔薇不搭她的話，她就是想找碴也找不出理由來，頓時忍了氣，回頭便看著崔敬平道：「三郎，你既然現在房子也修了，院落又這樣大，屋子還寬敞，你二哥現在腿腳不好，你也知道，他被一些奸人害得現在行走不便，他身邊又沒個侍候的，那屋子又潮濕得很，他一個人住那兒不太好，我想著你這房子既然這樣大，你又還沒娶媳婦兒，我下午便叫你大哥將他給揹過來了！我也正好過來照顧他，也能替你洗衣做飯的，照顧一下你，免得你身邊沒個人照顧著，一個男孩兒家成什麼話！」

楊氏說這話時聽起來倒像是極為親暱，可是崔敬平一聽她這話頓時臉色就變了。她說這話完全是自己作了主張，根本沒有要與崔敬平商量一聲的意思，這房子可是妹妹拿了銀子給自個兒建的，完全沒有用到崔家一分一毫。一般來說鄉下地方未分家時，本來娶親分家建房都該父母張羅著的，楊氏一分不出便罷，贍養她也是應該的，可是崔敬忠那樣一個人跟他實在不親，何況崔敬忠從小便仗著是讀書人，對他根本看不上。而且當初自己因楊氏騙他拆崔薇房子一事，跑出去回來時，他的好二哥看到他第一句話竟然說的是——

「你竟然還沒死？」

當時一句話便寒了崔敬平的心，如今幾年過去，其中崔敬忠鬧出的事不知道有多少，崔敬平現在修的房子都是靠著崔薇拿的銀子，楊氏現在竟然說要將崔敬忠給揹過來在自己這邊侍候著，莫非自己與崔敬忠同輩，這一輩子還要當兒做孫的侍候他養老送終不成？瞧著楊氏這表情，恐怕便是這樣一個意思了。

崔敬平頓時臉色有些不好看，但楊氏是他母親，長輩發了話，他一個做兒子的哪裡好去開口，便強忍著不快握緊了手不說話。

楊氏那頭笑著說讓崔敬平要買些東西，以讓崔敬忠住得舒服，一邊便列了一大堆東西過

注：驢糞蛋子表面光，比喻徒有虛名。

來。「……你二哥屋裡得擺張籐椅，要長些的，也好他躺著將腳放平，我瞧著你南邊那間房子便不錯，正好適合他來養傷，平時又能在院裡曬曬太陽，對他身體也好。」

不知道是不是越不孝順的兒子，楊氏偏偏是越疼，越放進心裡的。崔薇聽著這些話，都覺得心裡發寒，有些同情的看了崔敬平一眼。楊氏對她是徹頭徹尾的不喜歡，而對崔敬平雖然有喜歡，可現在看來這喜歡倒不如不要喜歡來得好，什麼照顧崔敬平順便為了照顧崔敬忠，聯繫兄弟感情，所以要將崔敬忠這樣一個爛攤子弄到崔敬平身上來，這樣的話，崔薇聽著便開始同情起崔敬平來。

「三哥，你欠我的銀子啥時候還？」崔薇忍不住打斷了楊氏的話，衝崔敬平大喝了一聲。

她這話一開口，楊氏便愣了一下，崔薇朝著她就冷笑。「這房子是我借錢給我三哥建的，若是他還不出銀子來，我隨時把這房子收了，再讓他倒欠一堆血債。還想拉著崔敬忠來住新房子，沒門兒！」崔薇說到後來時，聲音輕了些，話裡露出幾分輕蔑之色。

楊氏呆了一下，接著頓時勃然大怒。「妳是故意與我作對的！」

「沒錯！只要崔敬忠與妳想過來住，我就讓三哥還銀子，他還欠著我銀子呢，可是白紙黑字打著欠條的，若是還不上，拉你們全進衙門裡去！」崔薇故意嚇唬楊氏。

這話聽得楊氏又氣又急，又有些怕，一口氣險些沒能提得上來。

崔薇絕對能做得出這樣的事情來，她上次告了唐氏，不過是一兩半銀子，結果打得唐氏現在瘸了腿，要是她真要狠了心告崔敬平，說不得崔敬平還真要賠了房子又貼上官司！

一個老二已經被她害得殘廢了，這死丫頭心是鐵鑄的，若是她要再害得崔敬平也廢了，不是沒有可能，到時自己豈不是靠不了老三，反倒還要照顧兩個只能混吃等死的兒子？楊氏臉色青白交錯。

崔薇得意地看了崔敬平一眼，一邊就揚了揚眉頭。

楊氏氣了個半死，咬了咬嘴唇，說不出話來。

崔薇也懶得理她，自個兒掏了鑰匙出來，打開門便靠在門邊了。看楊氏氣沖沖的走了，再也不提崔敬忠的事，她這才鬆了口氣。

不過她這銀子的藉口也只是能唬著楊氏一時，而楊氏贍養費的事還得崔敬平自個兒掂量著，崔薇也沒辦法替他作決定。

晚上包了粽子給崔世福送過去時，崔薇隱隱與他提了下這事，崔世福自己心裡有數了，若是他能壓著楊氏一些，那崔敬平也輕鬆一點。

端午節一過，那頭聶家便傳了消息過來，說讓崔薇兩夫妻過去一趟。

這還是過年前崔薇打了孫氏母子之後聶家頭一回喚他們回去。兩家現在關係冷淡得很，過年時都沒能湊到一塊兒吃過飯，足可以見端倪。若不是崔薇過年時家裡動了工請了小灣村裡人來做事，村民們收了她豐富的工錢，大家不好意思說她閒話，否則這會兒恐怕村裡流言都已經滿天飛了。

這話是孫梅過來傳的，她一來時看聶秋染的目光便帶了哀怨與不甘，雙手擰著帕子，她在三月時便跟聶秋文成了婚，如今嫁到了聶家，本來以為自己是聶秋染的，可誰料最後卻嫁了聶秋文，別說聶家不甘心，就連她自個兒也不甘心。

尤其是看到崔薇這屋子裡的擺設，做的家具樣樣都是新的，屋裡又寬敞，地上不知道鋪的是什麼，進屋時崔薇還非要讓她在門前的地上蹭幾下才能進去，地上乾淨光滑得能照出人的影子來，比起聶家那幾房院子，孫梅頓時嫉妒得眼睛都紅了。

「爹娘讓你們回去一趟，有事情商議！」她一來便板了臉，滿臉不快，進屋便坐下了，盯著聶秋染，眼圈都紅了。「表哥～～」

崔薇瞧她這模樣，頓時打了個哆嗦。

「孫氏，我夫君妳要喚的是大伯，不要叫錯了！」這孫梅現在都嫁給聶秋文了，如今還來鬧這樣一齣，她不怕人家笑話，崔薇自個兒還不自在。

孫梅聽她這樣一擠兌，頓時臉就綠了，看聶秋染一副無動於衷的樣子，頓時背過身子便拿帕子沾了沾眼睛。

孫梅自小便聽家裡人說自己長大是聶秋染的媳婦兒，往後是要做正經的秀才娘子的，若是有幸，還能成為舉人娘子的，她也一直這樣以為，聶秋染容貌俊朗，舉止優雅，不知比村裡許多兒郎好了多少倍，她每回一想到自己以後要嫁給他，簡直是作夢都要笑爹娘給了自個兒這樣一門婚事！

可沒料到長大後聶秋染倒也真考中了舉人，可惜做了舉人娘子的不是她。

一想到這些，孫氏心裡便止不住的怨恨，抬頭便看了崔薇一眼，冷笑道：「我跟表哥從小青梅竹馬長大的，哪裡用得著那些虛禮，妳還是想想等會兒回去之後跟娘怎麼交代吧，大過年的也不去跟公婆請安，爹可是一個最重規矩的人。」

孫梅成婚時，崔薇只回去了一趟，吃了頓喜酒，甚至連禮金都沒送。

聶秋文鬧的事不是什麼光彩的，而孫氏還要給兒媳婦立規矩，當然不可能說出被崔薇打的事，要是有一便有二，孫梅跟著她學了，孫氏以後還怎麼混？因此她並不知道聶家之前發生的事，只是有些幸災樂禍地看著崔薇，以為這回孫氏必定不會放過她。

「我要如何用不著妳來擔心，妳這樣大了，又各自成了婚，還是要守禮一些，免得讓人說閒話。」崔薇說到各自成婚時，特意咬重了口音。

孫梅氣得一呆，頓時便站起身來，作勢要走。她回頭看了一眼，見聶秋染根本不理她，反倒是衝崔薇招了招手，跟她說起話來。孫梅心中又酸又澀，氣得直哭，連忙捂著嘴，頭也不回地便跑了。

孫梅都過來報了信，雖然崔薇依舊是氣聶秋文，但這會兒仍是有些好奇聶家人喚自己過去的意思。夫妻倆收拾著吃了晚飯，這才鎖了門慢悠悠散步般朝聶家行去。

第一百零三章

這會兒村裡許多地方都已經升起裊裊炊煙來，四周傳來飯菜的香味，許多人正喚著兒女回家的、趕鴨子追雞回籠的到處都是，一派熱鬧異常的鄉村景致。

聶家那邊院門大開著，屋裡點著燈火，夫妻二人進了院門時，便看到孫氏正坐在院子裡頭，穿著一件薄紗長衫，拿了把蒲扇坐在躺椅中慢慢地搖著，廚房裡還升著炊煙，院裡除了她之外倒沒瞧見聶夫子身影。

「你們過來了。」孫氏不陰不陽地說了一句，上回崔薇打她的氣，她現在還沒消呢！

崔薇根本不理會她陰陽怪氣的臉色，直接便拉了聶秋染的手道：「婆婆喚我們回來可是有什麼事？」

她這是什麼態度！孫氏本來想著自己好歹是長輩，現在態度都放軟下來，她應該是感激涕零才是，誰料崔薇根本沒有反悔的意思，反倒是語氣這樣直接，孫氏頓時有些受不住。「沒事就不能喚你們回來了？妳可別忘了妳自個兒的身分！」

「我倒沒忘，只盼婆婆要記得才好。」崔薇對孫氏毫不客氣，一句話便噎得孫氏說不出話來。

堂屋中聶夫子聽到外頭響動，心裡惱怒，這婆媳二人一碰上便沒個消停的，孫氏也是，吃了幾回虧了，可是一次都沒有學乖，蠢笨無比。他心中惱怒，只是此時卻是強忍著，面上不露出一分端倪來，只是衝聶秋染招了招手道：「秋染進來，我有話與你說！」

孫氏本來還想張嘴的，可是看到丈夫進屋裡的背影，又強忍了，冷哼了一聲，看聶秋染拉了崔薇進屋裡去，頓時有氣無處發，將蒲扇往地上一扔，嘴裡便大罵。「妳們兩個是死人啊！飯菜到底做好了沒有！」

聲音震耳欲聾，聶夫子輕咳了一聲，孫氏又住了嘴。

崔薇跟著聶秋染進屋，屋裡除了聶夫子外，還坐著表情有些木訥的聶秋文。

「大哥，大嫂。」看到崔薇二人進來時，聶秋文起身便衝兩夫妻福了一禮。幾個月沒見，這小子整個人像是多了不少變化，像是突然之間便長大了好幾歲一般，看得崔薇有些吃驚，連連瞧了他好幾眼。

「你們坐吧。我這趟喚你們回來，是想與你們說說聶晴的婚事。」聶夫子抿了一口桌上的茶水，衝聶秋染擺了一個坐的姿勢。「潘老爺的夫人近日與你娘提了一件事，說是她娘家的侄兒如今年紀正巧雙十之數，家裡是開了個雜貨鋪子的，只是他之前曾說過兩門婚事，我打聽過了，兩家閨女都在未出嫁前就沒了，名聲有些不大好聽，人倒是個老實的，家境也殷實。而另一個則是潘大郎夫人娘家的一個堂兄弟，今年十六歲，年紀跟你妹妹倒是有些相當，那家兒郎也是個貨郎，但卻是個挑貨郎，我跟你娘這次叫你來，便是想問問你的意思。」

聶夫子不會無緣無故地喚了聶秋染回來，而這女兒的婚事，本來照他性格，也不可能會讓聶秋染來拿主意的，他這趟喚兒子回來，一來是想要跟他重新修補關係，二來便是這兩個說親的人選，都與潘家有關，人家潘家如今出了一個九品的官，本來不應該瞧得上他一個秀才，可偏偏現在潘家湊過來了，說的兩個人選都是與潘家有親戚關係的，恐怕潘家的意思，便是想與聶秋染搭上線。聶夫子心中明白，所以才喚了兒子回來。

聶秋染心中當然更是跟明鏡似的。只是他沒料到，上一輩子娶了聶晴的人，最後竟然兜了一圈，在他已經改了些事情之後，又回來了。

一想到這兒，聶秋染眼中露出幽冷之色，忍不住就笑了起來。「潘夫人的侄兒？潘少夫人的娘家兄弟？爹您該不會是指潘家想跟我搭上關係吧？他們難不成便不怕往後會看走了眼？」他現在還沒入場考試呢，潘家這樣早便湊了上來。

前一世可沒有潘世權的夫人插手一事，不過潘夫人的娘家侄兒倒真有這樣一回事，並且那個娘家的侄兒，便是最後娶了聶晴的人！

那個人因為年紀不小了，本身也確實是個老實的，又頂著一個剋妻的名頭，但最後卻沒想到娶了一個出身不差且又得娘家看重的聶晴，一家人都將她當成如珠似寶一般，深恐逆了聶晴的意，萬事都隨著她。就是最後聶晴要與他和離時，那男人也只是老實的答應，雖然強忍不捨，但也沒有為難過聶晴，確實是一個老好人。

上一世的聶晴欠自己不少，甚至連自己的女兒媛姊兒也死於她與孫氏等人之手，如今這一世，聶秋染哪裡還會讓她再過上如此順遂的日子。

他想了想便道：「這事我瞧著潘家像是打了其他主意，爹年紀長，經的事多，您自己決定就是，再說我一個做大哥的，父母俱在，如何決定聶晴的婚事？」

聶秋染故意賣了聶夫子一個臉面，一句話說得聶夫子便笑了起來。

他與聶夫子父子兩世，深知其為人秉性，若是他對於聶晴懷有憐惜之時，那便是會對她多加照顧，自然會選於她有益的婚事，而現在聶晴名聲差了，聶夫子自然不會對這個女兒另眼相看，他要的是個名聲，哪裡會管聶晴以後過得好不好。

那潘夫人的侄兒為人雖然厚道，不過到底年紀大了些，又背了一個剋妻的名頭，若是將聶晴嫁過去，難免會被人家說聶夫子貪圖對方家境殷實。聶夫子不像孫氏那般只知蠅頭小利，他圖得更多，斷然不可能為這樣一個女兒便壞了他的名聲，讓人家說他閒話，縱然只是人家背後議論，他也是絕對不許的！

聶秋染這事不插手，事實上是瞧準了聶夫子性格，他一準兒會將聶晴嫁給潘世權媳婦兒娘家的堂兄弟！

雖說潘世權的媳婦兒娘家出身不差，是縣中一戶舉人老爺，可是縱然是親兄弟，也有日子過得好與壞的，潘世權的妻子娘家有銀子，不代表她堂兄弟家也寬裕，否則也不會是個走街竄巷的小貨郎了。同樣是賣東西的，但一個有店鋪，一個卻得自個兒挑著去賣，結果自然是不同。

「你心裡有數是個好的，既然決定明年入場試，今年便得好好看書才是！也罷，你妹妹的婚事，我也不用來煩你的心了，我瞧著那潘少夫人娘家的堂兄弟是個好的，年紀與聶晴相當，而且為人又是個能幹肯吃苦頭的，很好，很好，很好！哈哈哈！」聶夫子說完，撫著鬍鬚便大笑了起來。

他今日不過是借這個事與兒子交好而已，並不是真要為聶晴的事讓兒子來拿主意，如今自個兒找了臺階下，他自然心中暢快。

聶秋染明年入場，無論中與不中，謀個官職是肯定的，他若是肯使銀子，說不得謀個七品縣令也是有可能的，只是可惜之前聶秋文壞了大事，鬧得崔家那丫頭店鋪開不了，否則那崔家丫頭嫁給了聶秋染，如何不會替他謀劃。

聶夫子心中暗嘆可惜，倒真有些氣恨起聶秋文的不知天高地厚，對崔薇之前打孫氏的怨氣也消了不少，臉上露出笑容道：「老二家的現在正做飯，你們不如留下來先吃了飯再回去吧！」

聶夫子這話剛一說完，那頭孫梅便端了菜碗進來，一聽到這兒，頓時嘔得胸口疼，連忙便道：「爹，表嫂將表哥侍候得妥當，哪裡用得著在我們這兒吃飯。」

「孫氏，妳該不會忘了妳已經嫁給聶秋文了吧，現在應該改口了！」崔薇本來也不想留下來吃，可是一聽到孫梅這話，卻是皮笑肉不笑地頂了她一句，而那句孫氏叫得剛剛進門來的老孫氏臉色發青。

孫氏翻了個白眼，她總覺得崔薇這話像是在喊自己一般，可惜崔薇喊的是孫梅，而崔薇是孫梅長嫂，這樣喚她也確實沒錯。孫氏心裡鬱悶得要死，既是氣恨崔薇敢這樣喚，像是在喊她一般，又沒有理由發火，頓時堵了個半死，陰沈著臉不說話了。

崔薇當然也看到了孫氏的臉色，忍不住偷笑。

聶秋染見她笑得跟偷了腥的毛球似的，忍不住又是好笑，有些提醒般瞪了她一眼，見她雖咬著唇，但仍忍不住笑意的樣子，也不再讓她忍了，反倒回頭與聶夫子說起話來。

若是聶秋染願意，他有很快便讓人對他生出好感來且對他氣恨全消的本事。

沒一會兒工夫，他便在飯桌上與聶夫子說起話來。今晚崔薇故意想要膈應孫梅，因此特意留下來吃飯，反正今天做飯的是聶晴跟孫梅二人，她們兩人互相盯著，二人都是要吃的，不可能會容忍對方在飯菜裡吐口水，她當然也就留下來蹭頓飯吃。

那頭聶夫子為人古板，父子三人單獨坐大桌，而另外四個女眷便坐小桌，看樣子對這一切孫氏等人是早就習慣了，臉上連半絲詫異之色都沒有，聶晴便搬了桌子過來，擺了菜。

大桌子那邊擺著好東西，小桌子這邊一樣只有一小份，孫梅忙了一天，搶得跟什麼似的，像是深怕崔薇吃到般，嘴裡塞得鼓鼓的，那筷子便沒有停過。崔薇剛想挾筷子臘肉，那頭孫梅便先搶去了，她筷子上還沾著她自個兒沒嚼爛的飯菜，瞧著噁心得很。多來幾回，孫氏便當作沒看到一般，反倒樂得侄女這樣跟崔薇作對。

崔薇怒極反笑。「公公婆婆家該不會沒給孫氏東西吃吧？瞧二弟妹搶成這模樣，像是活脫脫餓了好幾個月一般！」

那吃相，簡直跟餓死鬼投胎似的！

聶夫子那頭正跟大兒子說得痛快，一聽崔薇這話，頓時便愣了一下，他為人最重臉面、要名聲，一聽到崔薇說自己不給兒媳東西吃，臉色霎時便有些發黑，又看到孫梅嘴裡鼓著都有些嚼不動的樣子，再看她碗裡堆著的，哪裡不明白這是什麼情況。不由就恨恨瞪了孫氏一眼，冷聲道：「若再這樣上不得檯面，便自個兒回廚房裡吃去！妳大嫂雖然是自己人，可咱們聶家也沒哪兒餓著了妳，妳要再做出這副姿態來，瞧我怎麼收拾妳！」

雖說這話罵的是孫梅，可孫氏後背卻冷颼颼的，她剛剛又被崔薇嗅了一回孫氏，心中十分不舒服，回頭又挨了聶夫子的罵，頓時便將氣撒到了孫梅頭上，拿起筷子便朝她面門上賞了過去，打得「啪」的一聲脆響，孫梅臉上霎時便印出兩道筷子的紅印來，上頭還沾著油，她眼睛頓時就紅了，像是有些不敢置信孫氏打她一般，委屈地抬頭便看向了聶秋染。

崔薇小心提醒她，道：「二弟妹，妳夫君在那邊呢，瞧錯方向了。」

一句話說得聶夫子臉色青白交錯，連孫氏也有些忍耐不住了，孫梅忙不迭低下頭來。

聶秋染似笑非笑看了崔薇一眼，崔薇頓時低頭吃飯了。

這姑娘眼裡的哀怨表現得太明顯，可如今都已經成了婚，聶秋染擺明對她又無意，還不好好過日子，莫非想讓聶秋染偷扒自己弟媳婦不成？就是聶秋文願意頂那個帽子，孫梅自個兒也樂意，崔薇還不同意呢！

孫梅被孫氏打罵著推進廚房裡去了，沒了這個滿臉怨恨的人坐在旁，剛剛崔薇雖然在家吃過了飯，但一路走來消化了些，又配上孫氏不甘與氣憤的眼神，她難得又再吃了大半碗，這才將碗擱下了，那副菜足飯飽的神態氣得孫氏直咬牙。

兩夫妻在聶家那邊用過晚飯，等他們告辭時，聶夫子歡快地同意了，又讓聶秋文出來送他們。

之前因為店鋪的事，崔薇與聶秋文間多少還有些尷尬，這會兒少年沈默了許多，再也不見之前跳脫張揚的性子。

一將崔薇二人送出門時，聶秋文飛快地抬頭看了兩人一眼，又低垂著頭，有些失落道：「對不起大嫂，之前都是我的錯，往後我會好好跟爹學文，我會努力掙銀子還妳的……」他說完，又看了聶秋染一眼，衝兩人鞠了一躬，這才轉身進屋裡去了。

崔薇沒料到他竟然會跟自己道歉，還會說出這樣的話來，頓時便呆了一下。

聶秋染也眼睛微瞇，盯著聶秋文轉過身的背影，眼裡神色閃動，表情玩味。上一世聶秋文就是與他的妾室勾搭，甚至間接害死自己血脈，他雖然也大大小小道過無數次的歉，可從沒像現在這樣一般，給他一種真心悔過之感，聶秋染此時早已經冰冷堅硬的心裡露出怪異的感覺來。

自從聶秋文出事之後，直到現在已經過了半年時間，他才跟崔薇道歉，兩夫妻都沈默了一陣，這才離開了聶家。

自那日去過聶家之後，聶晴的婚事果然是定了下來。對象是潘世權夫人娘家的一個堂兄弟，是個姓賀的貨郎，那模樣長得倒算俊俏，不過一雙眼睛裡卻是帶了些流裡流氣的顏色，嘻皮笑臉的，來到聶家時光那嘴皮子便能哄得人心花怒放的，目光東張西望的。

孫氏喚了崔薇夫妻過去湊臉面，那賀元年的目光便不住在崔薇身上打轉，直盯得她臉都黑了大半。

因是潘少夫人賀氏的親戚，自然這回下定潘少夫人也在場，她也算是中間人，這趟過來她對聶晴神色倒是淡淡的，不過卻一直拉著崔薇說話，神情間帶著幾分親暱。

賀元年來給聶晴下定，總共定禮帶了三兩銀子作主要的，另有兩疋約有五丈的緞子，一斛子細小的珍珠，那珍珠細小無比，每粒便如同米粒大小般，孫氏接過時好半晌才勉強地收了下來，另有一對作為添頭的豬蹄等物。

這個定禮在鄉下地方已經算是能拿得出手的了，但因聶家身分的關係，孫氏便不大看得上這個，勉強收下了，臉色卻很不好看，當即便拿了這對豬蹄給崔薇，要讓她去做飯，一旁孫梅一副幸災樂禍的樣子。

崔薇當即接了東西，便吩咐孫梅去將這豬蹄給宰了，一時間將她使喚得團團轉，自個兒看似忙，可動的卻都是嘴皮子，反倒一旁孫梅被她使喚得夠嗆，好幾回想要與崔薇翻臉，但一想到聶夫子冷淡的表情，又蔫了下來。今日是聶晴小定的好日子，若是她鬧騰起來，恐怕聶夫子饒不了她。

「聶夫人果真氣派不同，與尋常婦人瞧著就是不一樣呢。」那賀氏看崔薇緊緊將孫梅壓制著，而孫氏卻對她敢怒不敢言的樣子，心中不由有些欽佩，她自個兒頭上壓著一個婆母，雖然夫君如今做了官，不過婆母卻壓得她威風不起來，對崔薇這樣的便特別的佩服。

賀氏一邊恭維了崔薇一句，一邊就小聲道：「果然聶大舉人風采卓然，連聶夫人也是與旁人不同，我家夫君對聶舉人也很是敬佩，想哪日邀夫人與聶舉人過府一聚，不知道聶舉人肯不肯賞這個臉呢？」

崔薇一聽到這兒，心裡頓時便警惕了起來。

潘世權不是什麼好東西，自個兒已經有了夫人，卻偏要想著一些花頭，與聶晴勾勾搭搭，之前潘家便主動過來交好，而聶晴的婚事，提的人選都是與潘家有關的，而這賀元年也是賀氏的堂兄弟，不知道其中有沒有潘世權的影子，她不願意與這樣的人交往，也不知道這賀氏到底知不知道她丈夫的齷齪，因此便有意試探——

「照理來說如今咱們也是做了親家的，我夫君如今只得這樣一個未出嫁的妹子，幸虧得潘大官人保媒，才有了今日這樣的好姻緣。」

崔薇說到這兒時，看到賀氏臉色一下子便勉強了起來，就知道恐怕自己所說的話正提到了點子上。

聶晴的婚事，說不得還真跟潘世權有關，瞧這賀氏此時眼神已經有些閃爍了起來，一雙手緊緊擰著帕子，眼皮不住閃動，臉上現出幾分扭曲之色，崔薇心中有了底，知道這賀氏恐怕之前便已經覺得有些不舒服，現在自己提了，她才開始有些懷疑。

崔薇低垂著頭，想到聶晴之前想用陳小軍來害自己的舉動，不管後來陳小軍所說仰慕自己是真是假，可險些壞了她名聲卻是事實，再加上聶晴為一己之私害了崔梅那個小姑娘，她自然不會對聶晴生出憐惜與保護之感來。

崔薇臉色如常，像是沒注意到賀氏的失態般，便接著道：「照理來說，潘少夫人相邀，我不應該拒絕的，但我夫君來年便要進京趕考，這一年正要在家裡埋頭苦讀，實在抽不出時間來，只好等來年之後，小姑子嫁到賀家去，與潘少夫人您離得近時，再來與您好好相會了。」

賀氏一聽崔薇說到這兒，臉色頓時變得更加厲害，此時心裡便像是鬧開了鍋一般，潘世權之前提點她說想要拉攏聶家人，尤其是聶秋染這樣一個有前途的舉人，往後若是聶秋染得勢，他也好受幾分照拂，賀氏還當他說的是真的，可不知為何，現在聽崔薇提起潘世權替聶晴保媒的事，她心裡卻是有些不舒服了起來。

潘世權之前照顧她娘家兄弟，說她娘家這位堂兄弟家裡破舊得厲害，居無定所，因此願替他買棟小宅院就在自己旁邊，好使她也能多加關照。賀氏開始時原以為潘世權是照顧自己娘家人，可現在一旦心中懷疑起來，便覺得有些不大對勁了。

她勉強擠出一絲笑容來，咬了咬牙，想到之前自己在府中曾聽人提到過的消息，秀美的臉色不由扭曲得更加厲害。「我夫君一向是個樂於助人的，之前還聽說他曾想將聶姑娘說到我婆婆娘家呢。」她這話在試探著，本來以為崔薇若是露出詫異之色，她便認為自己想得多了，誰料崔薇詫異倒是詫異了，但說的話卻是——

「潘少夫人竟然也知道這事？」

這下子賀氏哪還有不明白的，女人對自己丈夫的事便最是敏感的，這會兒賀氏恨不得撕了聶晴這個小東西，她強忍著，一下子站起身來，臉色青白交錯，半晌之後才又恨恨地坐了下去。她知道自己這會兒不該是失態的時候，強忍了心裡的怒意，又與崔薇說了幾句話。

那頭賀元年想湊過來與崔薇調笑幾句時，看到賀氏有些不大對勁的臉色，也悄悄退了回去，不敢過來了，倒給崔薇減少了好些麻煩。

晚間時崔薇將這事與聶秋染提過一回，聶秋染沒有說話，只拍了拍她背，這事便算過去了。

聶晴的婚事是定了下來，她就是在出嫁前死了，她的靈牌也是要抬到賀家去的，聶秋染直到此時才暫時地鬆了一口氣。

本來聶晴的婚事一定下，崔薇便覺得聶晴從此該跟自己無關了，可誰料第二天崔梅卻是回娘家來了，一到娘家還沒進門，便朝崔薇這邊撲了過來。

一大早開門便接了這樣一個哭得跟淚人兒似的婦人，崔薇有些頭疼。

崔梅進門便哭了已經小半個時辰了，眼淚便沒有斷過，嘴裡也在一直訴說著，崔薇開始還想勸她幾句話，可是根本插不上嘴，而且崔梅只顧著自己宣洩，完全聽不進她的勸告，像是只在她這兒傾訴一般，而不是過來找安慰的。崔薇當了大半個時辰的心情垃圾桶，終於崩潰了。

「大堂姊，妳有什麼事直接說吧，妳想怎麼做，也跟我說，要我怎麼幫妳也說說，光哭有什麼用？」她遞了好幾塊手帕過去，如今每塊都捏在崔梅手裡，都已經浸濕了。

「夫君他一來便去了聶家，四妹妹，妳說我該怎麼辦才好？」崔梅沒有聽到崔薇的話，只是仍面色有些惶恐的自言自語道。

崔梅嫁到陳家才不到一年時光，整個人卻是瘦得脫了形，如今正值五月天氣，她穿了一件洗得泛白的粗布藍衫，露出來的脖子處連青筋都瘦了出來，肩膀上的骨頭頂著衣裳，看起來細小得厲害，更襯得她全是骨頭的臉竟然與身體比例瞧起來有些不協調了。不過是才短短的時間，她就如同變了個人似的，瘦得人都脫了形。

「大堂姊！」崔薇站起身大聲喊了她一句，崔梅這才像是被嚇了一跳般，有些黯淡的眼神這才像是活過來般。

崔梅看了崔薇一眼，喃喃道：「四妹妹，妳怎麼了？」她一邊說著，一邊臉色發紅，站起身來。

崔薇這才注意到她有些微凸的肚子，臉上露出驚色來。「大堂姊，妳的肚子，妳有孩子了？」

說到孩子，崔梅勉強點了點頭，不像之前總是抱怨，而是有些憂愁道：「是有了，不過我婆婆說我肚子是圓的呢，而不是尖的，又這般小，說可能只是一個女兒而已。」崔梅說到這兒時，語氣有些失落。

崔薇雖然知道此時人重男輕女，不過聽到崔梅自個兒都這樣抱怨時，卻仍是有些不以為然。「就算是女兒，也是大堂姊妳自個兒的，我瞧著妳太瘦了些，既然有了孩子，還得要好好保重身體才是。」

崔梅說到孩子，眼睛裡染了些憂色，手下意識地摸著肚子沒出聲，有了孩子本來是一件大喜的事情，可她心事卻是重得很，半點沒有歡喜的神色。

崔薇瞧著她這副恍神的模樣，心中有些無奈，乾脆拉了她又坐下，出去替她打了些水進來準備讓崔梅洗臉，可誰料她出去打了水，崔梅卻依舊維持著她剛剛坐下的模樣，連眼珠都沒有動彈一下，像整個人都已經變成了雕像一般，一副失魂落魄的模樣。

崔薇又嘆息了一聲，將熱水桶給放下來，又進屋取了一塊乾淨的新帕子，替崔梅擰了一把，才遞到她面前。「大堂姊，擦擦臉吧。」

崔梅哭得一臉都是淚痕，又拿手擦過，臉上全是油污，她愣愣地接過帕子來，擦了幾下臉，果然精神便要振奮得多了。

「大堂姊，晚上不如留在這邊吃飯吧，若是那陳小軍對妳不好，不如跟大伯母說，妳總歸是她女兒，她多少也能替妳出口氣吧。若實在過不下去……」崔薇猶豫了一下。

崔梅卻像是被嚇到了一般，一下子就跳了起來，飛快地擺著手。「不不不，不行的，四妹妹，妳千萬不要跟我娘說。」她臉上露出驚恐之色，半晌之後又有些失落道：「我娘就是知道了，也只會怪我沒出息，攏不住夫君。」說到這兒時，她聲音越來越小，整個人又蔫了下去。

崔薇瞧她這模樣，真是愁死了。

「那大堂姊妳的意思是想要怎麼樣？要不要我替妳出口氣？我讓聶大哥去陳家裡打聲招呼，免得陳家以為咱們沒人了。」

崔梅又連忙搖頭，慌亂道：「不行不行，婆婆要是知道我跟妳說這些事，她一定會罵我的。四妹妹，我求求妳不要管我的事了，也不要告訴我娘。」她語氣裡帶了慌亂與無助。瞧見她這副懦弱又麵團似的軟而好欺負的模樣，崔薇鬱悶了起來。「這樣也不行，那樣也不行，那大堂姊跟我說了半天是個什麼意思？」

「我只是沒人可以說說話，所以過來找妳的。」崔梅臉上露出一絲不好意思的神色。瞧她那眼神間滿是疲憊，看來陳家的日子確實不好過得很，剛剛聽她訴說，崔薇便已經氣得不行了，這會兒見她訴說半天，仍要回去忍，忍不住一股氣憋在胸間，不上不下，難受得緊。

崔薇心裡鬱悶得要死，雖然崔梅說了不要管她的事，但她仍忍不住開口道：「大堂姊，我不妨與妳說句掏心窩的話。陳小軍不是個良配，妳現在肚子裡還懷著他陳家的骨肉，他們就敢這樣對妳，要妳真的生了個女兒，豈不是要將妳們母女連皮帶骨的都給吞下去了？而陳小軍如今已經是成了婚的人，還往聶家跑，這樣的人實在是糊塗得很……」

「不是的、不是的。」崔梅聽她這樣說，連忙便飛快地擺手。「夫君、夫君他只是傾慕聶夫子的學文，不是與聶姑娘有什麼瓜葛，四妹妹誤會了。」

她這樣一說，崔薇心裡不由生出一股怒火來，陳小軍是個什麼樣的人，沒人比她更清楚了，當日在潘家唱戲時，聶晴便與他私會過一回，現在崔梅還替他辯解。崔薇臉色有些發冷，一邊將崔梅擦過臉的帕子扔進桶裡，一邊就冷聲道：「妳信他的鬼話，當初他與聶家議過親的……」

「沒有的，四妹妹，夫君他重情重義，就因為與聶姑娘曾有過那樣的事，所以對她關心了一些。」崔梅說到這兒時，眼淚不由自主的又流了出來，哭得淚眼婆娑，一雙眼睛哀求似的看著崔薇。

崔薇本來想說的話堵在心口間，再也說不出來。難怪崔梅成婚後便被折騰成這個樣子，這也是她自個兒性格太軟了些，陳小軍現在欺人太甚，她竟然還如此幫著說話，她自個兒都已經將自己的地位擺得如此低，難怪陳家人都要狠狠踩她幾腳。

崔薇心裡有氣，可是看到崔梅微挺的肚子，她又將到嘴邊的氣忍了下去。

就算是她一個前世沒有懷過孩子的人也看得出來，崔梅這肚裡胎兒恐怕養得不太好了。崔梅臉色這般不好看，身體又虛得很，頭髮依稀能看得到落了大團的地方出來，鄉下人稱這叫鬼剃頭，其實就是身體差，挺不住了。她一個人吃又是兩個人補，若是她這樣下去，恐怕不一定能熬得到生產時，更有甚者這孩子都不一定保得住。

「既然妳認為陳小軍如此好，又來跟薇兒說什麼？」

坐在外頭的聶秋染聽了半天，也覺得憋氣得不行，險些將手裡看著的書給扔了，沈著臉進來了。

第一百零四章

崔梅現在的生活很容易便讓他想到了前世時的崔薇，也是同樣的一個德行，甚至後來求他相助時也是軟弱得要命，最後終於自個兒將自個兒折騰沒了。若崔梅繼續這樣下去，結局可以想像是一樣的，聶秋染甚至可以預料到她的往後。

聽了大半天她的哭訴，他覺得耳根疼，這婦人也實在太軟弱了些，若是遇著一個對她好，體貼她又疼惜她的人，那她這樣的軟弱倒是個福氣，畢竟家裡一強一弱正好互補。可是像她這般只知一味退讓，又遇著像陳家那樣狼心狗肺的，死了也是白搭！

聶秋染臉色冰冷，說話又不客氣，崔梅頓時便被嚇住了，怯生生地看著聶秋染，身體簌簌發抖。

崔薇看她這樣子，既是有些同情，又是有些鬱悶，沒好氣道：「大堂姊，若是有人這樣說妳，妳直接與人家說關他什麼事就行了，不用如此害怕的。」

崔梅嚇得面色慘白，一面搖了搖頭。

崔薇拿她也沒有法子了，只能與她坐了一陣，最後崔梅瞧著時間不早了，自個兒要回去伺候陳小軍吃飯，這才困難地起身出去了。

一整夜崔薇想著崔梅那蠟黃的臉色便覺得有些不大對勁，不知怎的，她翻來覆去好半晌才睡著，一整晚都作著惡夢，一股沈重的氣息壓在她胸口間。

她像是能看到陳小軍猙獰的臉色一般，他伸出手朝自己胸間襲了過來，崔薇只覺得渾身冷汗淋漓，她變成了夢裡的崔梅，今日下午時崔梅與她說過的話，成了她現在作的惡夢，像是崔梅經歷過的一切，她現在都在經歷一般……

崔薇面色慘白，夢中陳小軍滿臉扭曲嫌棄的伸手想要打她，像是她也挺著一個大肚子，撕裂般的疼痛傳來，肚子裡也跟著像排山倒海般疼了起來，下腹一股溫熱的濕流湧出，像是有人在喚她，終於將她從睡夢裡拉醒過來。

「啊！」崔薇尖叫了一聲，一把坐起了身來。

「薇兒！」

屋裡不知何時點起了昏黃的燈光，燈光下聶秋染稜角分明的溫和俊臉正帶了擔憂，穿著一件單衣跪坐在床邊，將她半摟進懷裡，正拍著她的臉。他背著光，眼裡一片漆黑，看不清他的眼神。

「聶大哥，聶大哥。」崔薇想到剛剛夢中的情景，嚇得渾身發抖，便撲進聶秋染懷裡，伸手死死環著他的腰，不敢放開了。

她還是頭一回露出這樣害怕的神色，聶秋染小心地伸手將她輕輕摟進懷裡，放到自己大腿上抱好了，把她上半身拉往自己身上趴著，一邊伸手在她背脊處輕輕地撫摸了起來，像是在摸著毛球一般。她的衣裳已經完全被汗浸濕，聶秋染伸腿勾了自己搭在床頭的外裳過來替她裹在背上，看她漸漸地平靜了下來。

「怎麼了？不過是作個惡夢而已，有什麼好害怕的？」他聲音裡帶了些愛憐與疼惜，又帶了些溫和與安撫，在這深夜裡聽來特別的能安人心。

崔薇慢慢平靜下來，死死趴在聶秋染身上，一邊伸手捉著聶秋染的衣襟，一邊挪了挪身體，小聲道：「聶大哥，我夢到我變成我大堂姊了，嚇死我了。」她這會兒臉色一片慘白，額頭沁了細細密密的汗珠，溫順得像隻貓般，蒼白的小臉，滿頭烏黑的長髮披瀉在她身上，使她顯得特別的惹人憐愛。

聶秋染感覺到她纖細的身體趴在自己身上，胸前兩團剛剛發育的細緻軟嫩緊緊的抵著他胸口。兩人朝夕相對也好些日子了，聶秋染還從來沒有過現在這樣口乾舌燥、忍都忍不住的衝動感。崔薇是他妻子，若是他想要碰觸她，那是天經地義，可是以前他從來沒有過這樣控制不住的感覺。

聶秋染眼神幽暗，他並不是一個會委屈自己忍耐之人，雖然他知道崔薇此時剛剛才受過一場驚嚇，作了惡夢，這會兒正是需要他安慰之時，可是他忍不住。

小少女柔軟而纖細的身體，帶著青春的氣息，那樣柔順的眉眼，越看越是令他滿意，恍若一種惹人採擷的姿態，就這麼安靜的靠在他胸前，聶秋染有些忍耐不住，眼裡露出勢在必得之色，聽崔薇嘴裡還在與他說著話，可是他眼裡看到的只是那咬得豔紅的柔嫩嘴唇，與偶爾露出的細白整齊的小牙齒。

他的嘴唇漸漸靠近崔薇光潔帶了汗珠的額頭上，那飽滿而白皙的額頭觸感好得令他竟然不想離去。小少女不知道是不是從小就常用羊乳洗澡洗臉的原因，身上帶著一股淡淡的乳香味，而且肌膚細滑透明，他一靠近，忍不住便伸舌頭輕輕舔了舔，汗珠帶了點鹹味，並不是他前世曾聞到過的精緻熏香味，可不知為何，他就是喜歡，他甚至越來越忍不住，氣息跟著粗重了起來。

「我夢到我變成大堂姊了，我夢到陳小軍了。」崔薇沒有注意到聶秋染的眼神，只是一個勁兒有些慌亂地道。

她這會兒算是明白了崔梅與她說話時的慌亂感，陳小軍夢中那猙獰的眼神讓她現在想起還不由自主地打了個哆嗦，難怪崔梅一來便與她說個不停，沒料到崔梅背後竟然受了這麼多折磨，她甚至夢到剛剛崔梅懷著身孕時，還要伺候陳小軍，那像是即將要被他侵犯前的那種恐慌心情，真實得實在是太可怕了！她甚至好像還感覺得到自己肚子的疼痛一般，如同真有孩子要落了出來。

聶秋染的吻落在她額頭上，沒有令她反感，在這樣的恐懼時刻，他這樣的親近好像反倒打消了一些她心裡的害怕。

她主動湊了額頭過去，任他貼著輕輕舔噬，一股顫慄的感覺從腳底傳到身體中，夢裡那種沒了孩子的感覺總算是褪了幾分，她甚至後來還夢到自己死了！

聶秋染感覺到她的溫順，十分滿意，本來只是想碰碰她的額頭，可漸漸卻有些忍耐不住。一邊伸手將她緊緊圈在懷裡，往上抬了幾分，一個磨蹭，讓他更是一股火氣直往小腹上撞了過來，再也沒能忍得住，一手緊緊圈著她的腰，將她按在自己身上，一邊則是抬著她下巴，將她臉抬了起來。

羽毛似的吻從額頭眉間滑過，沒有漏過眼皮與鼻尖，兩人呼吸交纏，最後落在唇間時，是一陣狂風暴雨般的溫存。

唇齒交融間，舌尖舔舐吸吮，崔薇漸漸感覺到聶秋染呼吸有些變化了起來，她這會兒是真將崔梅的話而作起的恐怖惡夢給忘了個乾淨。身下聶秋染的氣場實在是太大了，這會兒她心裡眼裡裝的全是他，而他動作也越來越激烈，像是有些忍耐不住了。

糟了！她忘了聶秋染如今正是年少最為衝動的時候，她剛剛只顧著害怕，以為他只是想碰碰自己額頭，沒有拒絕，反倒是態度溫順，像是在默認一般。

崔薇嘴唇被他吸吮得疼痛，根本張不開嘴來，兩隻手剛剛一動便被他緊緊抓住。色慾薰心時候的男人最可怕，他此時力氣大得驚人，兩隻胳膊像是都堅硬得如同鐵臂一般，崔薇根本掙扎不動，兩手被壓在後背有些發疼，她鼻孔裡發出輕哼聲，聶秋染一聽更是忍耐不住，伸手摸進她小衣裡面。

此時正值夏季，夏天時穿著本來就薄，尤其是睡覺時，她裡面只穿了一件薄薄的透明綢子衣裳，他一伸手進去，便將她肚子摸了個遍。他手指碰到細膩帶了汗意的肌膚，崔薇一個激靈打了個哆嗦，雙腿被他夾住，大腿間被他緊緊抵住，動彈不得。

「聶……」崔薇掙扎了好半晌，終於將臉別開，困難地喊了個字出來，剛一喊完，喘息了兩聲，聶秋染的嘴唇便已經挪到她耳垂邊，順著耳朵往脖子下挪，她打了個哆嗦，嘴裡剩餘的話化成了一聲細小的尖叫，再也使不出力氣來。

崔薇現在年紀還小，她雖然知道自己跟聶秋染成了婚，往後遲早有一天可能會圓房，但不能在這個時候，她可沒有心理準備要在十四歲還不到時，肚子裡面就已經裝著一個了。

崔薇欲哭無淚。

那頭聶秋染已經伸手到她胸前，一手勾著她自己做的內衣帶子，一邊聲音有些沙啞地問：「這是什麼？」

她做的內衣！

但崔薇不會說，她喘息了兩聲，還沒來得及開口讓他放開。

聶秋染在第一時間沒有得到答案，已經有些不耐煩地伸手扯斷了她的內衣，將小衣滑了下來，一伸手間便將還沒發育成熟的細嫩綿軟捏在了掌心裡，輕輕揉了兩下，調笑道：「真小！」

一股熱氣順著腳底就朝身上湧了過來，崔薇覺得自己臉燙得都要燒起來了，她掙扎了兩下，有些惱羞成怒。「你放開，嫌小你不要碰，以後我會長大的！」

「我幫妳吧！」聶秋染此時的眼神帶著危險，緊緊盯著崔薇，像是在盯著一隻柔弱的小白兔般，她的這點兒掙扎根本不被他瞧在眼裡，反倒是增添了幾絲情趣，一邊伸手將她光裸細緻的柔軟把握在掌心間，一邊翻了個身，將她壓在身下。

崔薇本來以為自己今日完蛋了，她能感覺得到聶秋染的手已經撩起了她的衣襬，掀開了她的裙子，甚至手都已經碰到了她腿邊，她自個兒縫製的內褲此時已經被他褪到一半，崔薇掙扎不過他，臉頰不爭氣地紅了起來，咬著嘴唇，身體微微有些哆嗦著閉了眼睛，將頭歪到一旁。

她這樣的姿態看得聶秋染更是忍耐不住，伸手探到她腿邊，撥弄著她筆直細緻的長腿，只是一碰到腿心間時，他頓時就愣住了。

滿腔熱念硬生生的煞住了腳，有些不敢置信地又摸了兩下，手指探進她身體間，細緻軟嫩的身體將他手指層層疊疊裹住，讓他寸步難行，可他除了這種銷魂蝕骨的感受外，竟然還摸到了滿手的溫熱與濕滑，他手上帶著點點殷紅，一股腥味漸漸在床鋪間瀰漫了開來……

聶秋染鬱悶得要死。「怎麼會是現在？不是還要再過幾天嗎？」

他都到這個分兒上了，怎麼還能忍得住？聶秋染一時間像是處於冰火兩重天，一頭讓他越發有些忍耐不住，尤其是剛剛碰過了她一下，到現在更是心火大熾；而另一廂則是見她癸水來了，又不敢再碰她，怕傷到了她。

崔薇鬆了一口氣，臉色又紅又燙，伸手推了推他，雙腿被他壓著，併不攏來，這會兒聽他這樣一說，險些要哭了出來。

「你趕緊先下來！」她沒料到今兒聶秋染會狼性大發，不然早知道作了惡夢也不敢靠近他了。

聶秋染在她喚下來時，並沒有下來，反倒又忍不住伸手摸了幾下，有些忍耐不住，可最後又真怕傷了她。看她已經要哭出來的樣子，鬱悶得要死，重重壓了她兩下，這才氣憤道：「今兒先放過妳了！」

把他勾得心思起了，又鬧了這麼一件事，明明她的癸水不是在這個時候的，她身體調養得好，癸水也一向準時，還有四、五天才會來的，怎麼會在這要命的關鍵時刻來了？

聶秋染有些不甘地挪開了身體，可又消不下火，將她摟進懷裡又抱又親的摸了半天，才將喘著氣的崔薇給放開了。

兩夫妻以前雖然有夫妻之名，但相處起來可真是純淨得很，從沒有過越雷池的時候，崔薇想起來，聶秋染真像是把她當作了一個小姑娘甚至是女兒般照顧著，從來沒有過越軌的舉動，甚至晚上抱著她睡覺也是規矩得很，手沒有亂摸過，沒料到今天發起狼性來，竟然是這麼一副模樣。

而她同樣的也沒真將聶秋染當成一個可以做親密事的丈夫，她將他當成一個可靠的，而又能共同生活的好對象，沒料到今晚上竟然有這樣的親密舉動。

崔薇又羞又氣，等他一放開，恨恨地就坐起身來。

自己還沒生氣，她就已經氣上了，夫妻間做這樣的事不是天經地義的嗎？只是他以前沒有碰她而已。聶秋染鬱悶得很，看崔薇氣呼呼的樣子，不知為何，又不想去惹她不快，乾脆又哄了她一陣，出去燒了水進來任她將身子擦洗了，又將床鋪給擦了，小少女卻是怎麼樣也不肯再跟這個禽獸同睡一張床了。

「好了，乖薇兒。」聶秋染一邊拉著腳下像是黏在地上一般的少女往床上拖，他絕對不會允許兩夫妻而不睡一張床的！

他好聲好氣地哄著她，但怎麼就不肯張嘴同意她自個兒要單獨睡的要求，崔薇不知道這傢伙哪兒來那樣大的力氣，被他半拖半抱著依舊弄上了床。

不知道是不是這個月癸水來得早了些的原因，她肚子隱隱有些發疼。剛剛被聶秋染的手觸碰到的地方，這會兒還帶著那種男人強勢到真像要立即便要了她的感覺，令她心裡既是有些委屈，又有些害怕，被他抱上了床，雖然不想哭鼻子，但終於還是沒能忍得住。

「聶大哥，我現在還小呢，你現在先不要這樣做，等我長大些了再說吧？你看人家都是十六歲才嫁人的……」她語氣有些可憐兮兮的，又抽泣了兩聲，實在是被剛剛聶秋染的強勢給嚇住了。

聶秋染不想答應她這個要求，雖然小少女哭得有些可憐，他心裡也有些疼惜，不過不知道為什麼，她越是這樣哭，他心裡就越是衝動。

連忙將頭別開了，又好聲好氣地哄了她大半天。

崔薇見他不肯答應自己的要求，心裡氣得要死，又有些害怕，忍不住真哭了起來。

聶秋染連忙哄她，只是哄了大半天卻是不見她停歇，便探頭輕輕在她耳朵邊咬了一口，感覺到崔薇打了個哆嗦，他這才嘴角邊露出笑意來，輕聲道：「剛剛夢了些什麼，妳先跟我說。」

崔薇本來背對著他睡，這樣一睡，感覺他手捏在自己胸前，好像姿勢有些不大對，完全是便宜他的，忙又轉過身來，伸手抵著他胸前，也怕他真像剛剛一般不受控制，見他問自己問題，心裡鬆了一口氣。

她連忙就道：「我剛剛夢到我變成我大堂姊了。」說到這兒，因剛剛聶秋染的舉動而忘了的夢裡情景，這會兒又浮現在心裡頭，崔薇不由自主地就打了個哆嗦。

聶秋染看她剛剛臉頰還帶了些淡粉的，這會兒一下子又變得蒼白，眉頭微微皺了皺，故意壓著她腦袋，又低頭舔了舔她嘴唇，直將她嫩唇吮得豔紅，又看她臉上重新浮現了嫣紅色，這才將她放開。

崔薇推了他一把，也顧不得害怕了，連忙咬著嘴唇，想離他遠一些，但哪裡能行，聶秋染的手臂緊緊勒在她腰後，她根本動彈不得。掙扎了一會兒，見他眼神又開始有了變化，崔薇嚇了一跳，也不敢再動了，連忙便道：「我夢到我變成大堂姊了，像是真遭受了大堂姊那般待遇一樣。」

夢裡的情景實在是太過真實了，甚至連崔梅對陳小軍那種怕得要死的心情，她竟像感同身受一般，最後那種流產的撕心裂肺的痛楚感覺，她甚至也好像感覺到了，不過醒了之後，她才知道是自己癸水來了。

一邊說著夢裡的情景，崔薇一邊將身體又挪近了聶秋染一些，她這會兒也顧不得害怕聶秋染控制不住了，有些顫抖道：「我最後還夢到我死了。」她沒有隱瞞自己像是感受到要被陳小軍碰觸時的感覺，不知為何，兩人剛剛那番親熱，她雖然對聶秋染有氣，可心理上對他卻又更親近了幾分。

聶秋染沾染了慾念的眼神在她說起夢中的情景時，便漸漸褪去了，變得冷靜而又銳利，如同鷹隼般，陰森而充滿了戾氣。他的手仍輕輕在崔薇背上輕拍著，表情卻微微有些森然，只是崔薇的臉埋在他胸口間，瞧不清他臉上的神色。

「夢是反的，妳嫁給了我，陳小軍怎麼可能與妳有關？能碰妳的，也只有我。妳別害怕，那只是錯覺。」

聶秋染說這話時語氣堅定而帶了些陰鷙，崔薇打了個哆嗦，既是有些害怕，又是有些羞怯。

聶秋染的手緊緊按在她背上，又接著道：「今日下午時妳大堂姊過來與妳說得太多了，讓妳心裡害怕了，以後妳不能再與她多有聯繫了，免得她再說些事給妳聽，讓妳作惡夢害怕。」聶秋染這話是無比篤定的，又帶了絲隱抑的怒氣。

崔薇夢裡的事大部分應該是她前世時的遭遇，她不知道，聶秋染卻是清楚得很。聽到崔薇說陳小軍想碰她時，雖然明知那並不是這一世的事情，依舊是讓他心裡湧出一層層的怒火與殺意來。

此時他心裡更是升起一個荒唐的念頭，前世因為受了聶晴暗算的是崔薇，所以崔梅這曾經歷過的事情她一旦與崔薇說起，崔薇甚至也能作惡夢，這就像是冥冥中有一隻手在推動，讓崔薇即使是避過了那樣一劫，可心理上同樣也要受折磨一般。

聶秋染這會兒心裡又驚又怒，雖然他也知道崔梅這輩子是受了聶晴暗算，不過也只能怪她有一個貪財的老娘，否則在陳小軍說到傾慕她時，劉氏應該是大怒，而不是以為自己女兒未成婚便能將男人給拴住，往後可以撈些好處回娘家，歡天喜地將女兒嫁過去。

說到底，無論是前一世的崔薇，還是這一世的崔梅，她們的遭遇除了有聶晴的原因外，更重要的，還是在於她們有一個不重視她們的老娘，崔梅的事不應該再重現在崔薇身上！

聶秋染一想到這兒，臉色更顯出幾分陰戾來，心裡湧動出幾分殺機。他此時有種衝動想將崔梅殺了一了百了，反正她活著，也比死了還要痛苦，而她活著，卻總是給崔薇造成陰影，聶秋染不能容忍這種陰影在崔薇身邊，雖然明知這樣做對那個婦人是不公平的，但前世的遭遇早將他的心腸鍛鍊得冰冷堅硬無比，此時哪裡會對崔梅心軟，心中捉摸半晌之後，才在崔薇細細的呼吸聲中，回過神來。

不知道是不是說出了心中的想法，崔薇這會兒已經放鬆下來，漸漸睡著了。

在夢中被嚇得夠嗆，醒了又險些被他給吞進肚裡，難怪她現在睡得這樣快。

聶秋染有些憐惜的替她理了理頭髮，乾脆小心地放了她身體，起身將燈火吹熄了，這才重新躺好，將人又摟進懷裡。手下意識地摸到她細嫩柔軟卻又充滿了彈性的胸時，想到剛剛自己扯斷了捆住她胸的小衣，頓時又有些衝動了起來。這小丫頭也不知哪來的古靈精怪的想法，竟然想得出辦法弄個衣物將她那雙小東西給包住，也實在是太會勾人了些。

他前世對女色上並不如何熱衷，還沒有過像今晚這樣自己都控制不住的時候，其實不只崔薇嚇了一跳，他自個兒也有些吃驚。

崔薇的胸小小的，這會兒確實是還沒有長好，她現在年紀還小，其實根本受不住他，也唯有再忍一年了。

聶秋染心裡想了半晌，熬到快天亮時，才剛剛睡著。

第一百零五章

兩夫妻半夜時起床折騰了這樣一場，自然早晨起來時就晚了。崔世福父子送羊奶等物過來時，兩人還沒睜開眼睛。

一旦有了那樣親密的關係，果然二人間的氣氛便有些不同了，不像以往縱然是睡到一塊兒，崔薇卻根本沒什麼感覺。現在一醒來被人抱在懷裡，崔薇臉頰一下子就紅了起來，身後聶秋染的胸膛緊貼著她身體，她這才發現昨兒兩人睡時衣裳都已經有些扯開了。

外頭崔世福父子正敲著門，她慌忙要坐起身來，聶秋染懶洋洋的將她放開，看她坐起來，衣裳已經被扯開了，柔嫩漂亮的胸昨兒緊貼著他胸膛睡了一夜，是他半夜解開她衣裳的傑作。

這會兒早上衣裳散開，裡頭的春光被他瞧了個大半，更有些忍受不了，可惜她身體稚嫩，而且又來了癸水，碰不得。

聶秋染不敢再看她，外頭崔世福又正敲著門，他起身穿了衣裳，見崔薇背轉著身不敢看自己的模樣，小耳朵都已經紅透了，看得他更食指大動，忍不住轉身捧了她腦袋重重吮了她嘴唇一下，這才將她放開，小心替她關好門，又出去將窗給關上，不會讓人瞧著了，才去開門。

崔薇耳朵火辣辣的燙，剛剛聶秋染的舉動像是表明兩人真是感情極甜蜜的夫妻一般。她慌忙穿了衣裳出來，外頭崔敬懷父子已經擱了奶桶走了，聶秋染不在院子中，而院門大開著，崔薇既是有些鬆了口氣的感覺，又有些小小的失望，在客廳裡探出頭往外看了一眼，這才坐到了客廳中。

不多時聶秋染喊著崔敬平過來了，他自個兒洗了臉之後又提了水進來給崔薇洗，一邊坐在她身邊，一邊道：「妳身子不爽利，這幾天我讓三郎過來給妳收拾那些羊乳。」

崔薇點頭，也不敢看他眼睛，耳根發著燙，在他目光下頗有些手足無措之感。

兩夫妻正相對望著，外間卻突然傳來了一陣急促的敲門聲，一個男子的聲音大聲響了起來——

「開門！聶秋染，你要是男子漢大丈夫，便來將門開了，與我說道說道！」

這人聲音極大，像是含了憤慨一般，一個婦人的細小聲音正在勸說著他什麼，崔薇一下子便聽了出來這是陳小軍的聲音，頓時臉色便發白了。

其實真正算起來，她並沒有見過陳小軍幾回，可不知為何，她就是一下子便將人給認出來了。聶秋染看她剛剛還嫣紅的臉蛋一下子變了臉色，頓時心裡湧出一股怒火來，「砰」的一聲便將手裡的茶杯放到了桌上，一邊捏了捏崔薇的手，一邊則是去開門了。

崔薇雖然心裡有些不知為何寒意直冒，但仍跟在了他身邊，崔敬平拿著火鉗也跟著站了出來。

那頭聶秋染一打開門，便見到屋外陳小軍正高舉了手，一耳光抽在崔梅臉上，打得崔梅雙腿一軟，便跌坐在了地上。

崔薇想到昨兒晚上作的惡夢，再想到夢裡那種像是流產般的感覺，她頓時嚇了一跳，也顧不得心裡對陳小軍本能的反感，一下子站了出來，去扶崔梅，一邊怒聲道：「你幹什麼，敢跑到我門前來打人！」

她這會兒一看到陳小軍便覺得厭煩，崔梅身體瘦弱得如同一根枯柴枝般，她一個人便將崔梅給扶了起來，越是扶得輕易，崔薇越是氣憤，小心地看了崔梅肚子一眼，一邊換了口氣，有些擔憂的衝崔梅道：「大堂姊，妳沒事吧？」

崔梅慌忙搖著頭，眼淚跟斷了線的珠子似的，哽咽著道：「我沒、沒事，四妹妹，妳別怪夫君。」

剛剛才挨過打，竟然這會兒便給他說起好話來。崔薇心裡一股無名火湧了出來，這崔梅記性也實在不記打，也懶得再扶她了，將她放到門邊靠著，這才冷了臉道：「我怎麼不怪他，一大早的跑到我們前來發瘋，也不知哪股癲癇發作了，跑我們前來鬧，還不趕緊滾開！」

昨兒作了那樣一場惡夢，雖然最後聶秋染說了是因為崔梅跟自己說得太多，以致讓自己日有所思，夜有所夢。她昨兒也確實想了許多崔梅的事，夜晚才作了那樣的夢。

不過其實崔薇心裡並不怪崔梅，甚至隱隱有些同情她，但這會兒見她挨了打，竟然還說要讓自己不要怪陳小軍，她心裡一股火氣便忍都忍不住，可憐之人必有其可恨之處！

崔梅自個兒願意養著陳小軍的脾氣，不見得自己就願意替他兜著。陳小軍是崔梅丈夫，她願意忍著是她的事，可他不是自己的丈夫，自己也不願意忍他，憑什麼崔梅要忍著，還要自己也與她一塊兒忍著？

「我不是來找妳的！妳且讓開，我是來找聶秋染的，他憑什麼將我、將聶姑娘給隨意嫁出去！你為什麼要這麼做！」陳小軍伸手便要去推崔薇，想要找聶秋染理論。

崔薇哪裡忍得了他的手碰自己，在他手還沒沾著自己胳膊時，便狠狠抬掌打在了他手背上，又一腳踢在他小腿上！

「啪」的一聲脆響，陳小軍有些不敢置信的摸著自己手背，瞪著崔薇說不出話來。崔薇打他的力氣極大，可疼倒是在其次，關鍵是陳小軍心裡忍受不了。他從小到大便被他娘眼珠子似的照看著長大，哪裡受過這般的氣，這會兒盯著崔薇，便有些惱怒了。可沒等他開口，崔薇已經先冷笑著指了門口，厲聲道——

「給我滾出去！門口在那邊，再在我這家裡撒野，你信不信我拿你當闖空門的賊，把你捉衙門裡去，砍了你雙腿！」

聶秋染有些驚喜地看著崔薇這樣凶悍的姿態，忍不住笑了起來，他可以肯定，如今的崔薇，絕對不會是上一世忍氣吞聲到死的崔薇，雖然不知道她為什麼突然有了改變，但其中原因一定十分好玩。

陳小軍只當他是在嘲笑自己，頓時惱羞成怒，他將崔薇當成崔梅一般，抬手便想打她，手還沒碰著崔薇時，便被聶秋染一把將他手腕捉住了。

聶秋染警告道：「陳大郎，你可不要一時昏了頭，做了錯事！」崔薇已經不是前世的崔薇，可以由得他來打罵，他怕是已經將崔梅打順了手，這會兒還想照舊施為呢！

崔薇瞧見他這動作時，便已經發怒了，回頭看了崔敬平一眼，使了個眼色，崔敬平點了點頭，冷笑著轉頭回廚房裡去了。

那頭陳小軍被聶秋染拉著手，疼得臉色都已經有些變了，眼神卻是有些堅定。「我是要來替聶姑娘討回公道的，你們憑什麼將她嫁人！」

聽著他這會兒的嚷嚷，聶秋染突然頗覺得不耐煩。

崔梅挺著一個大肚子，艱難地跪到了地上，一邊叩著頭，一邊流淚滿面，嘴裡求情道：「聶姑爺，我夫君不是有意想要冒犯四妹妹的，瞧在他還沒動到手的分兒上，您饒了他一回，我夫君身體弱……」

「賤人！」陳小軍正是大怒之時，想也不想便回頭踢了崔梅一腳，面色猙獰。「腿骨軟妳將這腿砍了便是，要是再隨意跪著，我要了妳的命！」

崔梅也不敢再求情，只是捂著臉嚶嚶的哭。

瞧她這會兒臉色已經變了，崔薇想到她的肚子，忙要將她扶起來。

崔梅感激地衝她勉強笑了笑，又拽著她的手求情道：「四妹妹，我夫君不是有意的……」

「好了！」崔薇臉色頓時就變了，也不想再去看崔梅那張布滿了淚痕的臉，強忍著心裡的怒意道：「大堂姊，我瞧著妳還是顧著點兒妳自個兒吧，這陳小軍可沒想著妳的好歹，妳的肚子，可比他來得金貴多了。他要是再鬧下去，我今兒便讓人綁了他送到縣裡去！」

「送到縣裡我也不怕！」陳小軍一邊掙扎著，一邊吼道。

聶秋染力道極大，拿捏著陳小軍，讓他根本掙扎不脫，他便如同婦人一般開始又踢又抓了起來，這副姿態看得讓人心裡作嘔，連之前他僅有的幾分斯文也不見了，不知他這副神態教村裡人瞧見了，劉氏丟了大醜，往後還會不會再自豪自己女兒嫁了個好夫婿了。

「聶姑娘是無辜的，你們憑什麼要讓她嫁給一個小貨郎，聶姑娘這樣好的人，你們怎麼如此作踐她？今日就算拚了我這條命不要，我也要為聶姑娘討回公道！」

他嘴裡大聲嚎叫著，聶秋染嫌他吵鬧，又看到一旁崔敬平已經提了一桶滾燙的羊奶出來，頓時冷笑了一聲，看準了時間，將人給推了出去，趁他倒在地上時，接過崔敬平手上那桶羊奶，全部朝陳小軍兜頭就潑了過去，霎時只聽到一陣殺豬似的嚎叫聲。

陳小軍覺得渾身一燙，霎時身上便如同著了火般，他一下子跳了起來，拚命捂著臉，那羊奶燙得厲害，有些被燙得嚴重的地方，竟然連面皮也跟著被他抹了一層下來，露出裡頭淡粉的肉，不知是不是羊奶太燙了，一時間那傷處竟然連血絲都未曾滲出來。

「啊～～」陳小軍疼得雙腿直哆嗦，捂著臉便慘叫個不停。

崔梅一瞧他這模樣，頓時便慌了神，忙要上前侍候他，可卻被陳小軍狠狠的推了個踉跄，她本來雙腿便打飄，這下子被陳小軍吃疼之下用力的一推，沒有站穩，整個人打了個轉，竟然一下子便迎面撞到了圍牆之上，嘴裡發出一聲悶哼，蠟黃的臉霎時便慘白一片。

崔薇連忙上前要扶她，那頭不遠處劉氏已經尖叫了一聲，朝這邊跑了過來，又看到崔梅蹲在地上一時起不來，頓時臉色慘白，扶了女兒起身，轉頭便朝陳小軍怒聲道：「姑爺，你這是幹什麼？我們家大梅肚子裡懷的可是你的種！」

劉氏對女兒雖然感情不如對兩個兒子一般的看重，不過到底也是她肚皮裡滾落出來的一塊肉，如今女兒嫁出去，用不著她拿飯來養著了，她倒是對女兒多了幾分客氣與憐惜，這會兒一看到崔梅被陳小軍打，劉氏頓時忍不住了。

「你這殺千刀的，她還懷著身孕呢，你簡直是豬狗不如！」

陳小軍自從娶了崔梅之後，並不是像劉氏以為的一般會好好對自家女兒，並時常拿些銀子來貼補岳家，反倒是偶爾來一趟，白吃白喝白住不說，還擺著臉子，像誰欠了他一百兩銀子沒還似的！自己生了個閨女陪他睡，一天到晚的竟然還跟自己擺臉色，而且一來便往那聶家跑，現在劉氏臉都丟盡了，臊得好幾天沒敢出門，前些天又跟孫氏吵了一架，現在她自然是看這陳小軍不順眼得很。

「大伯娘，我瞧著大堂姊不對勁得很，您先找個大夫給她瞧。剛剛陳小軍打了她耳光不說，還踢了她肚子的。」崔薇對劉氏沒什麼好印象，但依舊是強忍著性子叮囑了一句。

劉氏聽到女兒被陳小軍打過，頓時面色更不好看。女人被丈夫打在這鄉下地方算不得什麼新鮮的事，不過鬧得像陳小軍這樣人盡皆知丟臉的，還是破天荒頭一遭，她這會兒只覺得堵心得很，招個女婿來不只沒得到好處，反倒惹來一身腥，這會兒要是為了女兒出去找大夫，說不得人家講閒話的還要不少。

這廂劉氏還在猶豫著不想將家醜外揚，那頭陳小軍捂著臉已經慘叫了起來。「我的臉，先給我找大夫！」

一句話說得崔梅臉色也有些變化，劉氏嘴裡罵罵咧咧的拉著女婿女兒踉踉蹌蹌地走在外頭。崔梅臉色慘然，捂著肚子，崔薇瞧著她神色有些不對勁，忙要跟上去，聶秋染怕等下陳小軍發瘋她要吃虧，忙跟在她身邊。幾人一出巷子便遇著了崔家那邊王氏揹著背簍回來。

不知是不是命中注定該當如此，還是說王氏實在是太背了，她一看到這邊的情形時，眼睛頓時便一亮。

陳小軍捂著臉，劉氏又臉色不好看，崔薇夫妻還跟在後頭，崔梅亦是捂著肚子淚漣漣，王氏腦海裡一瞬間閃過了不少齷齪念頭，頓時興奮得滿身顫抖，驚聲尖叫道：「你們這是幹了什麼？大伯娘，你們該不會是去捉了姦吧！」

這話音剛一落，不遠處許多正做著活兒的村民們便朝這邊看了過來。

劉氏氣得直咬牙，恨不能撕了王氏這張嘴，她早晨時看到陳小軍兩人前後腳的出去了，陳小軍一副臉色不善的樣子，昨兒她又聽人家說陳小軍一過來便去了聶家那邊，她心裡覺得不好，連忙將屋裡孫子伺候好了才一路跟著出來，便聽到陳小軍口口聲聲說要替聶晴出氣的話，頓時氣得眼睛直冒金星。這事屬於家醜，她捂都捂不及的，王氏卻偏偏要來鬧大，劉氏臉色不好看得很。

崔梅勉強露出笑容來，衝王氏便道：「大堂嫂，妳誤會了……」對於王氏這樣的人，崔梅這樣軟綿綿的答了腔，不只不會讓她覺得不好意思要住嘴，反而會讓她更加的興奮。

王氏伸手便將自己的背篼往地上一甩，也不管背篼裡的紅苕藤了，連忙便朝崔梅湊了過去，一邊呵呵怪笑道：「大梅妹子，妳也不要害羞，有什麼委屈只管跟我說，我這當大堂嫂的肯定要幫妳！」

她一湊過來，一股汗臭味便隨風飄來，陳小軍此時臉上疼得厲害，頓時便推了王氏一把。

「由得妳來多管閒事，速速讓開！」他這會兒渾身火燒火燎般的疼，早沒了耐性，王氏這樣糾纏上來，他心中很是不快，又氣憤得緊。

王氏被他這樣一推，頓時也怒了，她本來便不是一個能吃虧的性子，一看崔梅捂著肚子是個弱不禁風的，陳小軍又捂著臉，只當他是出去偷會別人沒臉見人，頓時更加得意，上前揪了陳小軍便道：「快來人啊，快來瞧瞧這不要臉的東西，吃了碗裡還惦著鍋裡的啊！」

場面頓時亂糟糟的，陳小軍忙要去捂王氏的嘴，眾人鬧成一團，王氏不甘心之下，撕扯中手肘撞到了崔梅的肚子，崔梅早已經不堪重負，昨夜裡陳小軍死命地折騰她，他不喜歡自己懷了他的骨肉，根本不憐惜她還懷著身孕，便折騰得她見了紅，早上她就已經極不舒服了，情緒又如此大起大落，還被陳小軍打了一巴掌，又踢了肚子，還撞到了牆，肚子受了重擊，疼得鑽心不說，而且還摔倒在地。她本身便覺得已經不好了，恐怕自己今日這孩子保不住了，可誰料到現在又挨了王氏一下，頓時慘叫了一聲，面色呈現出灰土色來，額頭上冒出豆大的汗珠，躺地上只能緩緩的呻吟了。

剛剛王氏出場實在太有王八之氣了，崔薇在後頭愣著半天還沒來得及說話，陳小軍與劉氏等人便與她掐上了，已經有人教訓王氏了，崔薇自然也懶得理王氏那樣的渾人。不過現在的情況是崔梅被王氏撞到了，她連忙上前要扶崔梅，王氏見到她過來時竟然想伸手抽她，果然是一個眼力淺而且又極愛逗貓惹狗討人厭的。

崔薇後退了一步，這會兒顧不得與王氏計較，忙要扶崔梅起身來。崔梅如今瘦得跟個紙片人似的，崔薇就是不用多大力氣也能拉起她，不過她懷了身孕，如今捂著肚子，又一臉的痛苦之色，她怕將崔梅拉起身急了，到時流產，因此也不怎麼敢碰她，回頭便看著陳小軍等人冷笑了起來。

「你們還鬧什麼？沒瞧見如今大堂姊已經不好了嗎？」崔薇說話間，崔梅裙子下已經化開了一灘灘鮮紅的血跡來，她嘴裡已經細細的呻吟起來，一邊捂著肚子，滿臉的痛苦之色。

劉氏不由自主地停下手，那頭王氏逮著空閒，便朝劉氏頭上抽了一記。

「反了天了！」劉氏氣得渾身哆嗦，逮過王氏來兩耳光便搧了過去。「妳剛剛撞到了我們家大梅，若是她肚子裡有個什麼三長兩短，我今兒拚著這張臉不要，也要妳抵命！」

劉氏這話說得極其陰狠，王氏剛剛才被打了兩耳光，有些暈頭轉向的，一回過神來便聽到這話，她才想起自己剛剛撞過來時像是真碰到了崔梅的肚子，頓時便有些心虛起來，挨了打也不敢還嘴了，連忙捂著臉，撿了背簍，飛快的跑回屋裡去了。

她撞了人便跑，這德行看得崔薇直皺眉，不過王氏這人也是蠢，跑得了和尚總歸跑不了廟，她現在跑了，可家還在這兒，又能逃到哪兒去？

「大伯娘，您趕緊去村裡將游大夫先請過來，再讓大堂嫂去請個穩婆之類懂這事的人過來，我瞧著大堂姊臉色有些不好看。」崔薇急著抬了崔梅的上半身，讓她靠在自己胸前，能舒服一些。

劉氏已經慌了神，這會兒聽到她吩咐，下意識地答應了一聲，只是腳剛一動，便又頓住了，有些猶豫道：「要不，先忍忍吧，家裡如今情況緊張得很，哪裡來的銀子？」她一邊說著，一邊便將目光朝陳小軍望了過去。

陳小軍還捂著自己那張腫痛的臉，剛剛他被王氏抓了好幾下，這會兒臉上越發疼得難忍，他自己都顧不及了，當然看不到劉氏的目光，只是聽到崔薇的話，氣憤道：「崔梅是我的人，她是死是活也是我們陳家的事，跟妳有什麼相干，要妳來管？」一邊說著，陳小軍又倒吸了好幾口涼氣。

這人性情如此涼薄，崔薇真是替崔梅不值，她忍了氣，又看著一臉不願動彈的劉氏，冷聲道：「先請大夫，這回的銀子，我先墊著！」

崔薇說到這兒時，渾身都覺得發寒，一旁聶秋染捏了捏崔薇的手，後頭崔敬平跟了出來，一邊抱起崔梅朝崔世財家裡走去，劉氏這才有些不大自在地答應了一聲，轉身朝村裡跑了去。

眾人都跟著離開了，陳小軍便一個人孤伶伶站在崔家門外，身上火辣辣的疼得火大，還在衝劉氏喊著。「先找大夫瞧瞧我的臉！」

劉氏沒搭理他，倒是這會兒已經疼得面色發白的崔梅被崔敬平抱著，咬著嘴唇，手朝陳小軍方向伸了伸，又看著崔薇，哀求道：「四妹妹，我夫君……」

「妳別管他了，死不了的！」那滾燙的羊奶最多燙掉他一小層皮，又不是多大面積的燙傷，死不了的，只是要吃上幾天苦頭而已。

最嚴重的反倒是崔梅，她現在下身流血越來越急，整個人氣息都已經有些微弱了，臉色慘白得連皮膚下面的細小血管都能看得一清二楚，呈現出細細淺淺的青色，看上去極其可怖，她自己卻不自知，像是沒聽到崔薇的話一般，只是傻愣愣的望著陳小軍的方向。

劉氏請了游大夫回來，陳小軍也跟著一塊兒回來了。崔薇忙要請游大夫進屋裡看看崔梅情況時，那頭陳小軍已經滿臉暴躁之色站起身來。

「不許進去！她是我娘子，要是被男人看了身子，便是活著也沒用！」

他這樣一喝著，那頭本來欲進去想瞧崔梅情況的游大夫頓時也愣住了，在這樣的情況下他也不敢打包票是不是真不會碰觸到崔梅身體，壞了她名節，女子名聲何其重要，他本來是救人命的疾醫，若是到時治好了崔梅，卻逼得她活不下去，那豈不是反倒背了一條人命。

崔游大夫猶豫著不肯進屋裡去，那頭陳小軍又死死咬著崔梅的名節，不肯讓他看崔梅，崔薇氣得眼睛通紅，恨不能抽他兩耳光。

屋裡女人細細的呻吟聲漸漸變得弱小了起來，等到劉氏的大兒媳喚了一個穩婆回來時，屋裡崔梅整個人險些命也搭了進去。等到下午時，產了一個死了的男嬰出來，劉氏登時眼睛便有些發黑了。

崔薇正是有些替崔梅難受時，轉頭卻是看到了陳小軍臉上掩飾不及的歡喜笑意，還伴隨著一股鬆了口氣般的神情。

她想發火，陳小軍這張受了傷的臉此時已經腫了起來，看起來極為可怖與扭曲，配上他嘴角詭異的笑意與眼中的神色，使他整個人看起來分外的醜陋。

崔薇想替崔梅教訓他一頓，想打他一回，可又想到劉氏與崔梅的性情，往後崔梅若是還要再回陳家生活，她現在替崔梅出了頭，只是讓她日子更難過而已，更何況陳小軍這樣已經為了聶晴走火入魔到喪心病狂的人，打了他也沒用，打了他，只是讓他加倍出氣到崔梅身上，她還嫌髒了自己的手。

「聶大哥，咱們回去吧！」崔薇神情有些疲憊。

崔梅此時還昏迷著，自之前小產時昏死過去，到現在人還沒醒過來。原本微鼓的肚子此時已經乾癟了下去，裡頭失去了一個生命，崔梅這會兒還不知道，若她知道自己失去的是個兒子，還不知是個什麼樣的心情。崔薇想到崔梅提起肚子中懷的是個女兒時那副難受鬱悶的心情，扯了扯嘴角，也不再看她。

屋裡一股令人窒息的血腥味傳來，熏得人頭暈眼花的，聶秋染握了握崔薇的手，兩人還沒離開，那頭劉氏已經將門堵住了，有些尷尬道：「四丫頭，妳也知道咱們家不太富裕，如今妳瞧，大夫也請了，穩婆也來了……」

她剩餘的話沒說出口，崔薇已經氣憤地看了劉氏一眼，抿了嘴角道：「游大夫你們跟我一道回去取錢吧，該有多少錢都算上，順便給我大堂姊把藥也抓了吧。」

她能為崔梅做到的，也只有這樣而已，更多的，本來該靠陳小軍，可惜崔梅嫁錯了人，只落得這樣一個結局。

崔薇不心疼自個兒要付出去的錢，可是卻替崔梅不值而生氣，劉氏便是養條狗，十年下來也該有些感情了，可偏偏此時表現得如此令人心寒，崔梅幸虧暈倒著，否則她若是醒著，知道自己失去了孩子，丈夫不傷心難受，反倒是鬆了一口氣，老娘只惦記著錢，不知該是個什麼滋味了。

劉氏鬆了一口氣，嘴裡兀自罵著王氏，說要去與她算帳的話，表面劉氏氣憤無比，其實她心裡隱隱還有些歡喜。王氏惹了這樣大的事，又使得自己的女兒落了一個兒子，這回她能找崔世福賠不少的銀子了，如今家裡正沒錢，眼見著自己的大孫子已經快要到進學堂的年紀，她正在犯愁之時，這事倒正巧是闖上了。

前一世的王氏欺負回娘家的崔薇，推得她小產了兒子，這一世冥冥之中王氏又陰差陽錯的將崔梅也給撞得險些去了半條命，只是前一世王氏打的是自家小姑，她生了兒子，沒人會真找她賠銀子，如今她惹的是劉氏，崔世財一家，哪裡能善罷干休？

第一百零六章

當天下午崔薇便聽說崔世財一家找到了崔敬懷父子倆，鬧了好半天，最後的結果崔薇沒去湊那個熱鬧，但晚間崔敬懷父子二人送羊奶過來時，崔薇看到崔世福臉上又添了幾絲皺紋，整個人又憔悴了不少。

此時人生孩子本來便早，崔世福現在還沒滿五十歲，可整個人瞧起來卻比滿了五十歲的人還要老得多。

崔薇想到前幾年自己初來到這個陌生時空時，那個沈默而老實的壯年漢子，再想到現在這個頭髮花白，背都好像駝了大半的老人，她也忍不住鼻子酸了起來。

「妳大伯娘那邊的事，妳就甭管了。」崔世福看到女兒沈默，還在給她叮囑著，就怕這事最後又將她給繞了進來。

劉氏這回獅子大開口，估計也是想借著崔世福找崔薇要銀子，一下子便說出了要十兩銀子的數目，崔世福心裡又氣又怒，卻是拿劉氏沒辦法。畢竟這事是王氏做得不地道，當日目睹王氏先討嫌的村民不少。而王氏撞掉的又是陳家的長子，如今陳家人還沒過來找他鬧事，光是崔世財這邊就已經令他疲於應付了。

崔薇看到他滿眼血絲的模樣，一旁崔敬懷沈默著沒有開口，聶秋染坐在桌子邊，也不說話，乾脆問道：「爹，您準備這回怎麼讓大嫂認錯？」

王氏撞掉了人家肚子裡的孩子，那是不爭的事實，可事實上在崔薇看來，崔梅肚子裡的那塊肉雖然是因為王氏的原因才沒的，可追根究柢，應該是跟陳小軍有關。只是這會兒她卻沒有提出這事，她心裡實在是厭煩極了王氏，正好想趁此時機將王氏先給弄走。

這幾年崔家裡發生的事情，包括她搬出來的事，一開始便跟王氏分不開關係，而崔敬懷這樣一個老實人，實在不應該配上王氏那樣一個好吃懶做，且又愛挑撥討嫌，時常惹出是非的婦人。

崔世福聽了崔薇這話，沈默著沒有開口，反倒是一旁坐了大半天的崔敬平，小心翼翼道：「大哥今兒已經教訓過她一回了，只是大伯娘那邊不肯干休，這回畢竟是大嫂的錯，賠了大伯娘這邊，我怕陳家那邊說不定還要再來鬧上一場。」

「陳家那邊你們先別管，這事交給我聶大哥來辦！」崔薇毫不客氣地給聶秋染攬了一樁業務，回頭又看著崔敬懷道：「大伯娘那邊的事你們也不用管，交給我來。你們只要說這回要怎麼處罰她，讓她往後不要再惹事就是了！」

「我想休了她。」沈默了許久的崔敬懷抬起頭來，滿臉的痛苦之色。

崔世福看著這個一向安靜少言的大兒子，突然半晌之間說不出話來，他本來張了張嘴，想說家和萬事興，而且王氏縱然有千不是萬不是的，可她到底是崔佑祖的親娘，但此時崔世福欲說出嘴邊的話在看到兒子滿臉的難受之色時，卻是一句話也說不出來了。

王氏這幾年鬧騰得厲害，連帶著崔敬懷一年比一年沈默，兒子過得不開心他也知道，都怪楊氏娶錯了一個兒媳，沒眼光的，三番兩次挑的人都是那般德行。

一想到這兒，崔世福突然間覺得這一切的錯都跟楊氏有關！若不是他當初覺得楊氏跟他是委屈了她，將她縱成後來這模樣，將一個好端端讀書的兒子教成現在這般薄情寡義不說，而且討的兩個兒媳婦都是有問題的，如今大兒子不幸，全怪楊氏！而楊氏現在還想著要給崔敬平挑媳婦兒，她這是嫌害了兩個不夠，還要再來害第三個！

王氏嫁進崔家幾年來，除了生一個兒子之外，便再也沒有任何的好處，當初欺負得女兒搬家另過便罷了，鬧到如今，就是崔世福也確實不想再留她。

崔世福一想到這些，怒從心頭起，楊氏這幾年將與他多年的夫妻情分越磨越薄，每回在她護著崔敬忠，與他鬧得天翻地覆時，崔世福對她的感情與憐惜、愧疚便更少了幾分。現在看到崔敬懷的神情，崔世福心裡只覺得多年來的忍耐與不滿，如一條積蓄多時的洪流，一下子就找到了缺口。「休了也成！我要把楊淑也休了！」

這話一說出口，如石破天驚，就連崔敬懷跟崔敬平兩兄弟也吃了一驚。

「爹，您……」崔敬懷甚至驚得臉色都變了。

楊氏自年少嫁給崔世福為妻，兩人夫妻相伴幾十年，不說恩恩愛愛，可平日裡兩夫妻相處也極其融洽，楊氏嫁到崔家多年，照顧公婆撫育兒孫那都是有功的，怎麼能說休便休？而且一個婦人若是被休回娘家，尤其是像楊氏這樣一把年紀的，又不能再改嫁與旁人生兒育女，便只有死路一條！楊氏再是不好，可也是崔敬懷兩兄弟的母親，這會兒一聽到崔世福說要休了她，兩人臉色登時就變了。

兩兄弟都只當崔世福是氣急時隨口所說的話，可唯有崔薇看了出來，崔世福開始時語氣還有些猶豫，但話一說出口，他表情便變得堅決，就知道他說的是真的，而不是隨口說來出口氣而已。不知道為何，此時崔薇心裡倒跟著複雜了起來。

崔世福臉色漸漸變得平淡，一邊就道：「如今你們年紀也大了，也懂事了，你娘是個什麼性情的，你們也知道。她已經偏二郎沒邊了，若只是顧忌著兄弟情誼，給二郎一口活路便罷，可三郎還沒有成婚，大郎又有孩子，是不能讓老二來拖累你們的。你們娘打的主意，我心裡也知道，大郎跟二郎被她害了我就不提了，可三郎的婚事卻不能毀在她手裡。」

他說到這兒時，語氣漸漸變得堅定了一些。「我寫封休書與她，但你娘年紀也不小了，往後便讓她繼續住在崔家就是，該如何辦你們自個兒瞧著，但往後她卻拿這事威脅不得你們。」

最近楊氏時常拿著贍養費的事找崔敬平說項，逼得崔敬平也是有些沒辦法了，已經給她支了快十兩銀子出去，按照一年半兩銀子來說，楊氏都已經預支了二十年的養老費了，可她現在還要求著要加銀子，只說不夠用，其實大部分已經被貼補到了崔敬忠身上。

楊氏想趁著自己在此時要錢給崔敬忠建房子，或是能再替他買一房媳婦兒，想人家瞧在銀子的分兒上，往後能好好照顧崔敬忠，她老了也能放得下心。

至於楊氏的養老，她不怕崔敬平到時給了她銀子之後便不認她了，只要她一日還是崔敬平的娘，崔敬平便一輩子不能對她不孝！雖然這樣有些對不住崔敬平，但手心手背都是肉，崔敬忠如今廢了，全是聶家那小子害的，如今崔敬平拿的銀子也是崔薇的，楊氏覺得這樣做便不過是在間接替女兒贖罪而已，她並不覺得有何愧疚，只是心裡多少仍覺得有些對不住崔敬平，因此最近天天都跑崔敬平那邊幫著做飯洗衣。

而現在崔世福的意思則是休了楊氏之後她仍是住崔家，這便免去了她一把年紀回娘家後被娘家人逼死的慘況，而與此同時楊氏被休，便不再是崔家的人，往後崔敬平他們若是瞧在母子情分上多少接濟她，照顧她也是無可厚非。但楊氏若想再鬧，再仗著母親身分想要脅兩個兒子養她，多給她銀子以貼補崔敬忠，那便是不可能的了。

楊氏一旦被休，那便不是崔家的人，真正算起來，便跟崔家無關，崔家幾個孩子縱然是她生的，也是與她無關，往後崔敬平兩兄弟負擔便要少了不少，將楊氏絕對有利的母親地位一下子便打破，使她從此只處於受人接濟的分兒上。

崔世福這樣做雖然是為了兩個兒子著想，可也沒完全就真狠心要斷了楊氏的生路。他養的兩個兒子，他心裡有數，不是崔敬忠那樣刻薄寡恩的，老大品性自不必說了，這些年來他都瞧在眼內，是個敦厚的性子，就算楊氏沒有他母親的名頭，可到底生養了他，他只要有吃的，便不會斷了楊氏喝的。而崔敬平可以在自己手頭都緊的情況下還能再分十兩給楊氏，自然更證明他品性，往後他也不會不管楊氏。

這些都是經過崔世福深思熟慮過的，他早已經忍耐楊氏多時，正好趁著王氏這事的工夫，一趟發作了出來。

「爹，娘畢竟年紀也大了……」崔敬懷有些著急，楊氏雖然給他挑了王氏這樣一個不著調的媳婦兒，但他是個孝子，這會兒聽到崔世福的話，當然有些替楊氏擔憂，要知道楊氏一旦被休，那便真正是失了根的浮萍，由得人拿捏了。

「這事我心裡有數，你就不用多說了，只不過是些虛名，往後你們要好好對她，她日子跟現在一樣沒差別。」崔世福擺了擺手，打斷了大兒子接下去要說的話。「而她若是要再想些其他的，像老大你休了妻，她若要再操持著給你張羅再弄門媳婦兒回來，你可甘願？」崔世福一句話，便說得崔敬懷不吱聲了。

崔世福越想越是覺得這事妥當，連忙便站起身來，也不想再待了，看樣子那是立即便要找人寫休書去。

崔敬懷也容不得王氏，他一被崔世福說通，自然也跟著站起身來要與父親一路，崔敬平猶豫著沒有走，只是嘆息了一聲，看崔薇面色發白的樣子，自個兒鑽廚房做飯去了。

送走了崔家兩父子，聶秋染關了門時又握了握崔薇的手，一邊就道：「妳若是實在顧念母子之情，這事交給我來說服岳父便是。」

他看崔薇冷著一張小臉，不吱聲的樣子，想到她上一世的性格，又有些猶豫了起來。他本來不是一個患得患失久久拿不定主意的人，但不知為何，現在看到崔薇這模樣，聶秋染就覺得心裡猶豫。

崔薇翻了個白眼，掐了聶秋染胳膊一把。「你哪裡看出我捨不得了？」她是太高興了！現在楊氏折騰著將自己的地位給折騰沒了，往後只靠兩個兒子養老，絲毫優勢也無，應該是再也橫不起來了，吃喝都得看別人臉色，說句不好聽的，往後就算崔敬懷沒有休棄王氏，王氏也能將楊氏收拾得說不出話來！

那頭崔敬懷父子忙忙碌碌要去辦休書除楊氏兩婆媳戶籍，這頭崔薇也開始應付起崔世財一家與陳家人來。

昨兒崔世財家便往鳳鳴村陳家送了信，那頭陳小軍的娘賀氏早早的便趕過來了，一聽到自己沒了的是個孫子時，她呼天搶地地便大哭了起來，嚷嚷著要讓崔家人拿命過來賠。

崔薇因為昨兒答應了要替崔世福解決這樁麻煩，自然一大早便拉著聶秋染陪她到了崔世財這邊，看到賀氏一會兒哭著自己的兒子受了重傷，一會兒又哭著自己早夭了的孫子，臉上冷笑連連。

「我可憐的兒啊！誰讓你受了這樣重的傷啊？那些殺千刀的，我要與他們拚命！」賀氏心疼得臉直抽。

陳小軍昨兒被燙傷過的臉雖然已經找了游大夫開了中藥熬了來敷過，但一整晚時間，他頭卻是腫了起來。這會兒看著簡直是快有兩個頭大了，眼皮都腫亮了，根本睜不開眼睛來，如同變了一個人般，坐在那兒直倒吸冷氣。

崔薇看得很是解氣，臉上的笑意止都止不住。

崔梅慘白著一張臉，身材瘦得跟枝枯樹桿般，雙目寡淡無神坐在陳小軍身側，頭髮有些散亂，臉上帶著一個鮮紅的巴掌印，是賀氏過來前看到陳小軍的臉時打她的。

賀氏哭得呼天搶地的，崔梅神色卻是有些愣愣的，像是整個人三魂七魄都大半離了體。盛夏時節，她臉色慘澹便罷，身上卻是冰冷得很，甚至凍得都有些打哆嗦了起來，身上穿著昔日在娘家時的舊厚襖子，可就這樣還凍得面色青紫，那厚厚的衣裳襯得她整個人瞧起來更瘦了不少。

「劉氏！我瞧著你們家也不像是個不講理的，可憐我好端端的一個兒子，回了你們家來便成了這般模樣，可憐我的兒啊……」賀氏哭得厲害，她雖然有幾個兒子，可最心疼的便是這個會讀書的老大，如今看到陳小軍受傷，簡直比割了她的肉還疼。

劉氏一臉忐忑不敢出聲，那頭崔世財也是滿臉的尷尬，勸了賀氏好幾回，卻被她更是狠狠罵了一通。

崔薇坐了半晌，就聽到賀氏哭她的兒，崔梅小產，沒了兒子，這簡直是身體與心靈上的雙重打擊，如今她竟然一聲不問不說，一來便給了崔梅一巴掌，只是這事劉氏不出頭，她也不好意思去多說，現在正好逮著賀氏哭，她冷笑著便開口——

「妳要哭妳的兒，我倒正好要問問了，我們聶家的姑娘出嫁，跟陳大郎有什麼關係？他以哪門子的身分，來對聶晴的婚事指手畫腳的？」

賀氏哭了半天，本來就是想逼著崔薇開口的，陳小軍臉上這傷他自己不好意思說，賀氏一大早過來逼問了他半天，才問出陳小軍是在崔薇家裡受的傷。若不是顧著聶秋染舉人的身分，這會兒賀氏早朝崔薇撲了過來。現在一聽崔薇開口，她還沒來得及說話，一旁坐著抽了半天葉子菸的陳小軍的爹老陳頭便已經狠狠瞪了陳小軍一眼，衝崔薇呵呵笑了兩聲道──

「聶夫人這話說得不錯，本來這事不該咱們家大郎去管，他這是見義勇為，人又年輕衝動了些，可怎麼也不該將他的臉燙成這般。我們大郎一向規矩懂事，老大家的又與聶夫人是親戚，親戚間來往走動，如何便能鬧成這般？不知道聶夫人是不是該給我一個說法？」

這老陳頭年約四十許，為人精瘦，皮膚黝黑，頭上卻是裹了一條發黃的汗巾，如同一個最普通的鄉下中年人，只是那雙眼睛卻是很亮，看人時目光裡帶著打量，他說話倒是客氣，不過這客氣話說出來可比賀氏那樣只知一味蠻哭來得要厲害得多了。

他一開口，賀氏便不由自主的閉了嘴，連陳小軍也跟著挺了腰，看得出這老頭子平日在家裡威望極高，這會兒他一開口，旁人就不敢多說了。

陳家這趟來的人不少，除了賀氏兩老夫妻之外，連陳小軍下頭的三個弟弟，以及兩個女兒都過來了，拉拉雜雜的在崔世財堂屋裡坐得滿屋都是。一時間誰也不敢開口說話，陳家兩個姑娘甚至低下了頭去，安靜的聽著，也不發言。

劉氏眼睛四處挪移著，也不敢看崔薇這邊，擺明是不想來管她的。而崔世財倒是想說話，不過老陳頭根本沒看他，而是將目光盯到了崔薇身上。

崔薇哪裡可能會怕這些陳家人，更不怕那老陳頭目光爍爍盯著她看，撇了撇嘴角，便笑了起來。「我倒不知道，陳大郎是吃百家飯長大的，這心寬，閒事也管得寬！」她暗諷了老陳頭一回。

這吃百家飯的人，在此時一般都是指的乞丐孤兒，崔薇說陳小軍吃百家飯，便如同詛咒他無父無母一般，老陳頭臉色有些不好看了。

崔薇卻不理睬他表情，只又接著道：「咱們聶家姑娘的婚事，我這聶家人都不敢去對公婆的話指手畫腳的，不知道你們陳家哪兒教來的規矩，又憑什麼來管咱們家的閒事。一大早的便跑來我家裡鬧，當我是好欺負的不成，也不嫌晦氣！我拿燒開的羊奶潑我自個兒的家門，消消晦氣，便是縣令大人，也管不得這檔閒事！」

崔薇看了臉色鐵青的老陳頭一眼，冷笑了一聲。

那頭賀氏氣得渾身直哆嗦，咬著嘴唇看著崔薇說不出話來，一邊氣得要死，一邊又有些不甘心，但崔薇抬起了縣令的名頭來，她才想起聶秋染是個舉人，若這事真鬧大了，人家拿滾燙的東西來潑自家的地，這本身占理，說不過去，而若是進了衙門，自己一家縱然有些田地，不過要真鬧將起來，聶秋染有功名，而且聶家如今有銀子，之前據說崔薇在城裡有個什麼店鋪，那是發了大財的，如今聶大郎現在住的地方買下的地便足足有大半畝了，證明這聶家家底不薄。

自古以來，衙門都是朝南開，有理無錢莫進來。如今崔家這死丫頭手裡有銀子，更別說她還有理，聶秋染還有功名，若真鬧到衙門去，他們陳家不一定會占便宜！

老陳頭頓時便沈默了下來，剛剛放到手邊已經燃了好一會兒的旱煙桿又被他拿起來狠狠吸了兩口，不說話了。他理智還在，又忍得住氣，不過賀氏這會兒卻是忍受不了，她最心疼的兒子如今被崔薇燙得險些毀了容，往後若是留下疤，不人不鬼的怎麼活？而崔薇若是好好道歉，賠些錢便罷，可瞧她現在的模樣，竟然比自己家還要囂張，她哪裡忍受得了！

一聽崔薇提起衙門，賀氏便冷笑了一聲，拿帕子抹了兩把眼淚，一邊站起身來，扠了腰便指著崔薇罵道：「崔氏，妳不要給臉不要臉，如今還惡狗咬人！我們家大郎的傷勢擺在這兒，你們聶舉人縱然有功名，可咱們陳家也不是好惹的，咱們家裡還有兩塊地，賣了也能值不少的銀子，有的是時間銀子與你們耗，也不一定進衙門便說不過你們理去了！」

「陳大娘這句話我還真有些害怕，兩畝地真不少。妳家裡如果真要賣地，還麻煩通知我一聲，我前幾年時正好買了潘老爺家裡的地呢，手裡正愁地太少了，若陳大娘手中真不方便，我還真能夠幫你們一個忙。」

崔薇一說到買了潘老爺家裡的地，在場眾人幾乎全都嚇了一跳，崔家人是震驚了，就連老陳頭也險些從椅子上頭滑下來。

潘老爺前兩年賣地鬧得轟轟烈烈的，但他要價太高，足足要一百五十兩，嚇退了不少想買地的人，而當初眾人都知道若要買他這塊地極為划算，不過是十來年時間，那買地的錢說不得便賺回來了。可明知這買賣好賺，老陳頭當時也不是沒打過主意，只要是莊稼人，便沒有對這個不動心的，可老陳頭當時手裡拿不出一百五十兩銀子來。若說陳家寬裕，一時間拿出個十來兩銀子那完全沒問題，便是二十兩也不是沒有，可一百五十兩，光靠他家那兩畝地，不吃不喝也得要掙上十來年才能成。

當時老陳頭也是遺憾著那地自己沒能買得下來，後來打聽過那地被外地來的一位貴人買了去，他當時心裡還暗暗鬆了一口氣，自己沒買到，可也不能是熟悉的人買到那地，自己掙不到錢，也不能便宜外人才好。後來又聽說那地種了不知道什麼亂七八糟的東西，好幾年都沒收過，他當時的心思才歇了下去，可如今老陳頭萬萬沒有料到，事隔幾年之後，他竟然無意中從崔薇口中聽到了這地的下落，而且竟然還是這樣一個自己以前沒瞧進眼裡的小丫頭將地給買了去！

陳家人嚇得說不出話來，這會兒就連崔世財一家人也嚇得夠嗆，崔世財臉色都變了，有些激動的站起身來，迭聲道：「四丫頭，那地當真是妳買了？可當時明明買地的是個外地人啊！」

一旁劉氏眼睛發光，表情又酸又澀，看著崔薇便不住道：「我就說，妳這丫頭怎麼如此多錢，連上回妳爹欠我的豬錢妳也幫著還了，這些年不知貼補了崔家多少。我就說妳有底子，這不！果然猜中了。」

劉氏心裡這會兒十分複雜，既是有些氣憤崔薇跟自己的女兒崔梅一樣是個小丫頭，但自己家的女兒便是個沒出息的，別說買那樣九畝多的地，她便是買塊肉回娘家都不曾！而崔薇這死丫頭福氣好，嫁了個聶秋染，如今日子越過越好，明明當初崔世福家中比自己家裡窮了不只一點兒半點兒的，可現在瞧瞧，人家就成天坐著，連莊稼都不種了，可養了一個好閨女，銀子照樣嘩啦啦的流進口袋來。

而劉氏又有些後悔，若早知道崔薇這樣有本事，當初崔薇跟王氏打架那回，楊氏說要將這丫頭弄到自己家裡來住著，她便該一早答應了，如今也好哄她拿些銀子給自己使使才好。明明這丫頭樣樣不如自個兒女兒的，可瞧著崔薇現在日子過得好了不說，挑的夫君是個舉人老爺，又還對岳家如此好，崔薇現在長得也越來越俊，不像自己的女兒，越過越慘，嫁出去大半年時間，連根毫毛都沒往娘家撥過。

劉氏心裡越想越是酸澀，越想越是有些氣憤，可又有些高興這回崔薇被她知道有銀子，崔梅落了胎的事，可算是讓她找到一個要錢的地方了！

「薇兒，這話可不興亂說的，妳哪兒來那麼多銀子買地？」一旁沈默了半晌的林氏突然間開了口，她一說話，崔世財不敢再開口了，連劉氏也住了嘴。

崔薇笑了笑，一邊任由聶秋染拉了自己的手，一邊就道：「我聶大哥當初有個要好的同窗，其父是定州知府老爺，他與聶大哥十分要好，願意先借我些銀子買地，我自個兒又存了些，反正放在手邊一時又沒有用處，聶大哥便拜託他找了人，幫忙將那塊地給我買了下來。」

也正因為當時是秦淮幫忙出面，所以買地那事辦得特別順暢，潘家沒有為難不說，幾乎可以說捧著地契便送給秦淮派去的人了。而縣衙那邊更是不敢為難，一個區區偏遠地區的小縣令，在知道知府公子想買地時，若要為難，那便簡直是活膩了。

定州好些人都聽說過，但在劉氏等人眼中，那便是踮了腳尖也摸不著的地方。小灣村所屬的縣城是小到幾乎在大慶王朝中排不上名號的，而這縣城又歸臨安城所管轄，臨安在大慶王朝之中只是屬於一個稍大些的城，隸屬於江淮省，而那定州便是與江淮齊名的一個省城，在南面一帶，比起江淮甚至更要稍大一些，下頭所屬城鎮多不勝數，如同臨安城這樣的大城，便有好多個。

一個臨安城的知縣都已經讓眾人嚇得夠嗆，那臨安城的知縣在眾人看來便都已經是神仙般的人物，不可望也不可及了，如今崔薇竟然說聶秋染與定州知府的郎君交好，劉氏等人頓時嚇得臉色慘白，對聶秋染更添了幾分敬畏，就連崔世財表情也跟著變了。他們本來對聶秋染已經有些本能的畏懼了，而今又聽到這樣了不得的大事，更是咋舌不已。

劉氏縮了縮肩膀，道：「侄女婿當真是個有本事的，竟然連知府老太爺的郎君您也認識。」連稱呼都已經變了，表情自然比剛剛更敬畏了許多。「竟然還能借您錢，薇兒真是有福氣。」

事實上崔薇也是後來才知道那秦淮的身分，她開始時是不太明白定州的差別，對於一個半路過來的人來說，她一來到這古代便一直想著要如何生存，根本沒工夫打聽那些省城等閒事，自然也不清楚秦淮身分有多高。只是見聶秋染與他平常交好，甚至秦淮對他還多有拉攏，也不以為意，後來明白秦淮身分時，才真應了那句不知者無畏的話！在這個時代一個七品的知縣都已經足夠要人性命，一個知府自然官位更是不同。

尤其是在定州那邊的知府，秦淮其父是正四品的官，難怪當初她買房時，有秦淮幫忙，不到二百兩銀子便將那棟宅子買了下來。

陳家人嚇得夠嗆，那賀氏本來想以自家財力將崔薇壓下去，誰料最後崔薇說出口的，不只是她有九畝的地，完全不是她家可以比擬的，而且那聶大郎竟然還跟定州知府老爺家的公子哥兒交好，而且好到能借錢的地步！到了這個時候，賀氏已經悔得腸子都青了，她雖然疼愛陳小軍，不過這會兒也忍不住有種衝動想將自己兒子給搧上兩巴掌。

聶家這樣一門婚事，當初好端端的他就是不肯要，非要死活鬧著娶這勞什子的崔梅。身材乾癟一看就不會生養不說，而且還長著一張鞋撥子臉，時常哭喪著的模樣，一天到晚病病殃殃的，家裡還窮得要死，為了幾兩銀子便斤斤計較個沒完沒了。哪裡像聶家那個姑娘，父親是正經的秀才郎不說，而且兄長還是舉人，又跟知府老爺家的公子哥兒交好，往後謀個官職那是鐵板上釘釘的事，眼見便要發達了，若陳小軍娶的是聶晴，往後這個做大舅子的還能不提攜一下妹夫？

都怪陳小軍瞎了眼！她瞧著自己的兒子也不真是像喜歡崔梅到沒了魂的，如今還為聶家那姑娘在鬧，怎麼瞧著也像是她兒子對聶家姑娘有意，可惜當初陳小軍不知怎麼想的，像是豬油蒙了心一般，以致如今看著好端端一門婚事，弄成這般模樣，娶了個崔梅，連胎都保不住，沒用的東西！

一想到這兒，賀氏又將所有的怒氣全怪到了崔梅身上，認為都是她當初迷得自己兒子昏頭轉身，找不著北了，才娶了她這麼一個晦氣東西，壞了自家的風水。當下瞧她更不順眼，一雙眼刀子直往崔梅身上刮，看得崔梅身子如篩糠似的抖得更厲害了些。

「妳害瘟啊！抖成這般，要死儘早，不要再漲些飯吃成個膿包！沒用的東西，連胎也保不住，蛋都不會下，拿妳有什麼用？」賀氏不敢再提要跟崔薇算帳的事，逮著崔梅便罵了起來。

婆婆教訓媳婦兒在此時人看來倒是天經地義的，不過像賀氏這般，當著人家娘家人的面也如此不給臉面，倒當真是有些過了。

劉氏等人還沈浸在崔薇帶來的消息中，崔梅被賀氏罵得又嚶嚶的啼哭了起來，林氏嘆息了一聲，連忙便道：「親家，孩子不對，妳好好說便是了，好歹我們家大梅剛剛沒了孩子，其實當娘的，哪裡有不心疼腹中那塊肉的，要說難受，咱們倒在其次，便數她最不好過了……」

林氏這會兒臉上露出些疲憊之色了，陳家人來鬧了一早上，她年紀大，便有些吃不消，說話時都喘了好幾聲。

賀氏本來心裡便憋著氣，沒人搭腔，她又不敢說崔薇便罷了，可這會兒她本來就恨崔世財一家生了個不安分的女兒勾得自己兒子沒了好姻緣，這會兒哪裡會給林氏好臉色，拉著一張臉便冷笑。「沒了孩子也是她沒用！護不住！要不為啥別人懷孕能生得下來，就她一個人護不住？再說那撞了她孩子的人，也是你們崔家的吧，這事你們要如何解決？」

一句話頓時將劉氏給提醒起來了，她倒是想照著自己之前的想法與崔薇鬧上一回，拿些銀子，可是這會兒崔薇都已經說了人家有銀子有地又有靠山背景，她又不是腦子有毛病的，哪裡還敢這樣直直的撞過去，討好還來不及了，因此猶豫了一下，便小心道：「要不，咱們去二弟家問問，總歸是那王氏闖的禍。」

「王氏已經要被休棄了，你們有事，儘管找她，冤有頭，債有主嘛，打死她替大堂姊的孩子賠罪也是情理之中的。」崔薇看得出來劉氏的意思，但卻不接她話茬，她這話一說出口，劉氏等人頓時心冷了半截。

王氏一個棄婦，被休回娘家，能不能活得下去都是個問題，哪裡有銀子來賠錢？說到底，崔家最有銀子的還是這位姑奶奶。只是這會兒沒哪個敢再去向她要銀子了，堂屋中頓時有些冷靜了下來。

崔薇見不得劉氏目光只往自己與崔世福身上盯，像是將她當成了一頭待宰的大肥羊般，拉了聶秋染的手就裝作不經意地道：「我瞧著陳大郎是不想要我大堂姊這個孩子的，平日裡死命折騰她也就是了，還深怕她孩子保住，昨兒踢她肚子不說，又推了她肚子去撞牆。我瞧著陳大郎對咱們家小姑子頗有些仰慕，陳大娘是不是該問下這個，免得哪日陳大郎一片癡心，再幹出傻事，而不生出孩子來？」

崔薇這話音剛落，賀氏頓時一個激靈便打了個冷顫，崔薇這話不是沒有可能的，陳小軍現在為了那個叫聶晴的小姑娘早已經發了瘋，做出這樣的事不奇怪。她本來還覺得陳小軍要娶崔梅的事是他被迷昏了頭，現在聽到陳小軍不准崔梅生他孩子，賀氏頓時便想到了自己兒子的性格，臉色霎時就變了。

而劉氏臉色也不好看，原本女兒懷了陳家骨肉，卻是在娘家落了胎，陳家一問起這事來他們一家人都心虛得很，可這會兒聽崔薇一點醒，她才想到昨天自己看到的情景，頓時腰背便挺了起來。

這兩家人鬧了起來，也沒哪個再來逮著崔薇要賠錢了，崔薇這才站起身，與林氏打了聲招呼，看那邊鬧得不可開交，跟聶秋染一塊兒溜回去了。

崔梅最後到底是被陳家接了回去，賀氏對她臉色雖然仍有些不好，不過不知道是不是心裡存了事的原因，也沒有再找崔梅的麻煩，她自個兒心裡有鬼，找王氏賠償的事這便算了。

劉氏最後自然也沒有再鬧騰，女兒到底是出了嫁的，不再屬於崔家，若是賀氏要鬧，她借著這個由頭跟崔世福敲詐一筆便罷了，可人家正經婆婆都不開口了，她便是想要錢也沒有那個臉去找崔世福開口要。崔世福這後來看在兄弟情分上，給崔世財家提了十個雞蛋，又割了些肉，這事便算揭過去了。

第一百零七章

與此同時，王氏被休的事情，在小灣村也傳遍了，王氏扒拉著門檻不肯離開，可這回崔敬懷卻是鐵了心要將她給休棄，任她哭著哀求也沒用，就連崔佑祖哭著要娘都被收拾一回，尤其王氏被崔敬懷打得險些斷了氣，最後連帶著一封休書將要死不活的王氏送回了娘家。

這幾年就連楊氏折騰都被崔世福所厭棄，更別提原本就沒有多喜歡王氏的崔敬懷，她這樣鬧騰著，崔敬懷對她早是已經不耐煩了，只是一直沒找到由頭收拾她，夫妻倆原本感情就極為冷淡，如今王氏惹了這樣的大禍，居然鬧了一條人命，更是險些將崔梅的命也賠進去，崔敬懷自然是容不得她。

王氏一旦被趕，楊氏又拿到了休書，她才知道後悔，可是哭也哭過，求也求了，崔世福就像是鐵了心一般，不肯再搭理她。好在崔世福沒有趕盡殺絕，只將她給休棄，說她往後不再是崔家的人，崔家的事用不著她再來多管，但仍是准她可以繼續住在崔家那邊老房子裡。

而這事羅里正又幫著保了密，外人根本不知道楊氏被休棄了，但楊氏如今面對著空蕩蕩的房屋，冷冷清清的牆壁，到底還是消沈了下來。

崔家出了這樣的大事，不只是大房現在跟陳家鬧得不可開交，明面上是兩親家，實則已經撕破了臉，而崔家二房這邊收拾了一個王氏過後，楊氏倒是安分了下來，她現在沒了依仗，崔世福一將她休棄，她不再是崔家的人，就算她是崔敬平親娘，這會兒也不好再去找崔敬平要錢。

到了這個時候，楊氏才嘗出崔敬忠的厲害之處來，她一旦不敢去找崔敬平拿銀子，怕將崔世福給惹惱了被趕走，這頭崔敬忠臉色便有些不好看了起來。

楊氏被休的事只有崔世福父子三人知道，崔敬忠自然被蒙在鼓裡，這樣的大事又不是什麼光彩體面的，楊氏當然不好意思拿著往外說，只能打落牙齒和血吞，而這廂崔敬忠又不理解她，只知伸手朝她要錢。楊氏現在沒了收項，自個兒現在都是靠著大兒子吃喝，她哪裡還敢拿糧食去貼補崔敬忠，無奈之下只得自己拚命做來養活崔敬忠一人，又過上了之前那般成日裡刨地沒個消停的苦日子。

上回陳小軍去聶家為聶晴打抱不平一事，令得聶夫子丟盡了臉，盛怒之下險些將聶晴活生生給打死。幸虧聶晴訂了親，從名義上來說已經是那賀家的人，不過是暫時還在娘家住上一段時間而已，聶夫子深感這個女兒極給自己丟人，連再留她半年也不肯，便將她的婚事定在了七月初的時候。幸虧那賀家沒有過來退親，否則恐怕聶夫子真得將這個丟人現眼的女兒活生生給打死不可。

賀家本來住得倒遠，離小灣村若是走路得有一天多的時間才趕得過來，便是騎馬也要大半天的工夫，因此賀家那邊的人提前一天便趕到了小灣村潘家暫時住下來，就連如今在縣裡任職且住在縣中的潘世權夫婦也提前一天乘坐馬車回來。

聶家這幾天忙得不可開交，雖然聶夫子心裡實在不大耐煩替聶晴這個女兒操持婚禮，但崔薇如今有銀子，且兒子又與定州知府家的公子交好的事傳揚開來，他自然樂得大辦一場好讓人家瞧見他的風光，也想使聶家名聲在外，因此提前一天便開始辦起了酒席，村裡人都已經過去幫忙，倒是一副熱鬧非凡的樣子。

崔薇兩夫妻沒有在這會兒過去湊熱鬧，只是晚飯過後去露個臉便又回家來。村裡人這會兒倒沒哪個敢再說她閒話，不過倒是已經有人在打聽起問她出不出租地的消息來。現在聶秋染有門路，原本還想著要讓崔薇替他出銀子謀路的聶夫子，現在知道聶秋染跟秦淮交好的事之後，也不再管聶秋染，反倒對他極其客氣，連帶著孫氏也不敢再招惹夫妻二人，崔薇倒是難得過了一段舒坦的日子。

這會兒天氣正熱，晚間時候聶秋染放了黑背出去兜風，因等下黑背要回來，因此院門也沒關，這邊位置偏僻，開著門也不怕有人過來看到什麼。兩夫妻洗完澡，安了涼床在壩子裡歇起涼來。

天色漸漸暗了下來，黑背還沒有回來，崔薇聽到對面院子傳來一陣腳步聲，在這安靜的夜裡，聽來倒是尤其清晰，她下意識地回頭去看了一眼，便見到一個穿著灰色粗布衣裳的人影已經朝對面崔敬平那邊拍了拍門。

崔聶兩家是親戚，不管孫氏跟楊氏對不對付，但崔薇嫁了聶秋染卻是事實，聶晴成婚這樣的大事，崔家人怎麼也要過去吃飯幫忙的。崔敬平父子到這會兒還沒回來，那身影拍了兩下，便又連忙扶著頭走了。

崔薇一看那背影與側臉，便認出這是楊氏來。如今楊氏跟崔家已經沒什麼關係了，現在還過來找崔敬平莫不是要錢吧？她一下子來了精神，忙坐起身來，下地穿了鞋便站到門口去。

聶秋染看她穿著一身單衣便要往外走，臉色一黑，連忙也跟著過去勒了她腰便朝裡頭拖，崔薇掙扎了兩下，還沒來得及開口，便見到不遠處黑背跑了回來，嚇得那人影讓開了一條路，使崔薇將她看了個正著，果然是楊氏，但這會兒她竟然滿頭臉都是血！

「你讓我瞧瞧！」崔薇掙扎著，但聶秋染卻不知是哪來的力氣，將她抱得死死的，等黑背進來時，他單手將崔薇抱在腰前，另一隻則是將門給門上了。

「妳要瞧，回去把衣裳穿好了再看。」這樣大熱的天，崔薇掙扎兩下渾身都是汗，尤其是頭髮披散在身後，更是熱得很，再穿一件衣裳，這古代又沒空調又沒風扇的，能給人身上捂出一層痱子來。

「等到穿了衣裳過來，她人都走了！」

崔薇鬱悶得要死，聶秋染將她抱住的地方，兩人衣裳都快被汗貼在一塊兒了，剛剛才洗過澡，現在全白費了。

她心裡火大，但聶秋染卻是覺得自個兒要著火了。這丫頭現在年紀還小，可偏偏身段已經開始發育了，他又正是年紀衝動的時候，偏偏她只點火，又不能負責滅，聶秋染也鬱悶得很，忍不住一手在她屁股上拍了一下，低聲喝道：「老實些！」

崔薇想到剛剛楊氏的情景，心裡好奇，氣得要命，哪裡肯聽他的，兩條蕩著沒地落的腿踢了他一腳。

這下聶秋染忍不住氣笑了，讓她不要動，這傢伙還偏偏不聽話。乾脆兩手勒著雙手將她制住了，一邊便將她抱上了涼床，身子順著她的身體壓了下去。

崔薇原本還想著楊氏的事有些不甘心，等到天旋地轉間自己往涼榻上躺了，聶秋染又壓在了她身上，才回過神來。

她年紀還小，聶秋染不想傷著她，不過卻不妨礙他可以占些便宜。唇齒相纏舌尖相抵間，院子裡氣溫頓時升了起來，掙扎間衣裳被掀開大半，珍珠般飽滿柔嫩的肌膚在橘紅色的夕陽下，映照出柔潤的光澤來，似是透明的一般，崔薇臉頰邊的紅暈比天邊的晚霞還要燦爛。

雖然沒被聶秋染真的吃進嘴裡，但兩人依舊是鬧了大半晌才摟在一塊兒睡著了，第二天崔薇醒來時，整個人還衣衫不整的睡到聶秋染懷裡。

她昨晚還真怕聶秋染要圓房，嚇得她半死，幸虧他最後沒有真正將她給吃了，不過昨兒她也被占了大半便宜。

崔薇想要坐起身來，只是整個人卻被緊緊攬著，聶秋染以一種絕對占有的姿態將她給摟在懷中。幸虧凌晨時的天氣並不熱，甚至還有些涼快，昨兒晚上她還沒有被熱著，不知何時她身上還搭了一條薄毯，遠遠的村裡傳來談笑聲，崔薇這會兒還有些頭暈腦脹的，眼皮沈重有些睜不大開，見他不放，索性也跟著閉了眼睛，準備再瞇一會兒養養神也好。

聶秋染的手在她腰下順著背脊開始緩緩游移了起來，她自己做的小衣昨兒被他扯斷了，背脊一片細緻光滑，聶秋染的手這樣一摸，崔薇便打了個冷顫，一邊又伸手推了他一把。觸手便是平整光滑的胸膛，昨兒夜裡睡覺不只崔薇衣衫不整，連聶秋染也是衣裳解了大半，露出結實有力的胸膛來。與崔薇一般認為書生便是文弱消瘦的感覺不同，聶秋染外表看似瘦，可實則身材結實而有力，塊壘分明的肌肉只有在他脫下衣裳時才能看得清楚。崔薇這還是頭一回看他這樣脫了衣裳睡覺的模樣，以前雖然隱隱感覺他身材有料，不過並沒有親眼看到過，這會兒一碰到，不免有些好奇，忍不住伸手挪了兩下。

「聶大哥，你不像崔敬忠那樣啊。」崔薇迷迷糊糊的，話也有些說不大清楚，她本來是想要說聶秋染與崔敬忠的瘦弱不一樣，明明都是讀書人，可是聶秋染力氣很大，身材也高大結實，雖然不像是崔敬懷那樣長年在地裡勞作的人身板誇張，但其實身上肌肉卻是有力的，手一摸過去便感覺到了。

聶秋染一聽她拿自己跟崔敬忠比較，頓時臉黑了大半，昨兒他忍得難受，好不容易睡了一會兒，他警覺性很強，崔薇一睜開眼睛剛剛一動他就醒了，只是摟著她不想放開，誰料她自個兒摸了過來。

早上本來就是難忍之時，累積了多時的火氣這會兒有些忍不住了，她衣裳本來就是解開的，一手扣在她後腰處，一手摩挲著她細膩起伏的胸線，最後有些忍不住了，手便開始上下游移了起來，將那團雪軟包裹在手心裡把玩，自然將崔薇給鬧醒過來。

兩人這樣一鬧，早晨起來時又晚了，來到聶家時孫氏那臉拉得比絲瓜還要長，滿臉的不痛快，眾人都瞧在了眼裡。孫家的人正陪坐在她身旁說著什麼，聶秋染的事一旦傳揚開來，本來對孫氏還多有不滿的趙氏二人，霎時又湊了過來。

看到崔薇來得這樣晚，那趙氏面色便有些不好看，心裡又嫉妒無比，本來該嫁聶秋染的是自己女兒才對，往後做了大官丈母娘的也該是自己，可不知為何，聶秋染卻被崔薇這小妖精勾去了魂魄，硬生生讓聶秋染娶了她，連帶著孫梅只能嫁給聶秋文。若嫁聶秋染的是自己家女兒，那九畝地便該是自己的，也該那位知府家的公子借銀子給自己買才是！

趙氏嫉妒得眼都紅了，捏著帕子便不陰不陽道：「你們來得可真是時候，怎麼不直接過來等著吃午飯便行了？」

趙氏一開口，孫氏正好就沈默下來，她心裡其實也恨崔薇，可這會兒當著大兒子的面，又不敢找她麻煩，深怕到時不只聶秋染要厭棄她，連聶夫子也饒她不得，因此她倒樂得趙氏替她開口，自個兒在一旁坐壁上觀。

崔薇對趙氏的挑釁根本不理睬，只是看著聶晴，今日本來是要出嫁的新娘子，臉上卻是勉強得很，一雙眼皮低垂著，擋住了眼裡神色，安靜得如同一尊泥娃娃般。

這幾個月聶晴瘦得很快，整個人這會兒瞧著便像是失了魂一般，絲毫沒有成婚的喜氣，反倒平靜得有些詭異，胭脂施在她臉上給她添了幾分顏色來，滿身的大紅喜裳，襯出幾分喜慶。周圍一個五福娘子，村裡幾個與孫氏平日交好的婦人，以及孫家的女眷們，這會兒擠得滿屋都是。孫梅佯作與聶晴交好般坐在她身旁，不時給她理理頭髮，整整衣裳，一邊眼角餘光便望著崔薇看。

聶秋染衝屋裡眾人拱了拱手，這才笑著與孫氏道：「娘，屋裡都是長輩，正好陪您說說話，我去外頭與爹有事要說，先出去了。」

那頭趙氏剛剛沒被崔薇理睬，這會兒臉上掛不住，一聽到聶秋染這話，不等孫氏開口便笑。「染哥兒倒也正該去了，平常住你媳婦兒家難得回來，你爹可想你呢。」

這話說得聶秋染像是不孝一般，聶秋染似笑非笑看了趙氏一眼，看得她心裡發寒，剩餘本來要說的話也堵在了嘴間，低垂著頭不敢吱聲了。

「你去吧，與一屋子的婦人待著你也沒個事，不過你媳婦兒就留下來陪我了。」

孫氏都開了口，聶秋染本來眉頭皺了想要辯駁，崔薇卻是笑了起來，衝聶秋染使了個眼色。

「聶大哥忙去，我正好侍候婆婆。」崔薇聽出孫氏留她下來是想要當著眾人的面逞逞她婆婆的威風，想拿捏自個兒的，她心頭冷笑了一聲。

聶秋染看出她的打算，知道她不會吃虧，轉頭出去了。

等他一走，孫氏便沈下臉來，一邊抖了抖腿，一邊故意笑道：「我這年紀大了，腿腳便有些不大利索，昨兒站了一天，現在腳底板生疼，老大家的，妳時常不在我身邊，不如幫我捏一捏吧。」孫氏說完，將腿伸了出來。

眾人目光都落在了崔薇身上，知道這是孫氏想要拿捏崔薇，趙氏險些笑出聲來，看著孫氏這作派，心裡極其痛快，一邊就尖聲道：「崔氏，妳聽到沒有？還不趕緊替妳婆婆褪了鞋襪捏捏。」

崔薇目光與孫氏對上，一邊孫氏心裡寒意便升了起來，她想到崔薇上回打她的情景，可又想到當著這樣多人的面，崔薇哪裡敢做這樣的動作，因此又有些得意起來，厲聲喝道：「妳還不趕緊的，莫非我這做婆婆的，還使喚不動妳了？」說完，一邊得意地晃了晃腳。

村裡幾個婦人多少有些尷尬，崔薇之前還雇了她們家的男人做事，給了不少工錢，這會兒有人想要說幾句好聽話，可人家婆婆教訓媳婦兒又是天經地義的，不好意思去開口，屋裡頓時沈默了下來。

崔薇突然柳眉倒豎，看著得意洋洋的孫梅便大聲道：「孫氏，聽到婆婆要我捏腳，妳還不趕緊去給我打盆水過來，先將婆婆的腳給搓洗乾淨了！」

孫梅本來一聽到孫氏為難崔薇，心中得意得要命的，可誰料崔薇一調過頭便將話頭引到了她身上，孫梅頓時大怒，站起身來。「妳憑什麼喚我，我姑母喚的是妳，可不是我！」

崔薇聽她一口一個姑母，不由便冷笑了一聲。「什麼姑母不姑母的，妳都嫁了過來，莫非心裡沒將婆婆當成婆婆了？」崔薇這話頓時讓孫梅滯了一下，又接著道：「再說我喚的就是妳，咱們兩妯娌，正好共同侍候婆婆才是，再說了，二郎當初在我的鋪子裡做工……」

崔薇一說到這兒，孫氏頓時後背冷汗唰的一下便流了出來，心裡只當這丫頭無法無天，現在與自己對著幹不說，自己想要拿捏她一下，她便要拿這事來讓自己出醜，頓時嚇得臉色都變了。

若是今日這樣大喜的日子被爆出聶秋文昧她鋪子裡的銀子，又不知好歹調戲人家貴婦人身邊的丫頭，聶秋文的名聲恐怕也就壞透了。更為重要的是，這是一件醜事，連孫氏自個兒都知道不能說出去見人，要是崔薇口沒遮攔說了，聶家丟了大醜，聶夫子不會饒過她！

「好了好了，妳們爭什麼，真是的！」孫氏臉上勉強擠出一絲笑容來，忍下了剛剛被崔薇喚孫氏時的不快，一邊乾笑道：「都是一家人，瞧我跟妳們兩個開開玩笑而已，妳們兩個便開始爭起來了。」

不知怎的，孫氏自個兒挑起這攤事來，現在又開始做好人，趙氏有些不服氣，但崔薇正主兒的婆婆都沒開口了，她一個親戚大舅母自然更不好意思去說話，只能鬱悶得要死，將這事給忍了下來。那頭村裡的婦人們不由自主的鬆了一口氣，都恭維著孫氏會體貼媳婦兒，這事便算過去了。

只是這廂眾人鬧得厲害，那頭聶晴卻像一個木頭娃娃般，不笑不鬧，只是木呆呆的坐著，孫氏正感尷尬之時，那外頭潘世權的夫人賀氏卻是由人挑了布簾子進來了，身邊帶了一個穿了桃紅色衣裳的小丫頭，那丫頭亦步亦趨跟在她身邊，瞧起來竟然比聶晴還要美貌喜慶幾分。

賀氏一進屋裡一股香風便傳了進來，看著崔薇就笑。「聶夫人也在這兒，可虧得我好找，若不是聶舉人給我指點，恐怕還真找不著妳吶。」

賀氏說完，便湊了過來，親暱的拉了崔薇的手說起話來。

崔薇聽到是聶秋染喚了賀氏過來的，知道他是怕孫氏為難自己，這才想了法子給自己解圍，心裡不由熨貼，難得看賀氏順眼，跟她說起來，眾人倒是被冷落到了一旁。

賀氏是堂堂九品官的夫人，孫氏的嫂子趙氏自然想湊上去與她交好，可惜她只跟崔薇說話，對旁人不理不睬的，就連對她堂兄弟未過門的媳婦兒聶晴也是不冷不熱的，看得孫梅等人對崔薇既是怨懟，又是嫉妒，孫梅更是眼珠子都紅了，若是當初她嫁的是聶秋染，這會兒賀氏巴結的便是她，而不是崔薇了。

孫梅眼裡浮出淚水來，抹了眼睛，便捂著嘴跑出去了。

這樣登不得大雅之堂，孫氏等人卻像是沒有見到一般，賀氏眼裡閃過譏諷之色，又瞧了聶晴一眼，嘴角邊挑起一絲若有似無的笑意來，越發跟崔薇親近了些。

吉時很快便到了，外頭敲鑼打鼓的震天響了起來，屋裡聶晴由人扶著，孫氏親自拿了蓋頭給她搭上，這會兒聶晴的身體才開始篩糠似的輕輕抖了兩下，臉被蓋頭擋住了，蓋頭下方的臉露出驚駭恐慌的神色來，她牙齒咬得咯咯作響。只是外頭的銅鑼聲卻是響得厲害，她的牙齒碰擊聲根本沒人能聽得著，就連她的情緒也被擋在了那方紅帕子中，教人看不真切。

聶秋染恨聶晴入骨，自然這會兒不可能親自揹她出去，一時間人不知道跑哪兒去了，孫氏急得要命，一邊只能吩咐著自己的二兒子將聶晴揹出去，一邊有些火大地對崔薇道：「妳去瞧瞧老大去哪兒了，等會兒這裡的事都還等著他張羅，人跑不見了怎麼行？」

崔薇看她臉色有些不好看，自己也不想留在這邊，當然是答應了下來，轉身出去了。

聶家的院子並不大，屋裡擠滿了人，一時間也沒哪個注意到崔薇的身影，她想著聶秋染在哪兒，將院子看遍也沒找到聶秋染的人影，倒不知為何，順著廚房後的小柴房，倒是走到了偏僻的角落裡。

這邊離聶家正院稍遠了點兒，銅鑼聲小了些，一個女人的哭聲傳了過來，一邊還哀泣道——

「表哥，我嫁給二表哥不是真心的，我心裡只有你。」

一聽到這話，崔薇頓時一種被雷劈過的感覺湧上心頭來。

不知道是不是所有的外遇開始第一句話都是「我的婚姻過得並不幸福，我的心裡苦悶，只有你……」，然後接下來理所當然的開始對旁人大表衷腸。這個哀泣的女聲是孫梅，自然被她喚表哥的，也只有崔薇找不著的聶秋染了。不知道她是不是與這事特別有緣，開始撞見聶晴的好事便算了，如今連自個兒丈夫的這種事也被她碰見。

一時間崔薇有些糾結，不知道自己是不是應該現在跑出去指著聶秋染鼻子罵他偷會弟媳，還是應該調頭就走，從此不理睬他。

糾結了半晌，崔薇心裡湧出一股酸澀難受之感來，早晨時那傢伙抱著自己時還心肝寶貝的喚，現在就跟其他女人躲到這邊，而且還是他的弟媳，崔薇心裡湧出一股火氣來，冷了臉靠在一旁，那頭聶秋染冷冷淡淡的聲音卻是響了起來——

第一百零八章

「二弟妹是不是失心瘋了？我給妳一次機會，滾出去！不然，不要怪我不客氣。妳不要臉，我還要。」

聶秋染這話說得極其陰冷刻薄，崔薇聽完，心中一下子就平衡了。

那頭靜了半晌，孫梅像是有些不敢相信一般，隨即響起一串凌亂的腳步聲，不知是誰的，突然間孫梅抽泣了一聲，接著傳來一陣窸窸窣窣的聲響，聶秋染厭惡的聲音響了起來，伴隨著一陣重物落地的響聲，崔薇有些受不住了，忙拎著裙襬朝聲音那邊走。

「賤人！」

這一聲大喝響起，接著傳來一聲婦人的慘叫，崔薇連忙朝前走，聶家房屋後那頭無人來的小徑處，聶秋染正狠狠朝已經摔倒在地上的孫梅踹去。孫梅頭髮散亂，鼻子嘴角都噴出血來，這會兒她身子半裸，肚兜已經解了大半，倒掛在肚腹間，高聳的胸脯已經露了出來，沒什麼遮蔽物了，兩條結實的腿哆嗦得厲害，正驚駭地倒在地上，雙手死死抱著腦袋，聶秋染背對著崔薇，那腳又往孫梅胸口上踹了一腳。

「砰」的一聲悶響傳來，孫梅不敢吱聲，疼得臉色扭曲，眼睛裡滿是紅血絲，湧出驚恐之色，她死死咬著嘴唇，雙腿想縮起來，卻是無力支撐的模樣。

崔薇眼皮跳了跳，總覺得孫梅胸部都快被聶秋染踩平了，往後若是她的胸一大一小，絕對是有聶秋染這一腳的原因。

「聶大哥。」

聶秋染眼裡的黑氣隨著崔薇這一聲輕喚，漸漸散了開去。

孫梅這才敢細細的呻吟出聲來，哭得眼淚鼻涕直流，也顧不得害羞，連忙縮起身子，強忍著疼痛，將身體抱成一團，嚶嚶的哭了起來。

「這是怎麼了？」雖說看到這樣難堪的情景，崔薇開始也是有些厭煩孫梅的，但見她現在頭髮散亂，又哭又疼的，心裡不由又覺得她有些可憐。

聶秋染臉上的陰戾之色漸漸褪去，森然的眼神重新變得溫和淡然，一邊慢條斯理的整了整袖口，一邊又理了理衣襟，轉過頭時嘴角邊帶了淡淡的溫和笑意，一派君子如玉般的俊雅模樣，看著崔薇便道：「薇兒怎麼過來了？沒什麼，不過是些許小事，不要髒了妳的眼睛。」

聶秋染其實是早就已經發現崔薇過來了，但孫梅實在太令他感到噁心，讓他忍不住想教訓她一回，因此沒能忍得住，被崔薇瞧見了這一幕。

聶秋染之前還是一副冰冷似九幽閻羅般的凶殘模樣，一瞬間竟然又變回了翩翩佳公子，嚇得孫梅坐在地上不住咳著又不停地哭。

崔薇剛想撿了衣裳讓她先披上，聶秋染已經將她拉了過去緊緊摟在胸膛裡，不准她去看孫梅身體，免得污了她眼睛，一邊替她理著頭髮，一邊溫柔道：「嚇著妳沒有？」

他的反差也實在太大了！之前打孫梅時的表情與眼神崔薇沒有看到，但孫梅卻是嚇得心臟都快停跳了，這會兒看他對崔薇溫和的樣子，孫梅險些忘了哭，心中既是駭怕得厲害，又是嫉妒起崔薇來。

聶秋染將小少女的腦袋按在自己胸前，眼睛微微瞇著看了孫梅一眼，眼裡的殺氣洩了出來，又嚇得孫梅光著身子便往後頭挪，不住地搖著頭，連哭聲也不敢喊出來了。

前世孫梅嫁給他為妾，可是卻不甘寂寞，跟聶秋文私通，並受聶晴指使，這個蠢頭蠢腦的東西，真以為孫氏是她姑母，可以為她撐腰，便還敢連同聶秋文害自己子嗣，以為如此自己的一切便全是聶秋文的。既然上輩子她為聶秋文做到了這個分兒上，自己這一世成全了她，使她嫁給了聶秋文，現在她這一切又算是什麼？

莫非這個女人性情本來便是水性揚花，上輩子嫁自己，可是勾搭的卻是聶秋文，這輩子嫁了聶秋文，卻又不甘寂寞想來勾搭自己？

果然是一報還一報，命中報應不爽！聶秋染一想到這些，眼裡又露出冰冷駭人的血氣來，嚇得孫梅險些尖叫出聲，好歹她還有理智在，知道自己一叫，若是被人碰見，她便是死路一條。因此身體縱然抖得像篩糠一般，卻是捂著胸口抱著腿，淚流滿面不敢出聲。

「聶大哥，婆婆正喚你呢。」崔薇雖然也不喜歡孫梅，卻不想現在聶秋染真將她給打死了，因此悶在聶秋染胸前，開口說了話。她這會兒也是有些害怕聶秋染，不知為何，此時的聶秋染給她一種極其危險的感覺，讓崔薇心中有些慌亂。

小少女帶了些顫音的話，頓時讓聶秋染眼中原本大盛的血光漸漸暗淡了下去，拉了崔薇的手，動作輕柔地替她撿了頭上剛剛從樹頂飄落下來的樹葉，又回頭冷冷望了孫梅一眼，強忍了此時立即便想將她殺死的衝動，一邊小心護著崔薇離開，留了孫梅一個人下來。

等聶秋染一走，孫梅才敢咬著手指哭起來，哭得無聲卻是撕心裂肺，她這會兒心裡既怕聶秋染，又有些後悔自己今日做事太過衝動。她本以為崔薇雖然模樣長得白嫩，但到底年紀小，哪裡像自己一般懂風情身段發育得好，以為自己一片癡心，男人麼，碰了送上門來的便宜都不可能不要的，她以為是這樣的，可沒料到，她剛剛險些被聶秋染打死！

孫梅既悔又怕，又有些恐懼，雖說剛剛崔薇誤打誤撞地闖了過來，使得聶秋染當時沒有對她痛下殺手，可同樣的也撞見了她這樣的醜事，若是往後崔薇說了出去，自己豈不是只有剩下死路了？

孫梅一想到這些，心頭紛亂的感覺又湧了上來，她想到剛剛聶秋染無情冷漠的樣子，既怕又恨，哭得難受，一邊才哆嗦著開始穿起衣裳來。

崔薇小心翼翼地由聶秋染牽著，心中有些害怕。她本來只當聶秋染腹黑而已，可沒想到他不只是心黑，而且還手辣，打得孫梅那峰巒迭起的胸險些變成一馬平川（注），看得崔薇都替她疼了起來。女人的胸本來就是最脆弱的地方，受到這樣的劇烈傷害，可想而知是有多疼了。

聶秋染本來是個溫潤如玉的君子，可不知為何，現在越看起來，越是令人有些捉摸不透。她算是兩世為人，本來是比聶秋染要大好幾歲的，但不知為何，跟他比起來，自己總有一種無論文武，都算計不過他的感覺，只有被他吃得死死的，這會兒他光是一言不發，已經令崔薇心裡隱隱有些害怕起來。

「以後不要我娘喚妳，妳就出來。若是今兒沒找到我，妳不是要被我娘使喚得團團轉了？」聶秋染已經沒有了之前的戾氣，一邊低頭瞧了瞧崔薇裙底，一邊就開口道。

「我不是有意的。」崔薇這會兒想到剛剛聶秋染的臉色與眼神心裡還有些犯怵，小聲就道：「我是想出來透透氣，外頭太鬧了。」

她難得乖巧的模樣看得聶秋染心裡又有些痛恨起孫梅來，若不是那賤人恬不知恥，脫了衣裳敢抱住他，如此這般不要臉面，也不至於讓他剛剛一時失控，心裡生出想要當場殺了孫梅的念頭來。聶秋染見她低垂著腦袋，不知在想些什麼，只看到尖細潔白的小下巴，越發惹人憐愛，平日裡崔薇還從來沒做過這樣乖巧的樣子，對他時一般都是神態自若，還會有些小驕縱，偶爾看到這樣一回情景，聶秋染心裡又是稀罕又是有些後悔，將她嚇到了往後不親近自己。

因此伸手輕捏了她下巴，將她臉蛋抬了起來。「薇兒，妳很怕我嗎？」

注：一馬平川，可讓馬兒奔馳的平原，比喻地勢平坦。

剛剛他打孫梅時的眼神帶了血氣，像是真要殺了她一般，崔薇頭一回碰著這樣的情況，心裡多少有些擔憂，更何況聶秋染打女人這樣狠，不知哪天會不會一言不合也對自己動手。崔薇心中多少有些害怕這個事情，因此被聶秋染勒著，也不敢掙扎，眼神便游移到了一旁，有些小聲道：「沒有啊……」

一看就是口是心非的樣子！

聶秋染這會兒心裡又生出一股對孫梅的怒火來，索性推了崔薇靠在一旁的樹幹上，自個兒也欺了過去，瞇著眼睛看她道：「妳怕我？怕我打人？」

兩人離得這般近，連對方的呼吸都拂到了自己臉上，崔薇本來是有些緊張的，但不知為何，這會兒感覺到他溫熱的氣息，臉頰又有些發燙，連忙推了他一把。「沒有，聶大哥，我只是、只是剛剛看到孫梅和你在一起，嚇到了……」這聶家後頭雖然隱蔽，這會兒眾人都在外間送聶晴出嫁，但自己都能找得過來，就怕旁人也找過來，兩人雖然是夫妻，可現在的舉動也實在太過曖昧了些。崔薇臉色紅彤彤，聶秋染瞧著她慌亂的樣子，頓時就笑了起來。

「剛剛那賤人脫了衣裳敢抱我，給她這些教訓都是輕鬆的，如此不知羞恥，該死！」他說到後面兩個字時，語氣輕得令人膽寒，崔薇打了個哆嗦，聶秋染又伸手在她臉頰上撫了撫，低垂下頭湊近她水嫩小巧的唇瓣吮了一口，將不敢動彈的小少女放開了，又替她整理了下衣裳，這才拍了拍她腦袋溫柔道：「不過那是賤人，不是咱們小薇兒，薇兒這樣乖，我怎麼會打妳，我捨不得的。若是薇兒不聽話，我可以用其他方法。」說完，聶秋染眼中流露出瀲灩之色，伸舌頭緩緩舔了下唇角。

崔薇沒有料到他這樣一個平日看似溫和且性情嚴謹的人竟然會露出這樣的妖孽之態來，頓時嚇了一跳，像是頭一回認識到聶秋染一般，連著盯了他好幾眼，又聽出他話裡的意思，頓時臉色通紅，也顧不得剛剛還害怕了，下意識的伸手拍了他手臂一下。「不要胡說了！咱們趕緊出去吧。」崔薇說完，也不敢再停留了，整了整衣裳，便拉著聶秋染出了聶家房舍後。

兩夫妻出來時外頭還極為熱鬧，眾人都在送著新娘子離開，沒有哪個注意到聶秋染二人啥時候出來的，兩人出來好長一段時間，等到聶晴都被聶秋文揹出大門了，後頭孫梅才搖搖晃晃，臉色慘白的出來。

崔薇回頭便看到孫梅捂著胸口，跌跌撞撞靠著牆出來的情景，像是喘氣也極為困難般，臉如金紙，目光都黯淡了幾分，看著竟然像是不大好的模樣。

孫梅注意到了崔薇的目光，也順著她的視線看了過來。見到崔薇時，她原本慘白的臉色更是白得如同死灰一般，眼裡先是閃過一道驚恐與慌亂，接著竟然露出一絲殺機來，看得崔薇心中一緊，本能地對孫梅生出防備來。

這廂兩妯娌目光不過是一碰觸間便各自分開，趁著人潮正往外擠時，孫梅腳步踉蹌著往屋裡去了，這會兒也沒哪個去注意看她，反倒都跟在了聶晴的轎子後。

聶晴的夫家本來便是極為貧困，且家中距離小灣村極遠，這趟婚事既然是由潘世權的夫人賀氏作保，因此一開始便商議在潘家收拾一間小院落出來，給賀元年做新房之用。直到新婚三日，聶晴回門之後，他再帶聶晴進縣裡便是。因此這會兒花轎是抬著前往潘家的，眾人自然也要跟著前往湊熱鬧。

等到晚間喝喜酒時，孫梅也沒有再出現。本來這趟酒席在潘家擺，一般人平日裡少有機會進潘家來，許多人都是巴不得前往潘家吃酒的，孫梅竟然罕見地沒有出來，想來之前被聶秋染踢過之後傷得十分嚴重。幸虧聶夫子夫妻二人今日裡子面子全都有了，潘家人對他百般恭維，孫氏也被潘老夫人拉著吃酒說笑，根本沒人注意到孫梅未來。

崔薇被潘夫人賀氏拉了坐在別間之中，雖然嘴上與人談笑著，但心裡卻仍是在想著孫梅的事情。

場中許多人都圍著崔薇一陣恭維，坐了一陣，也懶得跟這些女人誇來讚去，便找了個藉口出去透氣。如今天氣這樣的熱，屋裡悶得早就受不了了，可那些婦人卻仍塗脂抹粉的，一股膩得令人難受的香粉味瀰漫了整個屋子。崔薇一出房間便坐在走廊下不敢隨意亂走動，上回在潘家遇見那樣的齷齪事情，她現在想起來還心有餘悸，這回哪裡敢亂走，便是坐著無聊，也比等下再闖到什麼地方，瞧見一些不該瞧見的事來得要好。

賀氏倒是派人出來喚了崔薇好幾趟，崔薇只推說不適，勉強留在潘家坐到晚飯後，這才跟聶秋染一塊兒回去了。

聶家要辦三天的流水席，因此這幾天兩夫妻倒是都要忙，一直要等到聶晴跟隨賀元年去了縣裡時，才能恢復到以前的生活。

第二天崔薇特意早早去了聶家，沒有發現孫梅的蹤跡，聶家裡人來人往的客人不少，一大早的孫氏便有些不大痛快的站在院裡罵著孫梅，聽說她是病了，而且病得還挺嚴重，現在躺床上起不來身了。眾人都忙著，也沒哪個給她請大夫的，孫家人雖然對此有些不滿，不過在聶家有喜事的當口，孫梅卻是病了，到底是一件觸霉頭的事，趙氏也只能怪自己女兒不爭氣，偏巧趕在這個坎兒上，因此也不好替她出頭。

孫氏心裡對這個剛過門沒幾個月便病倒的侄女心中不滿，可孫梅卻根本起不了身。聶晴要回門那天崔薇特意去看過孫梅一回，她臉腫得都已經發亮了，臉上帶著潮紅，一副正在發著高熱的樣子，卻偏偏捂緊了胸口，不敢去請大夫，瞧著便是出氣多進氣少的模樣，竟然看著像是命不久矣。

崔薇站在床邊看著臉已經有些發泡變形的孫梅，沈默著說不出話來，那頭聶秋文倒是端了碗湯藥進來，擱在一旁的大櫃子上，這才衝崔薇道：「大嫂，妳坐吧。」

崔薇猶豫了一下，這才坐下來，看著孫梅皺著眉頭，一臉痛苦之色，縱然是在昏迷中，她卻是睡得極不安穩的樣子，嘴唇裂開來，一邊搖著頭，嘴裡喃喃地喊了出來——

「殺……」

崔薇臉色頓時變了。

那頭聶秋文卻沒發現她的異樣，一邊端了藥碗拿了勺子便餵孫梅，一邊崔薇就已經冷冷道：「她喊殺幾天了？」

「從聶晴成婚那天就這樣了。」聶秋文端了藥碗拿了塊竹片插進孫梅嘴裡，端了藥碗便朝她嘴裡灌了進去，臉色平靜道：「從晚上就已經開始喊疼，又開始說胡話，我娘說她是被沖著了，準備找個神婆替她醫治。」

聶家人都不明白孫梅嘴裡一直不停的喊著「殺了妳，不能被別人知道」這話是個什麼意思，可唯有崔薇心裡頭卻跟明鏡似的，本來還覺得孫梅一個女人落到現在這樣的結局多少有些可憐，但現在聽起來，她恐怕是對自己或是聶秋染生了殺意。

崔薇心裡又驚又怒，一下子站起身來。

聶秋文還拿了塊帕子替孫梅擦著嘴，屋裡飄散著一股濃郁苦澀到令人嘔吐的中藥味，他回過頭來看著崔薇冰冷雪白的臉色，一邊有些驚訝道：「大嫂，妳怎麼了？」

「我沒事。」崔薇強忍了心裡的怒火，站起身來，一邊與聶秋文勉強擠出一絲笑容來。「我只是過來看看。」

她說到這兒，又猶豫了一下，想到聶秋文近來的變化，聶秋文腦袋上之前被她打出來的一條口子現在已經結了疤，原本還帶了稚氣不知天高地厚的少年在短短大半年的時間中看起來多了幾絲沈重與凝重，崔薇心裡嘆了口氣，一邊又搖了搖頭，將到嘴邊本來要說的話又嚥了回去，改說道：「我先出去了，恐怕再過不久聶晴就要回來了，我瞧瞧外頭飯做好了沒有。」

聶秋文臉上露出一絲笑容來，點了點頭，崔薇也沒再說什麼，轉身便出去了。

外頭孫氏陰沈著一張臉，看到崔薇從孫梅屋裡出來，臉色便有些不大痛快。「一個兩個的不是裝病便是偷懶，今兒是聶晴回門的日子，莫非煮飯燒菜這事還得要我一個做婆婆的來幹了不成？」

聶家做流水席三天，從聶晴出嫁前一天算起，到現在早就已經完了，孫氏一向又養尊處優慣了，家中有事以前一向是聶晴兩姊妹做。而聶明出嫁之後便是孫梅跟聶晴二人做，現在孫梅倒了床，聶晴又出嫁了，孫氏現在沒個使喚的，自然便只有喊崔薇了。

只不過是些熱飯菜的工作，崔薇也懶得跟孫氏計較，飯菜都是現成的，前些天辦流水席剩了不少的菜，現在只要拿出來熱一下便成了。不過現在天氣熱，正值七月，前兩天留下來的一些飯菜根本吃不得了，就是昨兒新做的好些肉也酸了，崔薇乾脆全倒進餿水桶裡。

她這樣的動作引得原本在院子中等女兒一家回來的孫氏頓時臉色便難看了起來，一邊罵著她敗家子，一邊雖然不想做飯，可又看不得崔薇那樣大手大腳，只好自己去弄飯菜了。

難得好心一回，可孫氏還不領情，崔薇也不做了，由得孫氏自個兒去折騰，只進堂屋裡坐著，這一舉動又引得孫氏不舒服了起來，罵罵咧咧好一陣，直到與聶秋染正說著話的聶夫子不滿了，喝令她住嘴，廚房裡才漸漸安靜下來。

聶晴兩夫妻是直到太陽都出來了，農家裡好些人在地裡都已經做完一輪活兒才回來的。

孫氏早飯早就已經熱好了，等得頗為不耐煩，看到賀元年引了聶晴進來時，她心裡一把火氣便湧了出來，不陰不陽地便道：「姑爺兩人回來，倒是會掐時間點，不知道究竟是什麼事給耽擱了，若是來不及，也不事先讓人過來打聲招呼。」

孫氏一大早熱了飯便等著聶晴夫妻倆過來，可誰料等到這個時辰點了，聶家人還沒有吃早飯，這夫妻倆都快掐著午飯時間點過來了。

不只是孫氏有些不快，那頭聶夫子臉色也有些不大好看。

崔薇看了看聶晴兩夫妻，才嫁過去三天時間，可她看聶晴時倒像是多了些陌生的感覺，剛成婚的婦人，可聶晴臉上不只沒有歡喜與嬌羞，反倒帶了幾分蒼白與憔悴，賀元年則是一臉吊兒郎當的表情，兩夫妻過來手上竟然連半點兒回門禮也不帶！

這個時候的禮節崔薇多少也是知道一些的，一般婦人若是成婚回門時，為了表示其貞潔與夫家對她的看重，是要備些回門禮的。鄉下地方一般是備豬心、豬蹄與豬腰等各一對，若是講究些或是有銀錢的人家，一般都是送整頭豬到丈母娘家裡，可聶晴這會兒回門來竟然一樣東西都不帶！

本來開始時賀家表現得還挺看重這門親事的，可現在瞧起來，賀元年一臉的不快，聶晴對他甚至隱隱有些害怕的樣子，這會兒崔薇心裡不由得覺得奇怪。

「丈母娘要是嫌咱們回來得晚了，那我就先回去了！」賀元年撇了撇嘴，一臉不屑之色。

孫氏沒料到他竟然敢這樣跟自己說話，頓時呆了一下。賀家人之前要娶聶晴時可是一副掏心掏肺，恨不能跪地上討好她的模樣，這才幾天時間哪，賀元年這小子竟然變得這樣快！

崔薇看到賀元年的舉動，不由想起陳小軍頭一回與崔梅回門時的情景來，心裡頓時湧起一絲詭異的感覺來，當初聶晴自個兒不想嫁陳小軍，又使了他來害崔梅一生，沒料到如今風水輪流轉，最後聶晴竟然自個兒也變成崔梅那般的情景，看得崔薇心裡一陣陣暢快。

「你、你這是什麼意思？」孫氏先是有些不敢置信賀元年對自己的態度，接著又有些火大，扠了腰便指著賀元年罵了起來。「你這是什麼態度，敢這樣跟我說話，你是個什麼東西，回門時竟然連禮也不帶，潘家這是什麼意思，我要去找他！」

聶夫子在一旁臉色也有些不大好看，因此也沒喝住孫氏，只任她指著賀元年罵。

那頭聶秋染伸手將崔薇拉了過去攬在懷裡，望著這邊嘴角掀起一絲細微的笑紋來，屋裡聶秋文聽到動靜，也跟著站了出來。

聶晴低垂著頭，身子跟篩糠似的站賀元年身後。

賀元年依舊是那副吊兒郎當的模樣，一邊雙手環胸，等孫氏話音一落，他頓時冷笑了一聲，掀著嘴皮，怪眼一翻，表情便猙獰了起來。「老東西！給妳臉不要臉，妳非要鬧是吧！你們家教出這樣不要臉的女兒，竟然還敢問我要回門禮，我呸！」

賀元年一口唾沫噴到了孫氏臉上，孫氏沒有料到他竟然這樣囂張，頓時嚇了一跳。惡人自有惡人磨，孫氏本來很是氣憤的，一向在家裡也是囂張無比的，可這會兒遇著賀元年這樣凶狠的姿態，她竟然嚇得倒退了一步，拿袖子擦著臉上的口水，噁心得作嘔，卻是不敢再張口了。

聶夫子聽到賀元年這話，臉色頓時鐵青，一邊厲聲道：「你這是什麼意思？給我說清楚了！」他這會兒心裡隱隱湧出一股不好的預感來，忙看著一旁乾嘔的孫氏，一邊忍了氣，捏緊了雙拳道：「有什麼話，先回屋裡再說，孫氏先去將門給關上！」

賀元年聽到聶夫子這話，臉上頓時露出一絲喜色來，嘴裡嘿嘿笑了兩聲，一邊朝聶夫子靠了過去，伸手便搭在了聶夫子肩上。

聶夫子一生嚴肅自持，哪裡有過與人這樣不莊重接近之時，更何況賀元年不過是一個跑街竄巷的小貨郎，屬於下九流的營生，平日裡賀元年恐怕是跪在他面前，他也不見得會抬眼皮子瞧這人一眼的。此時見賀元年竟然敢與自己做出這樣的舉動來，頓時氣得面色漆黑，還沒有開口喝罵，那頭賀元年已經嘻皮笑臉地嚷了起來——

「原來老丈人也知道這是家醜，見不得人的！」

賀元年說完，一邊伸手將躲在自己背後、低垂著頭不敢見人的聶晴給拽了過來，狠狠一耳光便劈頭蓋臉抽了過去，「啪」的一聲脆響，直打得聶晴輕呼了一聲，嘴角沁出一絲殷紅的血跡來，臉頰上迅速冒出五個指頭印，她卻是不敢喊叫一聲，身體只不住哆嗦著，還沒等進屋，便雙腿一軟跪了下來。

這個情景頓時令聶夫子與孫氏二人都驚呆了！孫氏平日裡也不是沒有打過女兒，可她打聶晴再狠的時候也沒有像賀元年這樣，既狠不說，還不給人留臉面。而且這不只是打聶晴而已，當著自己的面打聶晴，無疑是這個女婿極為不將自己給放在眼裡，聶夫子面色也有些不好看。

賀元年打完人，又臉色猙獰的往聶晴身上踹了一腳，惡狠狠道：「賤人！」

「賀元年，你這是什麼意思？」聶夫子這回眼神一下子冰冷了起來，雖然他也不見得多喜歡聶晴這個女兒，可至少臉面上也要過得去，像賀元年這般當著自己等人還打聶晴的行為，無異於往聶家臉上抽耳光。

聶夫子生平最愛臉面名聲，又極顧惜羽毛，否則他早將聶晴嫁給當初潘老夫人的娘家侄兒，而不至於將聶晴嫁給賀元年了。這會兒賀元年竟然如此囂張，他哪裡忍受得了，一把便站起身來，厲聲道：「潘世權便是如此做紅人的？我倒要找他理論一番！不管他是否九品官，我也是朝廷正經有功名的秀才，我兒秋染亦是朝廷正經的舉人，哪裡容得你這小子在此囂張！」

一般來說，聶夫子這樣發火，且他本身又是讀書人有地位的，賀元年剛剛做事又不妥當，照理來說他應該會嚇一跳，然後再調笑著賣好的。誰料聶夫子這樣一發火，那頭賀元年已經囂張地大笑了起來，一邊大剌剌便往聶家堂屋裡走，一邊便道：「你去，老丈人，請你快些去！堂堂聶秀才，家裡又出了個舉人老爺的，可是教個女兒出來，卻是一個破爛貨，你當老子是個撿破鞋的，娶她一個半路親？」

這賀元年嘴裡所說的半路親，一般是此時鄉下一種對婦人極為侮辱性的話，是指已經嫁過人的婦人，被休或是夫君死了，婆家沒得依靠，娘家又將她再嫁的婦人，便稱其為半路親，暗指此婦人已經走過一戶人家，走了大半的姻緣路，再嫁或是不貞潔的意思。

聶夫子一聽這話，頓時驚呆了，他顧不得再去跟賀元年計較此人張嘴便無老少，且自稱老子的行為，一邊喃喃道：「你、你、你說什麼？」

第一百零九章

「聶晴這賤人！不是個完璧的，竟然還敢來騙我！你們聶家是不是專出這種破爛貨，當老子是個撿破爛的，什麼香的臭的都往碗裡扒拉？聶晴這賤人！不知被哪個男人嘗過鮮了，現在要讓老子來頂這王八綠帽子，聶夫子，你既然自個兒也說了，你是個秀才，我大舅子又是個舉人，如今我吃了這樣的虧，這賤人還未過門就偷了野漢子，你們來跟我說說，這事要怎麼解決才好？」

賀元年一邊說完，一邊自個兒進屋裡拿了凳子坐下，蹺起了二郎腿來。

這個人滿臉市井之氣，原本瞧著還算是個好的，能言善道不說，長相也面白俊俏，可沒料到現在露出本來面目了，竟然是這麼一個無賴！

崔薇眉頭皺了起來，她想到上回在潘家時遇著潘世權拉了聶晴進屋時兩人做的齷齪勾當，現在又聽賀元年嘴裡不乾不淨的說著聶晴已經不是個完璧的話，她頓時便打了個哆嗦。

那頭聶夫子夫妻氣得說不出話來，賀元年還坐在那兒冷笑道：「……不是個乾淨的東西，早被人用舊的東西，還敢跟我裝。那些手段都是勾欄院子裡的粉頭才做得出來的，當老子沒見識過，竟然敢拿這事來哄我，賤人！」

賀元年說到後來時，語氣又有些陰冷了起來。「不妨與你們說了，今日你們還當我是來回門的，我是來給你們機會解決這事的！這賤人早與人睡過了，我不要她，也正好讓大家夥兒來評評理，這賤人是怎麼不要臉的勾搭姦夫，聶秀才老爺又是如何教出這樣一個不知羞恥的姑娘的！」

聶夫子臉色越來越白，身體哆嗦得越來越厲害，他平生最要臉面，可沒想到聶晴這個女兒一而再、再而三的竟然給他鬧出這樣一件事情來！閨女已經與人私通，這事別說旁人忍不了，他也忍不了！

聶夫子強忍著心頭的怒火以及對賀元年的憤恨，臉色鐵青的也跟著坐了下來，勉強擠出一絲笑，看著癱軟在地上，捂著臉痛哭不止的聶晴，心裡氣得這會兒活活打死她的心都有了，卻偏偏要強忍著，說道：「姑爺且先別妄下結論，這事到底是如何，還得好好問清楚了再說。」

孫氏開始時對賀元年還有些瞧不上，又有些氣恨，這會兒也知道事情嚴重。聶夫子話音一落，她也頭皮發麻，跟著附和。「是的是的，姑爺且先消消氣，喝口茶水再說。崔氏，妳還不趕緊去燒開水，給姑爺泡杯茶過來！」

崔薇沒料到孫氏到這會兒竟然還來使喚自己，頓時心裡湧出一股厭煩來，本來坐著不想理她，可那頭賀元年眼珠一轉，竟然將目光落到崔薇身上來，臉上露出笑意。

「大嫂這樣的嬌美人兒如何做得那樣的粗事？這事便讓那賤人去就是了！她如此自甘下賤，雖然身體與人享受過了，可是這生火燒水的粗活還是做得的。」賀元年一邊說完，一邊眼睛便往崔薇身上打量了一眼，嘴裡嘿嘿笑了幾聲。

聶秋染臉色一下子陰冷下來，伸手將崔薇攬進懷裡，看著賀元年便笑了起來。「賀郎君，要知道禍從口出的道理。你信不信你要再多說一句，我讓你沒法完整的走出這道門檻？」聶秋染眼神陰森，偏偏嘴角邊還帶著笑意，語氣也溫和。

賀元年看到他眼裡露出來的殺氣，頓時嚇了一跳，他本來便是個無賴，若是遇著聶夫子這樣徒有臉面、可被人抓到把柄便無可奈何的，他便能將人吃得住，可遇上聶秋染這樣心狠手辣的，他自然不敢造次，聞言便乾笑了一聲，一邊就道：「與大嫂開個玩笑，大舅子不要在意才好。」

崔薇懶得看他這模樣，專心坐到了聶秋染身邊，將頭埋在他肩膀，只聽不動了。

崔薇現在容貌長開了些，再加上她肌膚調養得當，且平日裡又不是像村裡許多姑娘一般做事曬得漆黑的，俗話說一白遮三醜，她通體肌膚晶瑩雪白，臉龐細膩白皙，便襯得那眉眼越發精緻，自然使得賀元年目光不住往她身上看，直到聶秋染目光越來越冷，賀元年這才笑了起來。

「我也不喝水了，丈母娘不消勞心勞力，只要你們與我說說這事怎麼解決就是了。」賀元年一邊說完，一邊竟然將身子往椅子後背一靠，微閉著眼睛，搖頭晃腦地又道：「這賤人也不知從哪兒學來的門道，竟然跟勾欄院裡的粉頭們騙人的手段一模一樣，幸虧老子機靈，又見得多這樣的把戲了，才沒被她騙著，否則還真當她是個乾淨的。這事你們要不想鬧大，便想個法子好堵了我的嘴，若不然，我可不吃這個虧的。」

說來說去，這會兒聶夫子等人才明白過來，他是要錢的！屋裡頓時死一般的寂靜，孫氏憤憤想要開口，那頭賀元年又接著道：「我有證據的，這賤人已經承認她與鳳鳴村陳家那小子早就爬過牆了，已經簽字畫押，老丈人可不要想抵賴。」來之前他竟然便做出了這樣的事情，聶夫子越發呆滯，心裡百般滋味齊湧上心來，氣得說不出話來，他臉色青白交錯，身體不住哆嗦著，胸口上下起伏，氣血翻湧，捂著胸口，一時間竟然喘不過氣來！

聶晴只是捂著臉坐在地上哭，不敢站起身來。

聶秋文母子慌忙朝聶夫子跑過去，撫胸的撫胸，拍背的拍背，又灌水掐人中的，好半晌之後才將聶夫子給整得緩回一口氣來。

見鬧出了這樣的大事，那賀元年也不懼，反倒是嘿嘿笑了幾聲。「老丈人也氣著了吧？這事要我嚥下去也成，得給我五兩銀子，我這個好封嘴的，若不然，這事我便宣揚出去了，你們聶家教出這樣一個女兒，我怕往後大舅子也要受些影響吧？」他說完，又搖頭晃腦地笑。

聶夫子臉色憋得通紅，連忙讓聶秋文拿刀來，說是要砍死孽女。

孫氏則是呼天搶地，一邊瞪著賀元年道：「你想得倒美，我聘禮也只收你三兩銀子，你憑什麼便要找我要五兩，大不了我這門親不結了，若是你不想娶聶晴，你把她送回來，我將聘禮還你就是！」

「砰」的一聲劇響，聶家人皆嚇了一跳，那賀元年已經重重拍著桌子站起身來。「這小賤人當老子是個龜公不成？還未過門便給我戴頂帽子，這事妳想這樣輕易便完結了？門兒都沒有！」他表情猙獰，又一副凶神惡煞的樣子，朝孫氏逼近過去。「若不準備五兩銀子，我便讓你們一家在這村裡住不下去！我呸！什麼讀書人家，一肚子男盜女娼！」

孫氏被他表情嚇得不住後退，看他凶狠的樣子，又握起拳頭來，只當他是要來打自己的，頓時嚇得尖叫了一聲，抱著頭便蹲了下去。

屋裡亂成了一團，聶夫子氣得已經翻白眼了，聶秋染小心護著崔薇退了幾步，冷眼望著屋中這場鬧劇。

「好了！」聶夫子大喝了一聲，他喘著氣，站起身來。「銀子我給你，你把那紙契約給我，順便也給聶晴寫封休書，這事便當咱們家對不住你，以後橋歸橋，路歸路，大家互不來往，這事便算了！」他說到給聶晴寫休書時，目光冰冷的望了聶晴一眼，眼中布滿了殺意。

聶晴一個激靈打了個哆嗦，頓時驚駭得不敢再哭出來。

賀元年一聽他願意給自己銀子，頓時喜笑顏開，又聽到他說要自己還他契約，以及休了聶晴的話，頓時眼珠一轉。「老丈人先將銀子給我才是！」

聶夫子一瞧他這模樣，心裡便信不過，自然不肯拿銀子。可是這賀元年卻是個潑皮無賴，他一見聶夫子這舉動，頓時便要出去嚷嚷，聶夫子好臉面，又有把柄在別人手上，頓時無奈的忍下了那口氣，進屋取了一錠五兩的銀元寶出來，交到了賀元年手上，一邊便忍了氣道：「這下可以將契約與休書拿來了吧？我自己寫休書，你蓋個手印便是！」

賀元年小心的將銀子揣進懷裡，一邊摸了又摸，臉上才露出笑意來，一邊咧著嘴就道：「老丈人說的是哪裡話？既然老丈人已經賠了銀子，這事我便認了下來，晴兒，還不趕緊起來隨我回家了。」

他這樣的無賴，倒令聶夫子愣了一下，接著，又氣得臉青面黑。

賀元年卻不管那些，一收到銀子便要走，聶夫子頓時有些著急了。若是聶晴還跟賀元年回去，這事豈不是以後還要沒完沒了的了？與賀元年這樣的人作親，聶夫子心中隱隱已經有些後悔起來，聶夫子一把年紀，在外頭經過的事也不少，不是不曉事的，往後賀元年要是再用這事來要脅自己，再要銀子可怎麼辦？

「你們給我站住！」聶夫子一見兩人要走，連忙便將賀元年給拉住，一邊疾言厲色道：「剛剛你自己說的要給聶晴留封休書並將契約留下，若是今日你不寫休書，休得走出這道門檻！君子無信而不立，你如何能做出這樣的事情！」興許是有些著急了，聶夫子竟然連文謅謅的話也說了出來。

賀元年怪笑了一聲，一邊將聶夫子的手一甩，推得他一個踉蹌，一邊就冷笑了起來。

「少跟我說這些嘰哩呱啦的，老子不懂！這休不休妻，是我的事，那五兩銀子，只是你拿出來遮醜的！想要我休妻，就是你今兒將我逼著將字給畫押了，我明兒便去縣裡敲鼓告狀去！」他整理著衣裳，一邊看著聶夫子嘲笑，頓時將聶夫子嘲笑得說不出話來，大搖大擺的便自個兒出門了。

聶晴低眉斂目的跟在賀元年身後，心裡既是緊張害怕，又隱隱有著一絲興奮。

聶夫子這些年在她心中形象如同一座山般，可沒料到就是一向了不得的聶夫子，竟然也有如此狼狽如此無能的時候！她心裡興奮地笑著，雖然還有些後怕，可又夾雜著一絲報復的快感。當日她成婚之後便一直擔憂自己不是完璧之身的問題，本來以為這賀元年年紀小，一定不知道潘世權教自己的手段，可誰料到他不只是知道這些手段，而他自個兒年紀輕輕的，更是青樓常客。聶晴在新婚之夜被他打得半死又被他欺凌了一番時，心裡對原本就恨的聶夫子更是生出無盡的恨意來。

都是他逼著自己嫁了一個這麼不是東西的東西，賀元年吃喝嫖賭無一不會，就這樣一個爛東西，聶夫子竟然將自己嫁給了他！聶晴一想到這些，心裡便十分怨毒，此時看聶夫子險些被賀元年推倒在地，又將他敲詐了一回，聶晴心裡說不出的痛快，只覺得歡喜無比，嘴角邊抿著一絲細小的笑容，跟著賀元年出了大門。

那頭賀元年卻是突然間回過頭來，看著崔薇笑了起來。「不過若老丈人真要我休妻也不是不行，只是我娶了個媳婦兒卻不是個乾淨的，不如老丈人將大嫂送過來陪我兩天。如此我便將這五銀子還您不說，還給聶晴寫封休書。」

賀元年拿到銀子，便開始得意忘形，竟然露出本性開始說出這樣的話來。

聶夫子氣得身子哆嗦。

賀元年囂張地仰頭大笑著，突然之間，聶秋染身形一下子如閃電般朝賀元年衝了過去，伸手一拳便「砰」的一聲打到了賀元年的臉上！

聶秋染有更好的辦法叫賀元年生不如死，甚至整得他求生不得、求死不能也不是沒有法子。可在自己老婆被人如此侮辱的情況下，還是先用拳頭教訓他一頓來得最為出氣。

賀元年被他一拳打在臉上，笑聲戛然而止，頓時捂著臉，下意識地伸手還了過去，聶秋染卻是一手掄著拳頭，一腳踹在他肚腹處，輕鬆地便將他反手擰了過去，一腳踢著他後腰，使其跪倒在了地上。

「剛剛說的話，是怎麼說的？我沒聽清楚！」聶秋染輕鬆便將人踹倒在地上，一邊踩著他的背脊，一邊反擰著他的手更用力了些，賀元年開始大聲哀嚎起來，聶秋染又抓了他頭髮，將他臉仰了起來，衝他溫和笑道：「剛剛你說的什麼？」

賀元年不知聶秋染怎麼這樣大的力氣，剛剛被他捉住時，自己整個人根本反抗不得，現在渾身被人拿住，更是掙扎不動，他也不敢掙扎，越動聶秋染力氣收得便越緊，他兩條胳膊便像要斷了一般，剛剛看到聶秋染的神色，將他嚇得一個激靈，後背唰的一下布滿了冷汗，原本還有些囂張的態度頓時軟了下來。

賀元年哀求道：「大舅子放手放手，手要斷了。剛剛是我胡說八道，我再也不敢了，大舅子饒命！」

聶夫子本來還氣得臉色煞白的，現在見到賀元年被聶秋染打得倒在地上起不來身，心裡頓時湧出一股痛快來。雖說他一向認為君子動口不動手，可那是在讀書人身體弱打不過別人的情況下才說那樣的話，如今聶秋染不知怎的，竟然能將外表瞧著還頗為高大的賀元年打得還不起手來，聶夫子自然覺得兒子能耐。

崔薇心裡也是湧出一口口惡氣，連忙轉頭看著孫氏道：「婆婆，不知屋裡有針沒有？某些人口沒遮攔，胡說八道，我倒是要拿根針來，將他嘴給縫了！」

孫氏剛剛也被賀元年氣得不輕，不過賀元年凶狠異常的模樣又令她有些害怕，這會兒一聽到崔薇的話，卻是有些猶豫。「這樣不大好吧……」

她話沒說完，那頭聶秋文已經陰沈著臉進了屋，不多時便給崔薇拿了一根約有食指長短，平日裡納鞋子的長針出來。

崔薇一拿到這針，便衝著賀元年冷冷笑了幾聲，一邊朝他走了過去。

賀元年自然死命掙扎，可自己還被聶秋染拿在手裡，哪裡動彈得了，越是掙扎，胳膊便越是疼痛，崔薇早恨這人嘴巴胡言亂語敢對自己說出這樣的話，這會兒倒正好讓他嘗嘗這針刺肉的感覺。這針刺在人身上既疼又找不出傷口來，她要賀元年有苦說不出！

一邊想著，一邊崔薇對這人也不客氣，拿了針便往賀元年身上亂戳。

賀元年被扎得不住慘叫，可偏偏他又掙扎不脫，開始時嘴裡還亂罵，接著又是求饒，他越是罵得凶，崔薇便戳得他越是厲害，到後來賀元年鼻涕口水一併流下來了，哭得聲嘶力竭，整個人哆嗦得臉色都有些扭曲，早看不出之前的囂張之態，崔薇才住了手，抹了一把頭上的汗珠。

聶夫子等人看得心裡極其過癮，聶秋染見崔薇出了氣，眼裡露出笑意來，本來還想揍賀元年一頓，可這會兒崔薇出了氣，他現在自然不會再出手，總有一天等到他出手時，要讓這賀元年生不如死！

賀元年臨走時還想要撂幾句狠話的，可見到崔薇衝他揚了揚手中的長針，以及聶秋染冰冷的神色，他頓時打了個哆嗦，一邊顫抖著身體，一邊靠在聶晴身上，由她半扶半挽地弄走了。

今日一頓回門宴弄成了這般模樣，聶夫子也是心裡又氣又恨，崔薇自個兒也吃了頓氣，雖然出了口氣，不過到底遇著賀元年這樣的渾人心裡有些不大爽快，自然是要回去的了。

聶夫子也沒心情留他們夫妻二人了，再加上剛剛崔薇收拾了賀元年一頓，替他出了口惡氣，他現在對兩夫妻還很是感激，也沒有多加為難，便讓他們二人自個兒回去了。

等回到了家裡，崔薇一邊準備張羅著弄午飯，一邊才想起孫梅的事情，衝生著火的聶秋染便道：「對了聶大哥，孫梅今兒嘴裡說著要殺人的話，你娘他們還當她中了邪呢，說是要給她找個神婆過來沖沖。」

她這話沒有明說，但聶秋染哪裡有不明白的，頓時嘴角邊便露出一絲冷笑來，只說將這事給記下了，兩夫妻也沒有再談論這邊的事情。

聶晴那頭在潘家又待了兩天之後，便隨著潘世權夫妻一塊兒啟程進縣裡去了。

崔薇遠遠的看到她跑著兩條腿追在馬車邊，神情木然，哪裡還有之前少女的風情，不過倒是多了幾分楚楚可憐。聶晴恐怕自己也沒想到竟會落到這樣的地步，嫁給賀元年這樣一個渾人，當初她設計害了崔梅一生，如今自個兒竟然也沒過得很好，反倒是落得跟崔梅一樣慘的結局，不知道這事算不算是一報還一報，命中注定她該受此結果了。

對於聶晴，崔薇並不同情她，自個兒做的事，本來便該由她自己來承擔惡果，她膽子太大了，與人私通的事也能幹得出來，便是在前世，這樣的名聲都不見得好聽，畢竟潘世權是個已經成婚的男子，更別說這是在古代，與人未婚私通一個罪名，足以讓人要了她的命。尤其是聶夫子這樣嚴肅的人，聶晴如此做不只是她自己倒楣，而且還給家人招禍。

不知為何，雖說聶晴已經出嫁了，且又隨賀元年離開了小灣村，但崔薇心裡卻總有一種感覺，認為聶晴這一離去只是暫時的，說不得她什麼時候又能再回來，再與自己的生活產生交集，不過那已經是以後的事了。

崔薇將心頭的雜亂念頭拋到腦後，而上次崔薇看到楊氏頭破血流的來到崔敬平門前，是因為她被崔敬忠給砸破了頭，這是過來找崔敬平拿銀子抓藥吃的。

以崔薇對崔敬平的瞭解，恐怕少不得楊氏當初被崔敬忠砸破的腦袋，他最少花了半兩銀子給楊氏抓藥。

如今崔敬平日子過得拮据得很，他上回雖然收了崔薇給的一百兩銀子，但買地與建宅子等便花去了大半，本身就剩得不多，本來是想找門營生做，可是楊氏斷斷續續又為崔敬忠要了十幾兩銀子去，如今崔敬忠那邊倒是將房子給建起來了，崔敬平手裡的錢卻被楊氏要得差不多了，平日裡連肉都捨不得再吃，還是崔薇知道他喜歡吃自己做的麥醬肉，借著這個理由，給他送了不少過去。

再給崔敬平銀子也是為楊氏間接貼補二兒子做準備而已，崔薇一想到這些便覺得心裡厭煩，自然不敢再給崔敬平錢。

以崔敬忠的德行，沒錢時都敢欠三、五百兩的賭債錢，要是有了銀子，還不知道要怎麼折騰，她的錢也不是颳大風來的，雖然手裡有一千兩銀票，可是再多銀子也填不滿崔敬忠那個無底洞，更何況崔薇對崔敬忠已經厭煩透頂，哪裡肯拿自己的銀子給他花，便是扔進河裡那銀子還能聽到響動，扔給崔敬忠，只能換來他更貪心而已，倒不如就像現在一般，平日裡拿些吃食過去就算了。

但時間長了，崔薇想著楊氏，心裡到底有些不舒服。不過崔敬平是楊氏兒子，她若哀求著要錢，崔敬平也不可能不管她的。

第一百一十章

日子這麼一天天過著，很快一晃幾個月便過去了。

今年的冬天來得特別早，九月時雨水便下個不停，到十月中時，竟然比往年十二月時還要冷得多。雨已經接連下了一個多月，崔薇院子中地上幸虧是用石頭鋪就的，外頭又用崔薇自己配過的水泥糊了一層，雨一下大，便如同將院子整個都清洗了一遍般，地上乾淨得很。

一大早起來天氣便陰沈沈的，也不知道多久沒見著陽光了，一醒來睜開眼睛便不想起床，被窩裡暖呼呼的，剛伸個懶腰，手一伸出被窩便被凍得胳膊上寒毛都立了起來。

聶秋染不知道何時醒的，伸手將小丫頭的胳膊抓了過來又塞進被窩裡，崔薇打了個哆嗦，又往他靠近了些。看著外頭的天色，因為下著雨，幾乎一整天都是這般模樣。雨點打在屋頂上發出沙沙的細微響聲，聽得人心裡也跟著寧靜了起來。

聶秋染放了書本，看她睡得有些粉撲撲的臉頰，乾脆也鑽進被窩裡，伸手將她攬進懷裡。

不知道他是起來多久了，胸膛上微微有些冰涼，穿著一件薄薄的單衣，半敞著，露出結實的胸膛來。崔薇一靠近他，便一個激靈打了個冷顫，推了他一把，睡意登時醒了大半。

「離我遠些，好冷。」

聶秋染一頭幽黑的頭髮披散著，衣衫半敞，與他平時一副翩翩佳公子的形象不同，這個模樣又添了幾分誘惑，崔薇開始看習慣了他優雅矜持的模樣，再看他私下裡這副浪蕩不羈的形象，頗有幾分不適應，掙扎了一陣，到底掙不過他力氣，被他連人帶被一起摟進了懷裡。

「不睡了，中午該睡不著了。」聶秋染拿了她的髮梢掃她臉頰，跟逗毛球似的，看她不時被弄得火大的樣子，無聊的事情也玩得高興。

最近陪著媳婦兒過這樣簡單悠閒的日子，聶秋染幾乎要忘了前世的一些事情與自己該做的事。不過也只是幾乎而已。

他逗了崔薇一陣，看她已經快有些翻臉了，也不再捉弄她，反倒將人攬進懷裡，一邊輕撫著她背脊，一邊道：「晌午後我娘請了馬神婆過來瞧孫梅的事，索性也無聊，妳去不去瞧瞧熱鬧？」

最近成日裡都下著大雨，一天到晚的崔薇待在家裡也沒什麼事，成日閒得都快無聊死了，聽到孫梅的鬧劇，她倒是來了些興致。上回孫梅被聶秋染險些活活打死之後，孫氏便認為她中了邪，還找人化了些符水給她喝，喝得孫梅上吐下瀉的險些連命都交代了進去。只是不知道是不是應了禍害活千年的話，當初受了那樣重的傷，又沒看大夫，孫梅竟然就這麼拖著倒也活了下來。如此一來孫氏自然更對她中邪一說深信不疑，最近大方了一回，請了附近十里八村都出名的馬神婆替她觀水碗，驅她身上的邪。

孫梅身上的病是怎麼回事崔薇心裡清楚得很，無非是害怕自己將她當時不要臉的舉動說出去，她吃不了兜著走而已，哪裡像孫氏所想的一般被哪路小鬼給煞中了。

「當然要去看看。」崔薇每回看孫梅苦不堪言喝這符水時的樣子，心中就幸災樂禍不已，現在一聽到她又要喝符水，頓時便笑了起來。

一大早時孫氏便過來交代說要給孫梅請神婆，過來讓聶秋染拿錢，知道崔薇還在睡著，很是不痛快，聶秋染也沒理她，打發她自己回去了，孫梅想要殺崔薇滅口，聶秋染便讓她先自食惡果，沒有以後！

不過不知道是怎麼回事，那馬神婆來給她治過之後不只沒見好，反倒情況越嚴重了些。孫氏深怕崔薇會不盡心讓人給孫梅看病，因此只讓他們兩夫妻給銀子，孫梅的病卻不讓他們沾上半點兒，孫氏將崔薇給的銀子扣了一半下來，剩餘的才買了便宜的藥材給侄女吃。

開始時孫梅還能說說胡話，到了後來情況越來越嚴重，別說講話，睜眼的時候都少了，開始往外大口大口的吐血，到後來噴的血中還夾雜著黃色的膿，顯然內臟受了傷，最後也沒能拖得過，挨到十月末時，終於嚥下了最後一口氣。

孫梅剛嫁過來沒幾月時間便沒了，這下子孫氏顧不上傷心自己的侄女沒了，也顧不上娘家的人會不會來找自己的麻煩，她開始擔憂起聶秋文來，她的小兒子現在背了個剋妻的名聲，在小灣村裡頭都傳遍了，急得孫氏背地裡不知罵了多少回，也詛咒了孫梅多少次，因著這原因，她苛刻得連銀子也不肯拿出來給孫梅辦個葬禮，最後只匆匆以她不祥的名聲將人給下葬了。沒有大辦不說，連墳也沒埋進自家地裡，只隨意找了個角落埋進去便罷了。

雖說崔薇跟孫梅本來不對付，她的死也是自己咎由自取，可這會兒看到孫氏的涼薄，依舊是讓崔薇心中對孫氏更是冷淡了幾分。

這場綿綿不斷的雨一直淅淅瀝瀝的下到十一月，才漸漸地停下來，只是剛還沒有晴到大半天時間，天空便飄起朵朵雪花來。這可是小灣村百十年來頭一回下雪，整個村子裡的人都有些沸騰了，都說瑞雪兆豐年，今年村民們對於這罕見的雪不只沒有憂愁，反倒還極為欣喜，四處都能聽見歡笑聲。

一大早便有人過來開始拍起了大門。崔薇賴在被窩裡不想起來，這個時間點不是崔世福父子會來的時候，送羊奶過來一般都快要到午後了。

聶秋染躺床邊，看到崔薇將頭都縮進被窩裡，只露出幾絲幽黑得泛藍的秀髮，對她這模樣不由有些想笑，一邊便要起身下床。「我去開門，妳自個兒再睡一會兒就是。」

白天睡得太多了，晚上就睡不著，一樣的痛苦。崔薇搖了搖頭，乾脆也跟著起身來，哆嗦著將聶秋染不知何時給她放在床上、被她體溫煨得已經溫熱的衣裳穿戴了起來。

外頭敲門聲又響了一陣，不想讓人家等得太久，崔薇連忙將衣裳穿好，連頭髮也顧不得梳，下床穿了之前自己特意用羊皮做的厚靴子，又取了厚斗篷披在身上，將帕子也戴上，把自己裹嚴實了，這才衝外頭答應了一聲──

「來了！」

聶秋染看她忙得團團轉的樣子，一邊忍不住就笑。「我去開門便是了，妳再躺一會兒，用得著這樣急嗎？」

崔薇一邊呵著手，一邊將門打開了，也沒理他。

大門外站著穿了一身藏青色襖子的王寶學，不知等多久了，嘴唇都有些發青，這會兒哆嗦著站在門外，雙腳不住在地上跺著，身上沾了一層細白的雪花，領子處因靠近身體，那些雪花被體溫給燙化了，便沾在衣領上，使得那一圈衣裳顏色比旁的略深一些。

王寶學手裡還拿著一個菜籃子，裡頭裝了好些花菜與一些新挖出來的芋頭等物，看到崔薇過來開門時，他連忙打了個哆嗦，便衝崔薇笑了起來。「薇兒，打擾了。我、我娘說妳喜歡吃花菜，讓、讓我，給送些過來，還有一些剛挖出來的芋頭。」

他臉色都有些僵硬起來，動作有些不自然，顯然凍得久了，說話都有些不利索。劉氏常給崔薇送些自家種的菜過來，不過平時都是她自個兒提過來的，現在王寶學已經在讀書了，每日裡都要進學，好不容易休息兩天，劉氏可捨不得兒子做事。

崔薇將東西給接了過來，一邊衝王寶學笑了笑，一邊就道：「王二哥進來坐會兒，天都冷了，進來吃些東西吧。王嬸怎麼了？今兒怎麼來的不是她？」

小少女巧笑倩兮，肌膚賽雪欺霜，看著竟然比滿世界的大雪還要白上幾分，瑩瑩透亮，襯得那雙眼睛又黑又大，裡頭盈著的笑意，讓人不敢再直視，看得王寶學嘴角也不由自主地的跟著她一起笑了起來，像是受她感染一般，只是眼睛在看到她臉龐間露出的幾絲秀髮時，目光又有些黯淡下來。

「不了，我娘今兒有些事，家、家裡來客人，我這就回去了。」王寶學眼裡的笑意跟著淡了下去，臉色微微有些發白，目光不再看著崔薇，一邊衝她點了點頭，也不顧崔薇在後頭喚他等一下準備送些糕點給他，轉身就走了。

年少無知的時候曾一起玩耍笑鬧過，崔薇一向就與村裡旁的姑娘不同，劉氏又成天在家裡念叨著崔薇能幹的話，少年不知不覺間對她多生了幾絲好感來，若是等到年長王寶學自個兒懂事時，有可能便知道自己當初對崔薇的朦朧好感，不過是少年時荒唐無知的鬧劇而已，往後男女各自婚嫁，他最多感嘆幾句便罷了。可偏偏世事無常，崔薇是在他還沒發覺自己心意的時候嫁了過去，等他明白過來自己心意時，人都已經嫁了，這樣的情況下王寶學自然更加的失落，原本只有兩、三分的好感，因失去而變成七、八分，現在看她剛起身的樣子，竟然連看也不敢再看，急忙便走了。

崔薇喚了幾句，見他走得更快，身影都消失在了崔家圍牆盡頭處，也不再喚他了，關了門便轉過身，正好與站在堂屋處望著她這邊的聶秋染目光撞上。本來什麼事情也沒做，但不知為何，與聶秋染目光對上，崔薇心裡卻有些發虛，連忙拎著籃子進屋了。

一整天聶秋染都有些不對勁，雖然他仍像平日一般溫文爾雅話並不太多，但崔薇就是能感覺到他目光有些陰鬱心情且不佳。

晚上買了隻雞燒芋頭時，這道菜平日聶秋染算是喜歡的，可是今兒他幾乎都沒怎麼碰！崔薇更加覺得他有些不對勁。入了夜時特別的冷，兩人晚上連東西都沒怎麼吃，受聶秋染影響，崔薇幾乎連飯也沒怎麼吃，便收拾了碗筷。

好幾天沒有洗澡了，天氣冷，雪還在下著，崔薇之前便找木匠做了個澡盆出來，燒水泡了個澡，泡得渾身暖洋洋了，這才鑽進了被窩。

聶秋染早已經洗漱過了，正偎在被子中，崔薇一鑽進被窩時，迎頭便被一張帕子將頭給包住了。她掙扎了兩下，將臉給露出來，這才衝他翻了個白眼。「也不先說一聲，將我臉也給蒙住了。」

聶秋染面無表情，拿帕子給她擦著頭髮，一邊又回話道：「天冷，頭髮不擦乾頭疼。」他平時說話時可不是這般模樣，崔薇頓時有些不高興了，一伸手將帕子給拽了過來，自己胡亂擦了兩下頭髮。「你怎麼了？不高興一天了！」

「我沒有！」聶秋染不肯承認，卻是又伸手將她帕子給搶過來。

崔薇也不高興了，又將帕子奪回來，兩人你來我往的拽了一陣，聶秋染乾脆將人給抱進懷裡。

他一邊伸手從她小襖衣襬裡探了進去，一邊冷聲道：「以後不准跟王家那小子說話了！」

他臉色有些難看，今天早上看到崔薇與王寶學說話時，他這心裡可真不是個滋味，寵在手心裡的姑娘如今漸漸長大了，苗條婀娜，王家那小子對她有心不是第一天了，看她的眼神她自個兒不以為意，不過聶秋染卻是看得出來，心裡極不舒服。

鬧了半天，原來心結在這兒了。崔薇白了聶秋染一眼，一邊轉了個身子，趴在他胸前就道：「聶大哥，王二哥是過來給我們送菜的，人家也是一片好心，我難道將人家趕走不成？再說只是客套一下，你不會這個也要不高興吧？」

事實上聶秋染是真的不高興了，見她現在還不以為意，嬌小的身體軟趴趴的靠在自己身上，柔若無骨，聶秋染的手在她衣襬內撫弄了一陣，突然間心裡一動，眼神就變了起來。

崔薇現在年紀越長，果然應了女大十八變的話，雖然算不得什麼絕色，但是那眉眼他卻很是喜歡，比起村裡許多姑娘來說，她無疑是出挑的，因此上回那賀元年竟然也敢出口調笑她。

聶秋染手順著她衣襬往上摸，兩人這一年雖然沒有圓房，但親密的動作卻不見少，崔薇身子微微縮了一下，卻沒有抗拒，聶秋染一手攬著她身體緊靠在自己胸前，一邊也不跟她搶帕子了，示意她自己趕緊擦頭髮，見她挺著小腰，胸又挺又翹，心裡得意的笑了兩聲，趁她沒工夫管其他的，伸手便解起了她的衣裳來。

他表情有些不對勁，連手都開始慢慢順著腰線往上撫了，崔薇覺得有些不對勁，原本擦著頭髮的手放了下來。

聶秋染看她頭髮半乾，皺了眉頭輕斥了她一句。「別停，趕緊將頭髮擦乾了好睡，等會兒濕頭髮睡覺，往後有得妳頭疼了。」

崔薇被他一喝，下意識地又拿了帕子擦頭。

聶秋染心裡得意地笑了一聲，將她外頭的小襖子解開來撇到兩旁，一邊抱她又靠自己近了些，崔薇覺得他神情有些奇怪，本能地掙扎了一下，可兩人自從有了親密接觸之後，聶秋染就愛這樣抱著她，崔薇也沒有多想，猶豫了一下，又擦起頭髮來。

將小少女抱到自己腿間摟緊了，剛剛沐浴過，崔薇身上傳來一股股淡淡的乳香味以及澡豆子特有的清香，使得某個早就已經色心大動的人更加忍耐不住。

「薇兒，妳好香，用什麼東西洗澡了，我瞧瞧洗乾淨沒有。」聶秋染低頭靠在她脖子邊，一邊輕輕嗅了嗅。

崔薇打了個哆嗦，意識到有些不對勁時，聶秋染已經緊緊將她給抱住了。雨點似的吻落在她脖子與耳垂間，令她不由自主的泛出陣陣細小的寒慄來，她哆嗦，只覺得渾身無力，又手腳有些發軟。

聶秋染的眼神幽暗危險，他平日極有自制力又有分寸，往常就算是吻她抱她，也只是點到為止，並沒有要吃了她的意思，不過他此時眼神看起來十分危險。崔薇剛剛將手舉在頭頂，此時兩人緊密摟在一塊兒，她就是想伸手推他也不行，聶秋染的手如蛇般在她軀體上游移了起來，嬌小軟嫩的身體還帶了青澀與瑟縮，聶秋染卻是以不容她遲疑的強勢緊緊扣著她的腰，以力量迫著她挺起胸來。

衣裳漸漸褪了去，床帳外的幔子不知何時被人放了下來，將滿室寒風擋在了床外，使床內形成一個幽暗火熱的世界，崔薇緊張的喘息著，有些僵硬，她本能的感覺到聶秋染有些不對勁，他這樣不只是想要逗逗她而已。

雙手被迫搭在他肩頭，外頭的小襖不知何時被他給扯下來扔到一旁，內裡的輕薄小衫鬆鬆垮垮搭在身上，下纙被解開了，上頭勉強掩住挺翹的胸，崔薇慌忙想要退縮逃到床裡頭去，而聶秋染的手卻是扣在她後背上，令她掙扎不得。

外頭的襖子被脫了下來，崔薇卻感覺不到冷，心裡覺得有些害怕，手不自覺地捉緊了聶秋染的肩，緊張之下用力大了些，將他衣裳也跟著扯歪開來，露出半截精壯結實的胸脯來。

「聶大哥……聶大哥，我想睡覺了。」

她聲音有些發抖，聶秋染卻是嘴唇順著她脖子處移到精緻小巧的下巴，含了過去，將她光潔的下巴吮弄舔舐，使得崔薇原本想抗拒的話變成了緊張與哀求。

尖細白嫩的下巴被他輕輕咬出點點紅痕來，聶秋染眼中更加火熱，沿著修長的脖子往下移，挪到她穿戴了內衣的胸前。他以前從沒看到過這樣新奇的東西，每回一看到就有種愈加無法忍耐的衝動。也不知這小丫頭哪來的想法，竟然知道照著胸的形狀做出小衣來將這東西給擋住，雖然那內衣樣式簡陋，不過卻已經足夠讓以前只瞧過肚兜的人衝動起來。

一雙胸脯被內衣襯得挺翹而美麗，波瀾起伏，看得聶秋染眼睛都有些紅了，忍耐不住，一把將內衣給撕扯開來，一雙被禁錮在裡面的綿軟一下子便彈跳出來！這樣的情況足以讓早已經沒了忍耐力的人更加忍受不住。

崔薇緊張得身子都有些哆嗦了，手臂上細小的寒毛一下子立了起來，雞皮疙瘩滿身都是。聶秋染溫熱的嘴唇將她胸前柔嫩含住，崔薇一下子就驚叫起來。

聶秋染本來便只是在強自忍耐，聽到她的聲音，哪裡還受得了，嘴上微微用力了些，在她白皙如玉的肌膚上留下串串紅痕來。

腰間的緞子裙被人撩了起來，小褲被褪到了腿間，胸前與雙腿間的失守令崔薇忍不住緊張得哭了起來。

聶秋染今日看到了王寶學的眼神，根本不想放過她。兩人成婚已經兩年時間了，至今還未圓房，他既然知道了自己的心意，當然不可能任由崔薇逃出自己掌心，已經等了她一年，如今是時候了。

聶秋染的手輕重有加的在崔薇身上游移、揉捏，他手所到之處崔薇只覺得既是害怕，又帶起一串溫熱的顫慄。他的唇每印在她身上，吮出一串細微的疼痛與酸麻來，崔薇覺得自己似是被他掌控一般，在他手下與唇下生出一種無力抗拒之感。這種任人擺弄且無力還擊，只有慢慢任他拆吞入腹的感覺令她既是有些委屈，又是有些害怕，令她忍不住哭了起來。

聶秋染心肝寶貝似的在她耳邊輕喃著，語氣溫熱，但動作卻是帶著強勢。他怕傷到了她，因此先伸手探進她身體內，崔薇現在年紀還小，身體帶著一種致命的吸引力，再加上心裡的愛意，讓一個前世見識過無數風景的人，這會兒已經有些忍受不住了起來。

少女充滿了香味的身體被他擺弄著最適合自己的模樣，聶秋染將她壓在身下，任她身體慢慢地被自己侵入，看她哭著掙扎的樣子，聶秋染動作溫柔卻是堅定的與她合二為一。

身體裡如同被人強行分開來，崔薇身體吃力地將他接納進來，疼得臉色煞白，渾身直打哆嗦，雙腿無力的分開在兩旁，聶秋染壓在她身上，這疼痛真實，難受與委屈也是真實。雖然早知道兩人有要圓房的一天，但崔薇沒料到是在這個時候。

聶秋染伸手攬在她脖子處，抱了她頭與她唇齒相纏。

兩人親密結合處撕裂般的疼痛與不適，隨著他的動作漸漸疊加了起來，崔薇臉色煞白，渾身卻又滾熱，雙腿間濕潤而灼痛，一股熱流順著他的動作緩緩往床鋪上流淌，帳子裡氣溫漸漸升高了起來，少女如泣似哭般的哀求聲只使得聶秋染動作更加的劇烈。

雲收雨歇時，崔薇渾身似從水裡浸過，軟綿綿的被聶秋染攬在了胸口前，兩條雪白纖細的柔嫩大腿纏在聶秋染身上，還在兀自輕顫著，聶秋染臉色春光燦爛，剛剛滿意的將少女拆吞入腹，這會兒心滿意足地將人摟在懷裡輕哄著。

崔薇渾身痠疼，纖細的腰間圍著裙子，光滑細嫩的胸翹生生的，布滿了點點瘀痕，一副剛被蹂躪過的模樣，臉色發白，眼睛卻是通紅，後背一頭烏黑的長髮散了滿床都是。

床鋪裡一股曖昧的味道消之不去，雪白的大腿間還帶著殷紅未乾的血跡。這種種情況讓聶秋染又有些難以忍受了起來，拉了被子替她掩住，又小心地伸手撫到她起伏不定的胸口前，力道輕重緩和地揉捏了起來。

「還疼？」他的聲音帶了情事之後特有的慵懶。

崔薇想轉過身不理他，但身體疼痛得使不出力來，又被他緊緊抱著，自然不能如願，只是她心中卻是氣恨聶秋染這樣不顧她同意就強行要了她，因此吃力地伸手抵在他胸前，不與他說話。

這樣微弱的掙扎不只沒有阻止得了聶秋染的動作，反倒更引得他心火大熾，結實的胸膛被她挺翹柔嫩的胸一摩擦，她胸前帶了些冰涼，更使得他眼神跟著變了起來。

「我替妳揉揉。」聶秋染的手伸到她雙腿之間，兩人親密處還帶著他剛剛留下的痕跡，輕易便讓他將手指滑了些進去。

崔薇有些緊張地推了他一把，剛想說話，嘴唇已經被人含住，聶秋染已經極其強勢的又將她制在身下。

窗外雪輕飄飄地下著，到早晨時已經厚厚的結了凝固的冰晶出來，床榻內崔薇安靜的躺在聶秋染胳膊處，髮絲與他的緊緊相纏。

聶秋染已經看了她好半天，被子下小少女玲瓏有致的身軀未著寸縷，被他摸了個遍，估計擾著她睡覺，令她有些不滿了，眉頭都皺了起來。

昨夜裡小姑娘被他折騰壞了，那種銷魂蝕骨的滋味令聶秋染有些食髓知味，只是她年紀小，身體稚嫩，根本承受不住，這會兒腿間已經腫了起來。他有些心疼地撫了一陣，讓她睡覺有些不安穩，不情不願地睜開眼睛來。

「這麼早起來了？」聶秋染看她眼神先是有些迷濛，接著才漸漸清明起來，那副姿態惹得他心裡愛憐，忍不住貼近她臉龐，在她眉眼間親兩下。

崔薇看著他的笑容，下意識地與他回了一個笑，只是身體剛剛一動，冷汗立即便流了出來。不說身體裡的痛楚，就光是身上肩背腰腹與雙腿的痛楚，一下子就令她臉色煞白。兩條腿像已經不是她的般，疼痛得讓人不願意動彈，勉強動一下，便抖得不像話。

崔薇一想到昨夜裡的情景，眼淚一下子就流了出來，她吃力地想要轉過身子，不想理睬聶秋染這個大壞蛋！

早就知道她會是這個反應，聶秋染好脾氣地將她摟進懷裡，嘴唇在她光裸的背脊上游移親吻，一邊嘴裡溫柔地哄她。

兩人一旦有了親密的行為之後，聶秋染對崔薇越發喜歡地摟進懷裡。開始時前幾天崔薇難受得都不想下床，聶秋染也依了她，沒有再碰她，只是一等她養好了身體，不管平日對她有多溫存，不過在房事上，卻根本容不得她拒絕，這也令崔薇對聶秋染連著好幾天沒個好臉色。

第一百一十一章

三年一次舉人大考在三月初春時便要舉行了，如今已經正值一月末，臨安城到上京之間足有大半個月的路程，便是此時啟程，也要到二月下旬才能到。而這到了京中還得要找地方落腳不說，一些舉子們還要四處找門路，每當這個時候，便是京中最為擁擠的時候，若此時還不入京，恐怕到時入京找不到落腳之處了。

最近因為聶秋染三不五時便要吃她的行為，令本來還決定要跟聶秋染入京的崔薇開始猶豫了起來，這傢伙一旦吃過她之後，總是時常要欺負她，而崔薇根本不是他的對手，每回都能讓他得逞，而不知道是不是第一次太緊張，而她又年紀小身體青澀的原因，第一回感覺很是痛苦，令她有些害怕，自然也怕隨他入京了，不是便宜了他嗎？

聶秋染當然也看出了小姑娘心裡的猶豫與緊張，兩人晚上一番親熱之後，將軟得如同一灘春水的崔薇摟進懷裡，聶秋染一邊便哄起了她來。

「這趟與我一塊兒入京，妳也好瞧瞧鋪子，我們往後恐怕是要在那邊住下來的，我到時找秦淮幫忙，在那邊再買棟宅子下來，暫時先住著，我要考試，這段時間也忙，恐怕沒工夫陪妳了，到時妳不會生我的氣吧？」

崔薇本來昏昏欲睡，渾身似要散了架似的任他把玩，這會兒一聽到這話，頓時來了精神。她這才想到聶秋染進京可不是與她玩鬧的，那是要讀書的，舉人有多難考，這些年在古代待下來她自己心裡也是有個數的，崔敬忠那樣讀了多年書的人連秀才都不容易考得上，更何況聶秋染這是考進士了。若當真那樣容易，每隔三年也不會大批學子落試，只餘少部分天之驕子擠上那條獨木橋了。

聶秋染雖然厲害，不過平日裡他讀書的時間又不多，大多數畫畫寫字的，看書的時間學文的時候根本沒有多少，他這趟進京，平日裡不燒香，總得要臨時抱一下佛腳吧？

反正逃得了一時，也逃不了一世，兩人成婚了，又有了這樣親密的行為，以聶秋染性格，恐怕不會放過她，遲早都是要入京的，若是早早過去，先找個鋪面安頓下來也好。

再說兩人都已經這樣親密了，要是聶秋染一進京中，到時京中萬一哪個大家閨秀瞧中他了，或是哪個做官的瞧中他要招他為婿怎麼辦？

這傢伙性格雖然惡劣，但其實面相長得極好，而且氣勢沈穩，很能令人傾心，不然當初孫梅也不會已經嫁了人，面對聶秋染時還要脫了衣裳勾搭了，崔薇現在可沒有要將聶秋染讓給別人的心。

崔薇一想到這些，頓時心裡便有些猶豫了起來。一般舉子若是有出息，或是容貌氣勢出眾的，被人招為婿也不是沒有可能的，不然便不會有秦香蓮的故事傳出來。

她心裡胡思亂想了一陣，雖然害怕自己被他吃，可也不願意他去吃別人，掙扎了半晌，又想抬起頭來離他遠一些，這樣一番掙扎，引得聶秋染氣息又有些不穩了，她才連忙強忍了身體疲疼的疲憊，看著聶秋染道：「那咱們早些收拾了進京，你也好專心讀書。」

等的就是她這句話。聶秋染眼神一閃，肆意笑了起來。

雖然隱隱感到自己是不是中了他的計，這人一向奸詐慣了，就是上他當也是很有可能的。但崔薇想到自己這回不走，總也是要去上京的，躲得了一時，又躲不了一世，因此依舊硬著頭皮答應下來。

一旦決定了入京，便事不宜遲開始收拾起東西來，一些衣裳等物倒是可以入京之後再買現成的，路上只帶幾套替換就是了，一些提前做好的奶粉等物倒是不少，崔薇帶了好些過去，又拿了一些果醬等，這些東西是聶秋染平時喜歡吃的，這一趟出去了便不如在家中，東西都要帶齊。

又找崔世福幫忙照顧著院子，去聶家那邊又辭行了一趟，聶夫子倒並沒有多說什麼，這一趟聶秋染進京若真考中了進士，便證明聶家祖墳開始冒起煙來，而若是考不中進士，只要聶秋染與秦淮交好，謀個職位還不是人家一句話的事情，因此聶夫子並沒交代什麼，只讓崔薇好好照顧他就是了。

夫妻倆出了聶家門時，孫氏倒是眼淚汪汪的，她不是捨不得兒子，而是她也想跟著一道進京中，這一趟眼見著崔薇跟著聶秋染去，不論聶秋染中不中，那都是要享福的，孫氏心裡那滋味自然是不用再提。夫妻倆從聶家出門，聶家人一道跟著送出來好幾步路遠，一邊孫氏就有些欲言又止。

聶秋染當然看得出來孫氏的想法，只回頭與孫氏故意交代道：「我這一去還望母親好好照顧父親，家裡的一切便交給秋文了。」一句話將孫氏想要說的話全給堵死了。

這會兒孫氏哪裡還敢提出要跟兒子一道出去享福的話，只羨慕得口水都快流出來了，心裡對於崔薇也要去上京，又嫉妒又羨慕，便道：「既然如此，你上京是要做正事的，留你媳婦兒在身邊成什麼話。不如你將她留在屋中，也好侍候我。」

這話也就是她能說得出口了，聶秋染似笑非笑。「娘最近身體不適嗎？還是娘是嫌家裡服侍的人手少了，聶明兩人出嫁之後妳不習慣？」

他這話一說出口，孫氏頓時臉龐一動，只當聶秋染是要給自己買幾個丫頭來服侍的，頓時心花怒放，也顧不得想跟去上京享福了，連連點著頭。

聶秋染沈默了半晌，接著才有些面色凝重的抬起頭來，一本正經道：「既然如此，本來爹娘房裡的事我不該管，不過既然是娘的要求，做兒子的自然要順您心意。這趟入京還有幾天工夫，我便託人給爹買幾個貌美的丫頭回來，服侍爹娘，也好為咱們聶家開枝散葉。」

一句話說得孫氏頓時呆住了，連聶夫子也覺得臉皮發燙，不過男人一生追名逐利後無非為的是錢權色這三樣而已，聶夫子一生對著孫氏這麼一個蠢頭蠢腦的，如今兒子有了出息，聶家眼見著要跟著沾光了，上半輩子沒有好好享受，若後半輩子能嘗到美色倒也不錯。更何況男人大丈夫，三妻四妾乃是常理之中的事情，以前無錢無權，一心又撲到兒子身上便罷，如今聶秋染既然知道為自己著想了，他當然也不會去拒絕。

孫氏吃驚了半晌，心裡又驚又怒，本來是要鬧的，可回頭看到聶夫子沈默不語的樣子，顯然是默認了聶秋染的話，頓時後背寒毛便跟著立了起來。

她雖然早就知道自己的這個兒子不是什麼省油的燈，可沒料到聶秋染如今為了一個媳婦兒，竟然敢拿此事來給自己添堵，頓時一口氣梗在胸口間，氣得渾身直哆嗦，卻是欲哭無淚，半晌說不出話來。

聶秋染懶得理睬孫氏，拉了崔薇與聶夫子等人打過招呼之後便要走。

事實上對付孫氏對他來說根本是一件微不足道的事情，前世孫氏之所以如此囂張，說到底是因為他心裡將孫氏當作母親一般敬重，他願意由得她如此囂張，如今再來一次，還了她的生養之恩，這輩子亦不欠她什麼，反倒她欠自己的更多，他本來不欲理睬她，可孫氏若是步步緊逼，他自然不會袖手旁觀，對付孫氏，他法子多得是，且能讓她有苦說不出來！

兩人原定二月初五啟程，這是崔世福專門使了錢找人看了宜出門的黃道吉日，崔薇看他這樣熱情的樣子，沒好意思告訴他自己二人本來就是決定二月初五出門的。眼見還有幾天，那頭聶秋染去了一趟縣城，不知做了什麼，到了二月初四時，便有人載了兩個年輕而清秀的婦人朝聶家行去了，估計孫氏這會兒已經焦頭爛額了，沒有工夫來找崔薇的麻煩，等她緩過氣來時，兩夫妻明天一早便走，說不定到時就是她氣得要死也找不到人出氣了。

晚間時候崔敬平等父子三人也一塊兒過來吃了飯，將家裡的鑰匙交到了崔世福手上，又邀了崔敬平跟自己一塊兒上京。

崔敬平本以為自己這一趟是要與妹妹分開了，沒料到臨頭竟然被她叮囑了這樣一句話，自然欣喜莫名，忙不迭地答應了。

那頭崔敬懷這輩子也沒上過京中，看他一臉羨慕的神色，崔薇索性借著讓他幫自己搬東西的理由，也邀了他一塊兒入京中。

這會兒本來就是農閒的時節，崔家這兩年又沒種地了，一時間沒什麼好忙的，能出去長個見識也不錯，崔敬懷自然也歡喜地應了下來。

崔世福倒是有些不捨了起來，本來女兒在他身邊他以前沒有注意到，到後來注意到時倒是靠崔薇照顧了他好久，可如今沒想到這會兒就要分開了，心裡多少有些傷感。幾人說話說了好一陣，等到天色漆黑時才各自回去了。

如今天氣還冷得很，雖說雪是早就停了下來，但地上積得厚厚的雪卻還沒化，清早起來時那風颳在臉上跟刀子在割著人似的，崔薇坐在馬車時，一旁早就已經準備好的崔敬平兩兄弟已經過來將馬車套上了。

以崔薇如今的身家，自然是準備兩輛馬車，一輛裝著東西與平日裡兩兄弟歇息。這一路去京城雖說一路都能找到客棧歇息，但平日若是累了，多輛馬車崔敬平兄弟還是好分別歇息的。

這一趟出去崔薇是將所有的身家都帶在了身上，隨著馬車輪子壓在雪上「嘎吱嘎吱」的響聲，霧色裡，小灣村漸漸在眾人視線中，越行越遠，最後終於不見蹤影。

崔薇心裡多少還是有些複雜的，不知怎的就突然來到了這麼一個地方，本來還當自己對小灣村是沒什麼好感的，可唯有現在要離開了，她心裡才發現有些捨不得。

雖說小灣村裡楊氏等人沒給她留下什麼好印象，但王寶學的娘劉氏等好些村中熱情爽朗的婦人，依舊還是進駐到了她心裡，這一趟崔薇二人離開也沒有跟旁人多說，自己悄悄地就走了。寒風裡，小少女渾身裹在一片粉紅色的厚厚棉斗篷裡，滾邊的雪白兔毛下，露出被遮擋了大半的小臉，惆悵之色忍不住露了出來。

聶秋染看她神色不好看，將她摟進懷裡，輕輕哄了起來。

早晨時起得早，這會兒馬車一搖一晃的，崔薇被他拍著，離愁散了些，倒是生出幾絲睏意來。

聶秋染看她睡意迷濛的樣子，也抱著她準備再睡一會兒。兩人擠作一團，剛剛沒有完全睡下去，這會兒一睡下來，聶秋染腳便碰到了一團毛茸茸的東西，他一戳便喵的叫一聲，原本昏昏欲睡的崔薇一聽到這聲音，後背寒毛頓時就立了起來。

「什麼東西？」崔薇問道。

聶秋染拍了拍她的背，起身掀開被子，從裡頭揪出一個通體雪白肥碩的大貓來。

崔薇頓時臉便黑了大半，原本的睡意不翼而飛，一邊指著毛球，有些吃驚。「你什麼時候將牠也給弄上來了？」

聶秋染一向喜歡這些雪白絨毛的東西，這會兒看他抱著毛球的樣子，崔薇頓時有些木然。

「連上京也不忘將牠帶著，你倆果然是真愛。」

聶秋染本來也有些吃驚的臉色聽到崔薇這話頓時臉色漆黑，將手裡的毛球往車廂裡一扔，自個兒也跟著躺了下去，將媳婦兒抱進懷裡。「胡說些什麼，牠什麼時候跳上來的，我也不知道，這貓一天到晚成精了，不要管牠！」

崔薇本來也是跟他開玩笑，這貓都跟了過來，不過是多養一個小傢伙，她又不是做不到。自然不多說了，打了個呵欠，便跟著閉了眼睛。

這一路有了崔薇陪伴，原本大半個月的枯燥行程也一下子跟著有趣了起來，崔薇本來認為自己這一趟跟他一路上京，聶秋染應該沒工夫與自己胡鬧的，誰料聶秋染除了偶爾為了打發時間看下書外，剩餘的時間便用來纏她，兩夫妻混了大半個月，到了上京時二人都沒怎麼吃苦頭，只有趕車的崔敬懷兩人，吹得臉皮都發僵了。

大慶王朝的都城上京原是在北地，上京之中三面環水，整個都城巍峨而大氣。

這兒果然不愧為天子腳下，原本崔薇以為臨安城就已經是極為熱鬧了，可沒想到來到了上京，她才發現臨安與上京相較起來，差的不只是一點兒半點兒而已。周圍叫賣的東西與走街竄巷的貨郎們無處不在，小到賣兒童們喜歡的花鼓、泥人等物，以及大到賣婦人的首飾、胭脂等，應有盡有，熱鬧異常。與現代熱鬧的逛街不同，此時這大慶王朝上京城中的熱鬧裡又透著一股古色古香的味道。

並不是一些電視劇便能描繪得出來的，上京之中房舍精緻，整個都城被包圍在一片巨大的護城河裡，與歷史上記載的古代北京都城並不相同，遠遠看上去，這上京如同座落在一座水上的熱鬧城市。

馬車緩緩駛過巨大的護城河橋，兩旁是穿著鐵甲嚴陣以待的士兵們，馬車身後不少穿著襦衫的士子們也跟著入城來，一派熱鬧異常的景象。

不只是崔薇看得眼睛發直，就連崔敬平望著這上京的繁華也瞪大眼睛說不出話來。

聶秋染看崔薇趴在窗臺上往外看的樣子，不由滿臉含笑與她介紹道：「如今正是春遊時節，不過今年天氣冷了些，現在便沒什麼人出城遊外，城外有個暢春園，一到四、五月時天氣稍涼爽些，裡頭各色花卉開得正好，到時我帶妳去玩耍。」

崔薇點了點頭，半晌之後才反應過來。「你怎麼知道上京的情況？你以前來過了？」

聶秋染面不改色心不跳地點了點頭，一邊替她將車窗簾子放了下來。

「馬車在這兒走得快，妳別凍著了，等先進城裡找到落腳處再說。」他一邊說著，一邊讓崔薇自個兒在裡頭歇著。

他打開車門出去了，這上京的路途若是沒人指點著，恐怕崔敬懷兩兄弟是要迷路的，上京之大，便是十個臨安城也及不上的，當初他頭一回入京之時也險些繞暈了頭，現在再世為人，回想起當初的情況來，不由就笑了起來。

一路聶秋染如老馬識途般找到了一家客棧，先住了下來，幾人手裡有銀子，又提前了半個月入京，自然是有住的地方，雖然地方算不得有多好，但比崔薇想像中露宿街頭卻是好得多了。

原本以為自己已經想過三年一次春闈時舉子趕考的盛況，誰料之前一切只靠自己想像，到如今親眼目睹了客棧裡許多舉人擠住在客棧大堂裡打地鋪的情景，崔薇才有些咋舌。

大慶王朝地大物博人口也多，一個小灣村裡出了一個舉人那是幸事，但幾十年下來全國各地的舉人還真是不少，上至五十許，頭髮都花白的舉子仍想趕考的，比比皆是。相較之下，聶秋染這樣年少而俊美的，倒真是有些少見。崔薇便注意到，自己幾人住進客棧裡一天工夫不到的時間，打量著聶秋染目光，想上前來攀談的人便已經不在少數了。

幾人在客棧裡歇了一宿，第二日一大早起身時，崔薇本來是準備外出找看看有沒有合適自己開鋪子的地段有賣房屋的，聶秋染今日沒事，也準備陪她一塊兒出去瞧瞧。兩夫妻剛從客棧裡出來，崔薇去崔敬平二人所在的房間瞧了瞧，卻見外頭已經上了鎖，那兩兄弟竟然不知去哪兒了。

此時客棧樓下的大堂裡傳來一陣叫好的大喝聲，客棧是由木樓搭建而成，這眾人齊喝的聲音一響起，使得二樓的木板都跟著微微顫動了起來。

「樓下什麼事情，竟然這樣熱鬧？」崔薇還有些不大習慣這樣純木板的樓房，總覺得踩在上頭十分的沒有安全感，木板一晃，她也跟著有些害怕了起來，連忙就想下樓去。

聶秋染瞧她有些微白的臉色，不由扶了她的手拉她下樓，一邊與她說道：「這客棧是專為學子們投宿時所設的，俗稱狀元樓，每三年一次的春闈時，客棧裡每日都會準備一些對對聯等活動，便讓眾人去對，並各自展示其學文，此處也時常有朝廷官員會過來坐坐，打量看其中有沒有可成為那些官員的門生與人才者，正好可以收歸己用。」

簡單來說，這客棧便與前世一些招聘會頗類似，崔薇點了點頭，表示明白了。

下了樓在轉角處，便見著客棧大堂中間已經空出一大塊地方來，一個年約三十許，穿著一身青色襦袍的中年士子正坐在高臺之上，手裡正書寫著什麼，半晌之後一擱筆時，他將手裡的宣紙展了開來，往客棧四方舉著轉了一圈，偌大的客棧四周便不斷有人傳來擊掌聲與喝彩聲。

客棧一旁另用木欄圍出來的雅座處，幾個年約五、六旬，身著錦衫分別各自領了錦裳的人便相互交接著說了一句，不多時，一個青衣小童便朝那人走了過去，大聲道：「奴家老爺賞銀五兩，郎君才高八斗，祝郎君早日高中！」

那中年人興奮地將銀子接了過去，嘴裡道了一聲謝，不少人便都爭先恐後要上臺表演起來。

在座的許多舉子中有大部分的人是真需要銀子的，可也有一小部分家中是十分富裕，不缺銀錢的，只是來到這兒並坐入雅座中，又拿了銀子賞出來，代表的便是一份賞識，因此人人自然都以得此銀而歡喜。

崔薇站在樓梯上看了一陣，倒真看出了幾分名堂來，不由抿嘴笑了笑。

場中十分熱鬧，各色舉子們各展風采與學文，一時間倒是氣氛十分熱烈，崔薇站了半晌，聶秋染見她看得眼珠都不轉，這才道：「要是妳真喜歡，咱們下樓去找個地方坐，吃些東西再出去也成。」

崔薇點了點頭，古代娛樂十分少，難得遇上這種舉子們比拼的情況，確實也精彩。兩人下了樓來，許多視線絞在場中的人沒有注意到這兩個人，但一些坐在雅座的人卻是目光朝這邊望了過來，看到聶秋染時，不少人眼睛便是一亮，有好幾個都站起身來，一邊朝這邊望，一邊與身邊的青衣小童吩咐著什麼。

那頭不遠處有人正衝崔薇招著手，高聲喚道——

「妹妹，快過來，我給妳留了位置！」

崔薇順著這聲音看過去，就見到崔敬平與崔敬懷兩人一人一屁股坐了兩條凳子，此時一喊便引起了周圍人的怒目而視，這兩傢伙占位置也就罷了，現在竟然說得這麼光明正大，也實在太無恥了些。

崔敬平好歹在臨安城做過一年生意，臉皮較厚，人家雖然用鄙視的目光看他，他臉上還能帶得出笑意來，與周圍人談笑。但人家自恃自己是舉人，根本不理睬他，反倒是一旁的崔敬懷，人老實了些，剛剛被崔敬平逼著占了兩個位置，這會兒臉早就燒了起來，尷尬得不行，他本來就是個老實人，又一向憨厚，對讀書人本能的有些畏懼與崇拜，這會兒看到眾人衝他怒目而視，崔敬懷頓時低垂著頭說不出話來。

「大哥、三哥，你們什麼時候出來的？」崔薇小聲地與崔敬平打了聲招呼。

崔敬平興奮道：「妹妹，妳趕緊坐，來瞧瞧這熱鬧，可好看了，比村裡潘老爺家上回請的戲班子唱戲還要好看。」他到底是少年心性，生平從未見過這樣舉子大比的盛況，一時興奮得有些忘了形，這話又引來周圍人衝他鄙視的目光。

這下子崔薇也有些不好意思了，倒是聶秋染，老神在在的坐在了椅子上，一副清雅高貴的作派，如挺拔而遺世獨立的冷竹般，便是在周圍一干舉子中，他也是氣質最為出眾耀眼的一個。

旁邊一個年約四旬，留著三尺長鬚，穿著一身青色襦袍，滿臉嚴肅的人朝他看了一眼，這才衝他拱了拱手道：「老夫乃姓孟，原是廣原人士，不知小兄弟來自何方，老夫瞧著小兄弟有些面生，可是剛中舉人？」

場中舉子攀談的人不在少數，被人這樣一問了，聶秋染慢條斯理地轉過了頭去，衝這人冷淡地點了點頭，這才道：「在下姓聶，原是臨安人。」

聶秋染與眼前這孟舉人並不如何熟，因此說話時態度也有些冷冷淡淡的。

孟舉人卻並不以為意，能入住到這狀元樓的，一般都得是有舉人身分的，若是閒雜人等，無人帶領根本進不來。聶秋染年紀輕輕便中了舉人，要麼是他家中實力雄厚，他自己得家學庇蔭，這才能年紀輕輕便成舉人，要麼便是此人才華出眾，且是驚才絕豔之輩。

不管是哪一種，這少年都該有值得驕傲的本錢，年少得志，難免便氣盛。孟舉人自己對聶秋染是羨慕無比，年紀如此輕便中了舉人，往後可以想見即便是這一回中不了進士，可他還如此年輕，往後除非他自暴自棄，否則在他有生之年中進士那是絕對的，因此頓時便生了討好巴結之心，儘管聶秋染神色雖然冷淡，這孟舉人卻依舊是不計較他的態度，與他慢慢地攀談了起來。

一旁崔薇也不出聲，聽聶秋染與人說著話，一邊則是吃起了聶秋染喚來的早點，與崔敬平二人看起了臺上的熱鬧來。

那孟舉人開始時還獨自與聶秋染說著話，可時間久了，看到聶秋染年紀的，好些人都跟著湊了過來，漸漸地，周圍說話的人越來越多，甚至剛剛崔薇在樓梯上看到的那個收了青衣小童五兩銀子的中年男人也湊了過來，與聶秋染說了一陣話之後，那人突然指著崔敬平等人道——

「聶兄弟，非得怪我多言，你這兩個隨侍也實在太過無禮大膽了些，如此未曾馴化的下人，聶兄弟還是少用一些為妙。」他說完這話，沒等聶秋染開口，又忙指著崔薇。「士子風流乃是雅事，不過為妾室布菜拿帕子，卻實在沒有章法，我實在看不下去。」

崔薇本來笑咪咪的看著臺上那些舉人們各自使出渾身解數，比拼著自己的才藝，與前世的選秀節目倒頗有異曲同工之妙，但這些人比的可不是唱歌跳舞等，而是琴棋書畫等四藝。可她這會兒一聽被人說成了妾室，頓時笑不出來了，指著自己道：「你哪隻眼睛看到我是侍妾？」

「我哪隻眼睛都看見了！」那中年舉人冷冷回了崔薇一句，還想要再教訓崔薇幾句，崔薇已經有些氣結，說不出話來。

正在此時，客棧外間大道上突然傳來一陣陣馬蹄開路時的急促聲，一陣銅鑼敲過之後，一群約有七、八個穿著青衣，胸前描了大慶王朝徽花紋，頭頂戴青紗高冠，足下穿著素錦長靴，面色白嫩的人便已經尖著嗓子衝了過來——

「長平侯來此，閒雜人等，速速退讓！」

這聲尖利至極的響聲唱到最後時拖長了一些，遠遠的馬蹄聲過去了，那個退讓的讓字還好像是響在眾人耳朵邊一般。

街道兩旁的行人迅速開始收起東西來，一副慌亂異常的樣子，狀元樓內的眾人臉色也跟著變了變，唯有坐在崔薇旁邊本來皺著眉頭想讓那中年人住嘴的聶秋染卻是一下子笑了起來。

「哼！羅玄這狗賊，專橫跋扈，擅弄權柄，將吾皇玩弄於股掌之間，實乃可惡，如此奸賊，該當千刀萬剮才是！」那原本喝斥崔薇為妾室的中年人一下子站起身來，舉了酒杯往嘴中倒了一口，又拿了桌上的酒壺倒滿了，衝狀元樓內的眾人大聲喝道：「諸位兄台，如今奸賊當道，惜吾皇被蒙入鼓中，嘆大慶危矣！」

這人一說話便敢如此囂張，狀元樓內好些人臉色跟著白了起來。

雅座處一個穿著墨綠錦袍的老者氣得面色通紅，一下子站起身來，目光陰鷙，恨恨咬牙道：「這樣的蠢貨，如何能中得舉人，竟然能入狀元樓來。」他臉色難看至極，說話時咬牙切齒不說，而且眼神中還帶著一絲駭怕與惶恐之色。

原本與錦袍老者同桌而坐，之前還談笑風聲一派熟悉的幾個老人，不約而同地離得他遠了一些。

此人剛剛曾送五兩銀子給如今大放厥詞的中年人，本想拉攏他，可誰料他竟是如此一個狂放的性子，此時看來不只未能拉攏人才，恐怕還要惹禍上身，任誰都知道，那位煞星，不是好惹的，端是睚眥必報，性情凶殘！

「聶大哥，這羅玄是誰，怎麼名聲很大嗎？」

剛那中年人一句話說完，狀元樓內一片死寂，好些不知長平侯羅玄名聲的人，這會兒在這樣的情況下，也沒有哪個人敢開口相問了。

那中年人舉著酒杯，可惜卻無人敢與他答言，這會兒正自感到尷尬無比之時，一聽到崔薇這話，頓時便大聲道：「小娘子，妳不知道這羅玄其人？他乃是天下最大的奸臣賊子，乃是一個禍國殃民的閹人……」

話未說完，狀元樓外一柄長刀破空而來，直直劃過窗戶，來勢不減，「噗哧」一聲便插入了那中年人頭顱之內，那中年人慘叫了一聲，「啊」的一下捂著腦袋，眼睛瞪大，滿臉痛楚之色，倒在了地上，渾身上下，兀自抽搐不已。

那血一下子噴射了出來，周圍人尖叫的尖叫，逃跑的逃跑，電光石火間，聶秋染長臂一勾，將崔薇一把抱進他懷裡，伸手死死將她耳朵腦袋給捂住，將她臉龐按進自己胸口間。

崔薇只看到一片刀影，接下來便朦朦朧朧的聽到眾人的慘叫聲與慌亂聲，那血飛濺到桌上時的輕響她像是也聽到了，沒有親眼看到，光靠聲音與想像，更是嚇人了。

第一百一十二章

屋內眾人慌亂異常，站起身來，各自躲閃，那中年人的屍體趴在了桌子上，眼睛瞪大了，臉上還殘留著驚恐之色。

不多時，門口邊一個穿著錦衣長袍，足下蹬著青色長靴，面目陰沈的中年人，已經大踏步朝客棧內走了進來，他頭上繫著青紗鑲金絲長冠，冠中嵌著一只拇指大小的珍珠，隨他走動間，那珠子微微晃動。

這中年人目光陰森的在客棧內打量了一眼，桀桀笑了兩聲，一眼便望到了趴在桌上的那具屍體，以及正坐在桌邊嚇得呆住的崔敬平兄弟與臉上含著笑意、摟了崔薇的聶秋染來。

「手一不小心，便打了個滑，未料出了人命，某真是對不住這位兄台。不知諸位可知此人姓名，既害了他，某願找這位兄弟家人，好好賠償一二。」這中年人目光陰鷙，說著抱歉的話，但臉上卻還滿是笑意，絲毫沒有歉疚的意思。

許多知道此人身分者，都知道羅玄的手下與他性情一般相同，如同鬼畜，殺人不眨眼，這人口中說著要賠償這死了的中年人家人，但眾人心中都很清楚，恐怕賠償是假，而是此人大言不慚、敢妄論長平侯羅玄，引發這人心中不滿，欲殺中年人一家以洩恨才是真！

「無人知曉？」那中年人陰陰笑了起來，看場中眾人皆是噤若寒蟬，不敢出聲，頓時目光一轉，便落到了抱著崔薇的聶秋染身上，一邊就道：「剛聽此人與小娘子說話，不知是否為郎君懷中這位？可否讓她出來與某一言？若是相識，還請小娘子如實告知。」這人一邊說著，一邊將扎在那中年人屍體上的長刀又給拔了出來。

刀尖上尚還滴著血與混合的乳白色腦漿等物，此人卻不以為意，拿了刀在那已經沒了氣息的中年人屍首上擦拭了幾下，這才看向了聶秋染。

「我們與他素不相識，不知內侍所問為何？」聶秋染含著笑意，反問了此人一句。他手緊緊攬在崔薇腰上，感覺到小姑娘身體微微有些顫抖起來，他目光跟著一下子就冷了下來，盯著這面目陰沈的中年人看。

中年人提著長刀也看了聶秋染半晌，突然之間抬頭發出一聲尖利至極的笑聲來，聲音高昂似婦人一般，沒有如眾人料想一般的出手朝聶秋染砍過去，反倒是將那柄長刀「鏗鏘」一聲又扔回自己腰側掛著的空刀鞘之內，這才衝聶秋染又低笑了一聲。

「既如此，恐怕是某聽錯矣。某給你們一日時間，明日此時，將此人姓氏家族說出來，否則……」這人一說完，陰笑了兩聲，轉身便要離開。

那雅座內侍著的幾個老者這才慌忙領著下人出來，與此人討好賣乖的說笑了片刻，這人才頗不耐煩地要離開，那頭屋內眾人還未曾鬆一口氣，聶秋染卻突然之間已經笑了起來。

「我們乃是昔日長平侯故交，明日內侍若要問此人姓名來歷，不如也請羅玄一塊兒前來，如何？」

眾人沒料到他竟然如此大膽，那幾個老人嚇得渾身簌簌發抖，不敢開口。

那面目陰沈的中年人轉頭看了聶秋染片刻，眼中露出幾分森然的殺機與陰狠來，聶秋染卻只是含笑與他相望，並不多話，半晌之後，那內侍咧嘴一笑，這才拍了拍腰側長刀，陰笑了幾聲。

「郎君好膽，此話某替你帶了！」他話中的威脅之意不言而喻。

眾人嚇得個個都發不出聲來，這人離開半晌之後，客棧裡才傳來陣陣抽氣與鬆氣的聲音。

桌上的屍體很快被人抬了下去，原本興致勃勃的詩詞之會，因這場意外，自然是不了了之。

桌上與地上的血跡這會兒已經被擦得乾乾淨淨了，再也看不出一絲端倪來，可是空氣中那股血腥味卻是揮之不去，崔薇這會兒已經自個兒坐到一張椅子上，臉色有些發白。

「聶大哥，剛剛那人死了？那羅玄是什麼人，怎麼如此厲害。」當街竟然就敢殺人，且殺完人之後無人敢阻擋便任由其離去，這樣的情況讓還從未見過這等情景的崔薇驚嚇不已，聞著這血腥味忍不住便想吐出來。

許多人見她這個時候還敢再問羅玄來歷，頓時個個都對崔薇翻了個白眼。若不是想到聶秋染剛剛口稱與羅玄相識，二人極有可能是舊識，否則恐怕這會兒狀元樓的掌櫃早已經出來趕崔薇離開了。

那原本送了面目陰沈的中年人出去的幾個老者，不多時又重新折了回來，只是其中一個穿著墨綠色衣裳的老者卻未曾隨幾人回來。

那幾個老者一來便看到了聶秋染，朝他直直走了過來，又在他身旁不遠處坐了下來，一邊衝聶秋染拱了拱手，一邊面目和善道：「老朽禮部郎中沈鶴，還不知道小郎君是何方人士？又姓甚名誰，不知是正德哪年的舉人？」正德乃是當今皇帝發布的年號，每個皇帝都用自己獨特的年號來稱呼記數，當年先帝便是稱號天元。

聶秋染溫和笑了笑，客棧內好多原本驚魂未定的舉子，這會兒一聽到禮部郎中的名號，頓時眼睛便亮了，看著聶秋染的目光裡都有了嫉妒與羨慕，恨不能自己立即頂替聶秋染上前，與那老者交談才好。一般往年來此客棧的人，其中當官的也不是沒有，但卻極少有正經禮部的官員會過來這邊，且更別提是正四品的郎中了。

對於眾人眼紅的目光，聶秋染像是根本沒有注意到一般，只是溫和的道：「我是正德十一年的舉人，是江淮臨安人士。」

正德十一年距離如今已經足有三年了！聶秋染現在看著便是未足弱冠的年紀，也就是說，他在十幾歲年少時便已經中了舉人。而正德十一年的舉人，當初是一個臨安的少年舉人，眾人這會兒一下子便想了起來。

那自稱為沈鶴的老者也是跟著眼睛一亮，突然之間站起身來，看著聶秋染就道：「你姓聶，是不是？」

像聶秋染這般年少就已經中了舉人的，在大慶王朝是為數不多的，幾十年都未必能出到一個，因此眾人對聶秋染印象極深。

那老者眼睛極亮，臉上露出驚喜之色來，看著聶秋染點了點頭之後，突然之間便興奮道：「好，很好，你果然很好，郎君如此年少而有為，如此人才，此次皇上定龍心大悅。我必為你上書舉薦，不知郎君如今家中可有訂下婚約否？若是並無婚約，說不定……」剩餘的話這老者沒有多說，但卻撫著鬍鬚看著聶秋染笑了起來。

這人話中的意思，眾人都明白了，不由登時對聶秋染又嫉又妒，此人不只年少有為，並且此次還得朝廷命官看中，若真招他為婿，從此平步青雲，往後前途無限，有了一個正四品官的岳父，難道還怕往後沒有出頭之日？聶秋染這是一步邁入了富貴門檻中了。

更何況此人好像還與長平侯相識，一時間許多人登時嫉妒得眼珠子通紅，盯著聶秋染說不出話來。

「沈大人的好意，我心領了，只是如今我已經有妻室，這是內子崔氏。」聶秋染說完，指了指一旁早已經湊在一塊兒和崔敬平二人說起悄悄話的崔薇。

他這話音剛落，頓時狀元樓內一片死寂，場面頓時尷尬了起來。

那自稱為沈鶴的四品禮部郎中一時間臉色有些不大好看，陰沈著臉，他沒料到聶秋染竟然會當眾如此說，分明就是不給他臉面！

一般情況來說，自己若是主動提出這個話，縱然此人已經娶了妻室，也不該拒絕得如此乾脆，而只要是個聰明人，便會知道該如何做對他才是有好處的，如此直接拒絕，不過是個窮鄉僻壤的小子，莫非還當自己乃是哪家權貴的公子？

而他管禮部，此次縱然不是主考官，亦會輔助禮部侍郎任此次考官，聶秋染竟不怕得罪自己，看來也是一個年輕不知深淺的。

一想到這兒，這老者神色更加的不好看。

周圍眾人都有些幸災樂禍地看著聶秋染，許多人還鬆了一口氣，好些學子是考了多年亦未曾考中進士的，這回再度聚到一塊兒，縱然有那心胸寬大的，可想著自己不如人，多少有些心中不快，尤其是看聶秋染如此好運，竟得到禮部大官另眼相看，不少人心中還是極為嫉妒的。許多人心中都覺得聶秋染年少而氣盛，這會兒見他竟然拒絕考官的拉攏，頓時心中對他嘲笑不已。又見一旁的崔薇，之前眾人還只當她不過是個侍妾而已，畢竟崔薇容貌雖然秀麗，但又算不得多麼絕色，哪裡值得聶秋染為她而得罪考官，沒想到這年輕人竟然如此不智，當下眾人心裡都跟著鬆了一口氣。

自稱沈鶴的禮部郎中有些尷尬地站起身來，一邊皮笑肉不笑地看了崔薇一眼，語氣有些不善。「既然聶舉人早已娶妻，倒是沈某孟浪了。」他說完，臉色不太好看地告辭了。

聶秋染也不挽留，衝他拱了拱手。

見聶秋染這副作派，那沈鶴自然更感尷尬，冷哼了一聲，甩袖與幾個老者一塊兒離去了。

等他們一走，不少人便圍了過來，一面故作痛惜道：「聶兄弟，你如此乾脆拒絕了沈大人，豈非自己給自己找了不痛快？當真可惜啊！」這些人個個心裡都鬆了一口氣且是歡喜無比的，偏偏這會兒來做好人。

聶秋染嘴角邊露出一絲笑意來，也不多說。

眾人正在幸災樂禍之時，外頭卻又突然走了一群約有五、六個穿了寬袖曲裾深衣的年輕學子進來了。

為首那人一進來便朝狀元樓中看了幾眼，見到聶秋染這邊時，眼睛不由一亮，連忙便過來了。那是一個年約二十五、六，身材消瘦高大的青年，他舉起手臂，寬袖一展開，如蝴蝶般飄飄欲飛，高聲衝聶秋染歡喜道：「聶兄，聶兄！」

崔薇聽著這聲音有些耳熟，順著這道聲音看了過去，卻見一個衣著華麗、身材高大、頭戴白玉頭冠的儒雅青年，已經嘻笑著朝聶秋染走了過來。雖說已經好些年不見，但崔薇卻是一下子便將此人給認了出來，正是當初幫過她大忙的秦淮。

聶秋染也跟著站起身來，一邊也衝秦淮拱了拱手，當初秦淮跟聶秋染二人乃是同窗，後又因秦淮幫忙之事而漸漸交好，如今算來已是有好些年交情，聶秋染上京之前曾與他通過信，秦淮今日這才領了一大群人過來。

這些人幾乎都是定州之中學業有成的官宦人家子弟，以秦淮為首，此次也是入京趕考。

崔薇見這些人說得來勁，也不去打擾，跟崔敬平二人坐在一旁。

剛剛場中突然殺人的情況將崔敬平兩兄弟嚇得不輕，這會兒崔敬懷的臉都還是僵硬的，身子哆嗦個不停，崔薇雖然知道死了人，但好在沒有親眼看到，也並不如何恐懼，與崔敬平二人說著話。本來今日她準備出去轉轉，想看看以自己手裡現在僅剩的銀子能不能買下一個鋪子，不過如今看來，秦淮都過來了，聶秋染也不能將人給扔下而陪自己出去。她索性也不出去了，反正在上京停留又不是一、兩天，若是聶秋染此次中了進士，她留在京中可要做長久的打算，晚一、兩天出去找鋪子倒是沒差的。

「長平侯之前可是從此處經過？聽說太子對其寵信異常，如今皇上身體病重，太子監國，半個月前便已經將長平侯召回京中，並有意使其任京中提督一職。」秦淮說道。

秦淮一來之後，客棧之中許多人看他們穿戴不凡的，都心中怕惹著貴人，落得和之前那放蕩不羈的中年學子一樣橫屍當場的結局，雖然不少讀書人心中都有傲氣在，可親眼見到那些太監當街殺人的情景，依舊是被嚇得不輕，就怕自己出師未捷，便身先死了。

如此一來，聶秋染等人周圍倒是空出一大截地方來，秦淮這話說的聲音不大，旁人恐怕聽不到，但就坐在幾人身側的崔薇兄妹卻是聽得一清二楚。

一聽到羅玄這個名字，崔敬平不自主的渾身打了個哆嗦，臉頰肌肉抽搐得厲害，剛剛那中年人不過說了句閒話，便被刀扎腦袋而慘死，也不知那羅玄到底是誰，現在聽秦淮說起，幾兄妹心中既是有些害怕，又不由豎起耳朵聽了起來。

幾人正說著話，個個話中對羅玄都是懼怕無比的模樣，聶秋染卻是微笑著端起了桌上的茶杯，輕輕抿了一口，又回頭看了崔薇一眼，這才說了一句。「羅玄兩刻鐘前剛從此處經過。」

秦淮一聽他竟然敢直呼羅玄姓名，著急異常，恨不能立即撲上前來捂了聶秋染的嘴才好，不過他深知聶秋染性情，恐怕自己若真敢撲上前捂他嘴，聶秋染便能一腳將自己踹得遠遠的。

明明自己家世出身皆比聶秋染強上百倍，可偏偏此人性格強勢，一瞧便不是池中之物，秦淮也是偏吃他這套，與他交好，被他制得死死的。

秦淮不敢再靠近聶秋染，只連忙將手中扇子「唰」地一下展開來，擋了自己的嘴，著急道：「聶兄，不要禍從口出。長平侯睚眥必報，且心狠手辣，此人勢力極大，若是惹惱了他，恐怕到時要生禍端的。」

前一世羅玄勢力有多大，為人不知多囂張，聶秋染是深有體會的，朝中眾人對其懼怕無比，完全當羅玄是煞星。可偏偏秦淮此時還敢壯著膽子來提醒他，也確實可以看出此人心中是將他當成至交好友了。

聶秋染臉上神色漸漸變得溫和，一邊就衝秦淮點了點頭，微笑道：「你放心，我心中自有分寸。」

那頭秦淮這才驚魂未定地點了點頭，一邊四處看了看，半晌工夫之後，他額頭竟然沁出一大片密密實實的汗珠出來。

崔薇想著，也不知那羅玄究竟是何人，竟然光是一個名聲就把秦淮嚇成這般模樣，眾人卻都是一副心有餘悸的感覺。

秦淮回頭看到崔薇的視線，這才有些尷尬無比地抹了把額頭，一邊衝崔薇拱了拱手道：「還望嫂夫人不要見笑，莫說是我怕，就是我爹看到羅玄也得賠笑討好才是。」

如今羅玄勢力剛起，可他深受太子寵幸，如今天子身體又漸處弱，可以想像一旦等到皇上歸天，太子繼位之時，羅玄該是何等勢盛。別說定州知府見了他要賠笑討好，恐怕到時皇親貴族見了他也得彎腰下拜！

崔薇點了點頭。見到眾人目光都落到自己身上，一邊索性站起身來，看著秦淮道：「當初聽夫君說秦公子也要入京考試，因此妾身準備了一些零嘴小吃，還望秦公子不要見怪。」崔薇一邊說完，一邊衝秦淮笑了笑，見聶秋染衝她點了頭，這才站起身來準備上樓去將這次做好帶來的零嘴果醬等取下來。

秦淮一聽崔薇說這話，頓時有些驚喜，忙就點頭道：「如此也好，此次進京正巧家母與妹妹也一併同來，家母最愛嫂夫人所做的糕點，如今倒正是湊巧了。」

崔薇笑了笑，又與眾人打過招呼之後才上樓。

那頭與秦淮一塊兒過來的一個年輕人說道：「沒料到聶舉人年紀輕輕便已經有了家室，聶舉人往後前途無量，恐怕便是大家閨秀也能娶得……」他說到這兒，發現崔敬平對他怒目而視，這人也像是發覺自己說錯了話，頓時賠了個不是，閉嘴不說了。

而這廂崔薇取了一些東西裝在一個大籃子裡，準備拿下樓時，在床上睡了半晌的毛球卻是突然跳下來，一副要跟她一塊兒出去的樣子。

上京之中地廣人雜，這波斯貓本來就少見，更何況這傢伙皮毛倒也好，萬一被人捉了去，可是一場災禍了。畢竟養了這麼久，崔薇也多少有些捨不得，摸著貓，打算將毛球放回床上，誰料這死貓非要跟著她一塊兒出去溜溜。毛球在小灣村時一向野慣了，成天到晚往外遛達，但小灣村人可不多，而且村民們大多性子純樸，看到毛球又覺得稀罕，哪家也不可能把牠偷回去養，這京中人生地不熟的，若是這貓跑不見了，到時可得一場好找。

聶秋染是進京來趕考的，崔薇可不想到時還得四處尋找毛球，因此見這貓硬要跟自己一塊兒出去，索性拿了繩子將牠給捆起來，也不管身後毛球喵喵叫著，她這才鬆了一口氣，滿頭大汗地下樓了。

將東西遞給了秦淮，她這才拿帕子擦了擦額頭的汗水，秦淮沒有接籃子，反倒是看著籃子邊上沾著的一根細小白毛，眉頭皺了起來。

崔薇一見到他神色，頓時感到尷尬無比，心中又將那隻不聽話的貓罵了個夠，這才有些不好意思道：「秦公子見諒，這糕點原是我先裝好又拿布搭好的，裡面絕對乾淨，只是剛剛下樓時捉了我家的貓，所以才沾了一些，不如我另外再給你取一些吧。」

「嫂夫人誤會了。」秦淮一見崔薇尷尬的神色，連忙站起身來擺了擺手，一邊有些好奇道：「嫂夫人此次入京可是將那隻波斯貓也帶了過來？」

當初聶秋染想要一隻波斯貓，還是秦淮幫著找人給他弄到手的，沒料到如今崔薇還養著不說，而且還帶到了京中來，他一見崔薇點頭，頓時有些驚喜異常地笑了起來。

「聶兄、聶兄，你此次走了大運了！」秦淮說完，有些失態地哈哈大笑了起來。「長平侯對於金銀珠寶等物並不如何在意，可唯獨有一樣心頭愛好，那便是喜歡眼睛一藍一綠且純白的波斯貓，我記得當初送給聶兄的便是一隻眼睛藍綠的白貓，若是聶兄將這隻貓獻給長平侯，長平侯要是能收你為義子，往後聶兄前途無量啊！」

開始時聽秦淮說話，聶秋染臉上還多少帶著笑意，但一聽到秦淮說要讓羅玄收自己為義子時，他臉色頓時便黑了大半，又見秦淮一副歡天喜地的模樣，聶秋染嘴角不由抽了抽，強忍著想揍眼前這小子一頓的衝動，勉強道：「不用了……」

雖說當初嚇唬聶夫子時，聶秋染曾說過要找個便宜爹在自己頭上架著，讓孫氏與聶夫子兩人去頭疼，但聶秋染可沒有找羅玄當爹的打算。

那頭秦淮卻是激動無比，一邊站起身來。「怎麼不必？聶兄，要知道若是有長平侯幫忙，往後你便是前途無量啊！」他說得就像是自己已經發達了一般，眼睛都亮了起來。

聶秋染嘴角不住抽搐，堅定而肯定地再次拒絕了秦淮。

秦淮有些失望地看了聶秋染一眼，卻也知道他的性格，並不多加勉強。

下午時秦淮邀聶秋染一塊兒出城玩耍，如今已是二月下旬，只是上京位於北地，此時冰雪還未化，城外暢春園中雖然桃花因今年天氣冰冷而未開，不過賞下雪景，一群人遊玩詠詩作對一番也是情趣，如此一來秦淮還想多介紹一些人給聶秋染認識，往後對他也有幫助。聶秋染自己本來不大想去湊熱鬧，不過想到崔薇還是頭一回進京來，想到她入城時滿臉好奇的神色，倒是將秦淮的邀約答應了下來。

這會兒已經臨近午時了，秦淮自然要先回去做好準備，約好下午時在城外相見，秦淮又邀聶秋染到他府中小住，這才回去了。

等他們一走，一個穿著青色錦袍，年約六旬，戴著長方扁帽的老人才湊了過來，一邊討好地笑道：「客官，不知您是不是進京趕考的？」

這人一臉的小心翼翼，滿臉的糾結愁苦之色，沒等聶秋染回答，便已經雙手合十，討好地道：「客官，您瞧瞧看，本店只是小本買賣，禁不起折騰，您得罪了羅千歲，不如客官您再找個地方，搬出去吧。這住店的銀子，我也不找您要了。」

沒料到這人一過來便開始趕人，那羅玄到底是誰，竟然上自達官貴人，下至這樣的客棧老闆人人都懼怕他。崔薇頓時皺起了眉頭來，如今京城中一片盛況，人來人往的舉子投棧的不少，就是這客棧大堂之中也住滿了打地鋪的人，現在這個時間，要讓自己一家人搬到哪兒去？崔薇頓時有些著急，那頭聶秋染卻是冷笑了起來。

「你慌什麼？若是羅玄真找上門來，我又不會連累到你，再不濟我那兒還有隻白貓，送給羅玄抵罪就是！」

一聽聶秋染說他有白貓，那客棧老闆倒是愣了一下，果然不趕人了，連忙躬著身退了下去。

這會兒人都已經走了，崔薇才有些不大痛快，鬱悶道：「聶大哥，那羅玄到底是什麼人，怎麼人人都怕他，我的毛球難道真要送出去？」

她養毛球養了這幾年時間，那臭貓雖然時時給她惹禍，但到底也養了幾年，感情是養出來了，一聽聶秋染說要送人，雖說崔薇也知道大局為重，但心裡到底捨不得，眼睛裡就有水光滾動了起來。

「妳放心就是，妳的貓保准送不出去，傻丫頭，難道妳不相信妳聶大哥了？」聶秋染沒料到崔薇難受的低下頭去，頓時有些心疼了，將人攬了過來，取了帕子替她擦了擦眼淚，這才輕聲哄她。

崔薇想到聶秋染這人平日裡雖然有些惡劣，但好歹也確實是有信用，不是信口開河的人，頓時勉強點了點頭，這話便算是揭過去了。

第一百一十三章

午時就在店鋪裡吃的飯，上午時聶秋染與那太監說過幾句話，並且還語氣有些不大客氣，這會兒好些人不敢再湊過來與他搭話，怕被他連累。那羅玄凶名赫赫，若是一不小心因為與聶秋染套個近乎而遭了池魚之殃，那可真是無妄之災了。

而拜這些人明哲保身的行為所賜，聶秋染幾人一頓飯吃得倒是清靜，只是崔敬平兄弟還有些害怕，崔敬懷是個老實本分的鄉下村民，一輩子平日最多見過的便是家長裡短間的事，還沒遇著過有人當街殺人，權貴視百姓性命如草芥的事，頓時嚇得三魂七魄都離體了大半，一頓飯吃得心不在焉的。

晌午過後，秦淮果然過來接聶秋染幾人出城了。

雖然仍擔憂著羅玄的事，崔薇心中也有些害怕，但一想到能出去轉轉瞧瞧，散一散心，崔薇心裡多少還是生出了一些興致來。

暢春園據說本來是當今聖上的異母兄弟七王劉承的住所，但因當初其母犯罪，被打入冷宮，後來連累劉承也鬱鬱寡歡，早早的留下一個女兒便去世了，這暢春園最後便被當年皇上賜為讀書人可共同遊玩之所，封劉承遺孤為郡主，並接入宮中教養，這棟園子自然就空了出來，供人遊玩賞樂。

這宮中秘聞自然不可能像是表面看來那般的簡單，但這園子確實處處華美精緻，房舍處已經改為一座座涼亭，且四處種滿了奇花異草，並有一處住所豢養了不少的奇珍，奢侈非凡。崔薇轉了半天，看得眼睛都發直了，古人會享受的程度絕對不比現代人差。

她與崔敬平、崔敬懷兩兄弟在園子中四處轉著，聶秋染那邊卻是留在亭子中與人吟詩作對，她又沒那興致，便出來四處瞧瞧。果然這一趟走得名不虛傳，雖然如今正是雪花未化之時，不過光是這幅北國風光的美景便已經足夠讓人回味無窮了。

這林子中四處種滿了樹木，崔敬懷倒是看得出來這是桃樹，可惜今年因雪的原因，此時樹還未開花，不過一些樹梢上已經結出細小的花苞，隱隱透出風情來。可以想像再過些時日，若是等到滿園桃花盛放之時，不知該是何等美景了。

幾人轉了一圈，崔薇走得雙腿直打哆嗦，那頭崔敬平看得直咋舌。他一輩子見過的最好房舍便是鎮上林老爺那家的府邸了，可此時見過王公貴族曾住過的地方之後，崔敬平這才知道人外有人，山外有山，一些精緻的亭臺樓閣，上頭用琉璃瓦片搭建成精美大氣的亭子頂，四周垂滿流蘇，那琉璃瓦陽光一照，便散出五顏六色的光彩來，漆紅的木柱上雕了飛禽走獸，在崔敬懷看來，便是神仙所住也不過如此了。

走了一圈，雖然四處都是雪景，但幾人也看得津津有味。崔薇走不動了，便找個亭子坐一會兒，歇息一下，四周風一吹過，亭子四周邊上垂著的流蘇微微晃動，折射出來的光澤看得人眼睛都花了。四處可見遊玩的學子與領了丫頭出來遊玩的佳人們，融入了這片風景裡，簡直是如畫一般美麗。

「我走累了，大哥、三哥，咱們回去吧。」崔薇坐到一個亭子裡，揉了揉腿，雙腿沈重得都快抬不起來了，剛剛只知道看風景，也不知道走了多遠，這園子不小，恐怕走了不短的距離了。

崔敬懷雖然也看得高興，不過想到自己已經來過京裡，又看到了這樣的地方，已經算是一件大事了，當然就歡喜地答應下來。而崔敬平更不會反對，往後若是崔薇要留在京中，他也是要跟著一塊兒留下來的，時間多得是，足夠他將這京城逛遍了，也不急於一時。

幾兄妹歇了一陣，往回走時，恐怕也走了小半個時辰才到了聶秋染等人之前待的地方。這會兒聶秋染等得有些著急了，他既怕崔薇逛得遠了，等下找不著路回來，又不敢去找人，怕自己一離開，崔薇又找不到地方回來，因此著急得很了。

崔薇一回來腳便痠疼，下意識地想往聶秋染身邊坐，誰料這會兒亭子中竟然也坐了四、五個年約十四、五歲，明眸皓齒的少女，正唧唧喳喳的與秦淮等人說笑著，有人還滿臉羞紅笑咪咪的望著聶秋染看。其中一個年約十五，滿臉紅暈，穿著一身湘妃色對襟褂子，下身穿著鑲銀線繡牡丹花長裙的少女，正坐在聶秋染斜對面，低垂著頭，不知在與他說什麼。

崔薇臉上的笑意一下子就僵住了，冷哼了一聲，這才朝亭中走了過去。

「你們回來了，跑哪兒去了？這樣久才回來。」聶秋染看到小姑娘一張臉凍得通紅，不由有些心疼了，忙伸手去拉她的小手，觸手就是冰涼，又看她一臉的疲憊之色，頓時眉頭就皺了起來。

他話音一落，崔薇還沒有開口說話，那滿面羞紅的少女就臉色微白，臉上的笑意漸漸褪了下去。

一個穿著一身淡紫色緞子，與崔薇年紀相仿，面目明豔的少女頓時就站起身來，表情有些不善地看了崔薇一眼，一邊就皺著眉頭，帶著責問的語氣衝聶秋染道：「聶大哥，這人是誰，怎麼進來了？」

聶秋染是何等強勢的性格，一聽她這話，頓時臉色就冷了下來。「這是內子，不知元陽郡主有何指教？」

那臉色微白的少女一聽崔薇是他妻子，臉色更加白得厲害，而那被稱為元陽郡主的少女愣了一下，接著下意識地回頭看了那臉色不好看的少女一眼，咬了咬嘴唇，下意識便道：「你有妻子了？」

聶秋染懶得理她。

這元陽郡主是當年七王劉承的獨女劉攸，當今皇上為了彰顯自己的恩德，將劉攸召入宮中陪伴太后，將其一個好端端的性子養得驕縱蠻橫。上輩子與她相識時自己也早已經娶妻，並且娶的還是劉攸的表妹顧寧溪，即那位穿著湘妃色對襟褂子的少女。劉攸當時也是糾纏不捨，只是劉攸到底是皇室血脈，皇上就是心中再有思量，也不可能將自己的侄女送人做妾，而當初自己娶的妻子出自顧家嫡女顧寧溪，乃是七王妻族，亦不可能貶妻另娶，因此自然後來的事便作罷。
聶秋染對這少女的性子可說極為瞭解，後來劉攸糾纏不成，另招了郡馬，只是可惜最後她的郡馬，頭頂綠帽子疊了一層又一層，京中所知劉攸養面首等人多不勝數，如今再回想起來，聶秋染連話也懶得與她再多說。
此刻聽她這樣一問，聶秋染連眼皮也沒抬地就道：「關妳什麼事？」
劉攸被他堵得面紅耳赤，一句話也說不出來，連忙回頭看了那面色蒼白的少女一眼，跺了跺腳便道：「寧溪！」接著又轉頭道：「這是我家的宅子。我不准她來，出去！」
崔薇心裡微冷，雙手被聶秋染捏在掌中，心裡有些不快，自己出去了沒多大會兒工夫，他便已經招了女人過來，她掙扎了好幾下，手卻被他死死捏著，抽不回來，飛快抬頭瞪了他一眼，這才又重新將頭低下去，悶不出聲，裝出柔弱的樣子來。
「好了好了，郡主理他做什麼，這小子一向性格陰陽怪氣，郡主不要理他！」秦淮一見不好，連忙出面打圓場，他故意拍了拍聶秋染的肩膀，一邊與劉攸打哈哈。
劉攸卻偏不吃他這套，語氣冷淡道：「我跟他說話，關你什麼事？」聲音有些尖銳，顯然剛剛聶秋染不給她臉面的事令她尷尬，這會兒秦淮正好湊到了這兒，她哪裡還會客氣。
聶秋染本來便不耐煩與她糾纏，一見秦淮面紅耳赤，臉上露出尷尬來卻不敢與她回嘴的樣子，頓時心中更加不耐。
「秦淮，我先走一步。」聶秋染說完，也不理睬劉攸臉色通紅，衝秦淮拱了拱手，便要離開。

那被稱為元陽郡主的少女幾時被人這樣漠視過，她一向被人高高捧著慣了，還少有人敢這樣不給她留臉面，一時間心中又羞又惱，偏偏又吃聶秋染這一套，總覺得他舉止風流神態自若，實在是有一種說不出的瀟灑，連他對自己毫不客氣的行為都被她看成了獨特與迷人，一見聶秋染要走，她慌忙便道：「聶大哥，再坐一會兒吧，這麼著急做什麼。」

她越是留，聶秋染半摟半拖著崔薇走得更快。

劉攸看到兩人親密摟抱的情景，頓時恨得牙根都咬緊了，狠狠擰了擰手中的帕子，一面眼睛縮了縮，這才又坐回椅子上，面色高傲的揚了揚下巴，衝秦淮等人道：「這人是誰，叫什麼名字，他身邊的婦人又叫什麼，是何來歷，跟我說出來！」

秦淮見不得她這樣高傲的模樣，畢竟他自己也是天之驕子，在定州一帶也是人人追捧著的角色，可一旦入了京城，便是隨便挑個權貴子弟出來，出身都要比他還高，更別提這聖上憐其幼年失去雙親，沒出嫁便給了郡主封號的劉攸了，不管她事實上受不受寵愛，可到底是皇室血脈，秦淮倒也不敢惹她。

此時一聽她這語氣，哪裡看不出她是看中了聶秋染，只是聶秋染從頭到尾對她都冷冷淡淡的，不像是有何著迷的模樣，反倒是對她極為不客氣，也不知她為何偏偏就看中了聶秋染，也只能說這人是個賤皮子了，對她好的，捧她在手心的偏不要，不喜歡她的，她偏偏又追得緊。

秦淮心裡暗自呸了一聲，本來對這群少女還多少有些火熱的心思，這會兒見到元陽郡主的德行，那心思也就漸漸退了，將聶秋染的事挑著揀著一些不太重要的說了一遍，末了崔薇他半個字也沒提，只說了她姓氏，最後又道：「郡主，這聶秋染手裡有隻白貓，據說今日早晨還得宮中內侍陰公公另眼相看。」

這話他說得半真半假的，那劉攸一聽這話，頓時愣了起來，而原本還豎著耳朵聽秦淮說聶秋染情況的安靜少女也皺了下眉頭，一時間場面倒是冷了下來。

半晌之後這劉攸才頓了頓，眉頭皺了皺道：「這陰公公，是不是羅玄身邊的那個？」

秦淮點了點頭，見這少女好歹知道顧忌，心下才鬆了口氣。

事實上那陰公公早晨也確實是路過狀元樓，但他前去可是殺人的，並且與聶秋染之間說話算不得如何愉快，秦淮不過是將這事模糊地說了出來，雖然是同樣一件事，但結果可是大不相同，只盼這少女在找崔薇麻煩之前，他要趕緊說服聶秋染將那隻波斯貓獻給羅玄，若是羅玄能記得住聶秋染這個名字，那對崔薇也是好事一件了。

秦淮心中打著算盤，剩餘的幾個少女眼見出了這樣的事情，也個個都待不住了，先後告辭離去，秦淮也不敢多待，回頭坐了馬車便讓人往狀元樓去了。

晚間時候秦淮過來與聶秋染說了一盞茶工夫才滿臉愁容地離去，崔薇問聶秋染發生了什麼事時，他卻是搖了搖頭，並不多說。

接下來第二天本來狀元樓中的人都提心弔膽的等著羅玄過來找聶秋染算帳的。可誰料一天過去了，找聶秋染算帳的人卻並沒來，這讓住在狀元樓中的好些人都跟著鬆了一口氣，只當羅玄大度，不計較那天聶秋染說的話，又或者說那天妄議羅玄的中年士子已經被人殺死，自然羅玄不將這事給放在心上。

那元陽郡主倒是連著好幾日來了狀元樓中一趟，聶秋染對她不勝其煩，若不是沒在京中找到合適的宅子，恐怕他早已經搬出狀元樓了。

上京的土地如同黃金一般的珍貴，一間不起眼的鋪面最少得要千兩銀子起價，崔薇的一千兩銀子本來在小灣村中好歹也算是首屈一指的人了，可在這上京之中，卻連半個鋪面也買不下來，更別提說一些好地段的宅子了。

聶秋染看著小丫頭有些心情低落的模樣，不由也有些心疼，只是他考試的時間快要到了，也只有安慰她過幾天等自己考完之後再說。一旦等他入試，中了狀元，往後進翰林院做事，到時銀子多得是，隨便她怎麼花，又何必再去勞心發愁，想著要開鋪子？

而那羅玄也一直沒有找過來，趕考的時間到了，崔薇替聶秋染收拾了東西，又將自己提前做好的棉衣等物給他裝好了，一些奶粉等也讓他帶了些進去，這東西喝完之後雖然不能完全當飯吃，可好歹也能養下精神，更何況闈場裡頭留給每個學子的地方也不大，聶秋染做的飯菜只能勉強吃得，生火等事他雖然不陌生，但崔薇也不想讓他跟別人一樣吃苦，乾脆提前準備了不少的蛋糕果醬等物，奶糖等一併給他裝了不少，光是吃這些東西便能抵上一、兩天了。又花銀子借了狀元樓的地方，炒了不少肉醬等物，調得香了，在外頭用米飯糰子包起來，一咬滿口肉汁，又有米飯的香味，每個約有拳頭大小，做了快二十個，到時只要直接拿鍋一蒸便能吃，且美味不變，足夠他吃上兩天了。

第二天一大早崔薇早早的就起身給聶秋染收拾了衣裳等物，聶秋染又叮囑了崔薇幾句。「薇兒，若是劉攸找妳麻煩，妳去找長平侯幫妳！」

崔薇只當沒聽過這話，長平侯的人那日囂張情況深入崔薇心中，碰著這樣的人她躲還來不及，又哪裡可能主動湊上前去？不過聶秋染也是一片為她的心，因此崔薇仍是含糊地答應下來。

聶秋染看她不以為意的樣子，眉頭微微皺了皺，臨走時仍是多叮囑了一句。「薇兒，妳記得我的話，若是元陽郡主為難妳，妳去找羅玄，把毛球給他，讓他護妳幾天，他會同意的。」

不知道他為什麼總是三番兩次的叮囑自己去找那個人人懼怕的太監，但崔薇知道聶秋染做事一向有他道理在，因此猶豫了片刻，這才又答應下來。

等她應了聲，聶秋染這才鬆了口氣，也不要她送了，只讓崔敬懷兄弟駕了馬車送自己前去貢院，留了妻子在客棧裡睡一會兒。

一大早天不亮便起來張羅，崔薇這會兒也真累了，反正分開又沒幾天，崔薇也不矯情，只是又不放心的念叨幾句讓他注意身體，這才重新又倒回床上睡了個回籠覺。

這一覺睡醒來已經是天色大亮了，一時間剛起身她還有些昏昏沈沈的。

崔薇起身穿戴好了衣裳，毛球跟在她腳邊喵喵的叫著，不時拿下巴在她腳背上蹭幾下，一副愛撒嬌的樣子。

剛一敲門，崔敬平就過來將門打開了，看到崔薇出來時，這才有些高興道：「妹妹，妳起來了？聶大哥臨走時已經叮囑我們了呢，妳餓了沒有，咱們下樓先吃點兒東西吧？」

這會兒崔薇確實是有些餓了，一聽崔敬平這話，也沒有拒絕，只是先將毛球給拴了起來。又拿了客棧桌上的水壺，倒了些溫熱的開水兌了些奶粉放到毛球面前，這才跟著崔敬平二人下去了。

原本前幾天還熱鬧無比的客棧裡，今日好像突然便空閒了下來，只餘了三三兩兩的士子家屬或是下人們，偌大的客棧，只得七、八個人的樣子，崔薇下來時眾人的目光都朝這邊望了過來。

看慣了前些天的熱鬧，冷不防這客棧一下子冷清下來，崔薇還多少有些不習慣，只是她剛心裡閃過這念頭，叫了東西過來吃時，那頭元陽郡主劉攸卻是帶著一群少女浩浩蕩蕩的朝這邊過來了。算上她身邊帶的侍女宮人，一下子便給這客棧又增添了幾分人氣。

崔薇心裡暗罵自己之前的胡思亂想，剛剛還說客棧裡人少，如今一下子便來了這樣多人，而且還是不好應付的。

那劉攸一來便坐到了崔薇面前的桌子邊，幾個與她同行的少女也跟著坐了下來，劉攸一雙眼睛盯著崔薇看，直將崔薇看得莫名其妙，她才撇了撇嘴，冷笑了起來。

「也不知聶大哥瞧上了妳哪兒，竟然如此不知禮數，本郡主在這兒，有妳坐的資格嗎？」

自己好端端的吃著東西，這女人一來就開始發瘋，崔薇心裡湧出一團怒火來，只是在看到元陽郡主不屑的臉色時，她強忍了心裡的怒意，一邊緩緩放了手中的筷子，一邊站起身來，盯著劉攸勉強擠出一絲笑意。「不知郡主來此，有何指教？」

劉攸看著她冷笑了一聲，上下又打量了她一眼，滿眼的不屑之色。「妳還沒跟我行禮呢，不過算了！我問過了，妳跟聶大哥不過年少時的婚約而已，妳自請下堂吧。」劉攸說完，好整以暇地看了崔薇一眼，一邊就笑道：「我給妳兩天時間考慮，妳好好想想，妳不過是個無知的鄉下丫頭，便是給了妳好處，妳也沒那個命！若是妳識相，我給妳一百兩銀子，讓妳自個兒回家好好過日子去，若是不然……」劉攸說到這兒，杏眼一瞇，眼中露出一絲驕縱與殺意來。「別怪我不客氣！」

這人也不知哪來的這種想法，也虧她才想得出來。一百兩銀子，用來打發叫花子嗎？要想搶別人的丈夫還不想花費些好處，如此吝嗇，讓崔薇既是氣憤，又是有些好笑。

那頭劉攸也不與她多說話了，威脅完她，又冷笑了兩聲，這才站起身來，引著人走了。早被她氣勢與身分嚇住的崔敬平二人這才回過神來，等人一走，崔敬平才氣得渾身哆嗦。

「太過分了，太過分了！難道便沒有王法嗎？我不相信了……」崔敬平說到這兒，又給崔薇安慰道：「妹妹妳別怕，到時若是有事，我拚著這條命不要，也要給妳討回公道的。」

崔敬平這話說得雖然堅定，但臉色卻是有些蒼白，畢竟劉攸身分高貴，雖說他以往做糕點時也曾見過一些夫人，但真正自個兒出來買東西與吃東西的婦人幾乎都是身分並不高的，崔敬平還是頭一回遇著劉攸這樣身分高貴的少女，心中到底還是害怕。

崔薇勉強衝崔敬平笑了笑，安慰他道：「三哥，不用擔心，聶大哥是個舉人，是有功名的，她一定不會胡來。」話雖然是這麼說，但崔薇到底心中還是有些忐忑不安，劉攸畢竟是皇室血脈，雖說聶秋染不像那無情無義要另攀高枝，但到底劉攸身分高了些，若她真想要強行做出些什麼事情來，自己身分低微，說不得還真要吃虧。

劉攸一旦撂下話來，兩天時間便過得飛快，這兩天裡崔薇既想著聶秋染那邊已經考得怎麼樣了，又怕劉攸真過來，自己如今勢單力薄要吃虧，只是她雖然焦急，卻也無法可施。本來以為第三日時劉攸會過來，但不知為何，崔薇有些緊張地過了一天，劉攸卻並未過來，直到晚上洗漱過後自個兒鑽上床躺著了，崔薇這才鬆了一口氣。

明日便是聶秋染考完出貢院的日子，不管劉攸是個什麼意思，可不知為何，崔薇只要想著他一考完了，這事便不用自己來煩了，心中莫名地便覺得安定下來。

第一百一十四章

一大早起身崔薇連早飯都顧不得吃，見毛球還縮在床鋪角落裡，看牠還睡著，便沒給牠拴繩子。她正準備要去貢院接聶秋染回來的，誰料剛與崔敬平兩兄弟有說有笑的下了樓時，客棧大堂裡便已經坐了一大群人。

客棧大堂中間原本僅剩的一些人都已經躲得遠遠的了。那為首一個穿了玫瑰色金線繡花小襖，下身穿著一條百褶裙，身上半披著一件銀鶴斗篷，正以手肘撐在桌子上，手掌托著下顎，表情慵懶的元陽郡主，正與幾個少女坐在那兒不知說著什麼話。

聽到腳步聲時，那元陽郡主劉攸已經轉過頭來，看到崔薇時，她嘴角邊露出不屑的笑意，一邊站起身來。

「妳起來了，前兩日我跟妳說的事，妳想好了沒有？」

她說完，一邊從腰間掏出一個拿金線繪著鯉魚的荷包出來，朝崔薇扔了過去。

「這是一百兩銀票，收拾妳的東西，走吧！我不希望聶大哥回來時，妳還在這兒。」劉攸話一說完，下巴便揚了揚。

崔薇臉色一下子就變得鐵青，那荷包輕飄飄的沒被她扔出多遠便落到了地上，幾個坐在劉攸身邊的少女都睜大了眼睛望著這邊，好奇地盯著崔薇看，臉上帶著一絲看好戲的神色。

這群人也不知是何來歷，個個瞧著滿身的貴氣。

崔薇還真沒有料到自己會有這麼一天，會被人扔銀子讓她趕緊離開一個男人，若說她自己不喜歡聶秋染，或是聶秋染心不在她身上便罷了，要真是那樣，她連銀子也不會要就自個兒會走，但如今情況自己是聶秋染明媒正娶的妻子，而一個想要擠掉她的少女竟然拿了一百兩銀子讓她自己滾蛋！

崔薇一時間心裡氣得說不出話來，不知是不是實在太過生氣了，她竟然連原本對於劉攸身分該有的忍耐力都已經下降到最低，痛恨過後竟然連該有些害怕的心都跟著冷靜了起來。

崔薇先衝崔敬平二人使了個眼色，示意他們先去接聶秋染，她這才朝樓梯下走了過去。

劉攸看到她朝荷包掉落的地方走去，嘴角邊不由露出一絲笑容來，她自然也看到了崔敬平二人出去的身影，但她並不以為意，她的目的只在崔薇，對於其他人她根本不在乎。

幾個少女的目光落到崔薇身上，見她撿起了那個荷包，不少人都忍不住發出嗤笑聲，就連劉攸嘴角也跟著揚了起來。

那名叫顧寧溪的少女伸手捂著嘴唇，眼裡閃過冰冷之色。

崔薇撿起了地上的荷包，舉了起來，朝劉攸揚了揚。「郡主就要用這麼一個東西，讓妾身離開夫君？」

崔薇的神態實在是太平靜了，劉攸愣了一下，沒有料到她竟然是這麼一個表情，頓時眉頭就皺了起來，雖然心裡有些疑惑，但她性情一向驕傲，因此聞言便下意識地揚了揚下巴道：「不錯，這些銀子已經足夠妳花用了，妳自己離開吧。」

崔薇忍不住就笑了起來，將那荷包朝劉攸扔了過去，一邊就道：「無功不受祿，郡主的好意，妾身心領了，不過夫君沒有寫下休書，妾身為何要走？這一百兩銀子，是郡主看來已經足夠花銷了吧？妾身雖然不才，但一百兩銀子還是出得起的。」

這還是崔薇面對劉攸時，頭一回能抬起頭心平氣和地將她的話堵回去。

劉攸愣了一下，半晌之後回過神來明白崔薇話中的意思時，她臉頰一下子便燒了起來，身上燙得厲害。她惱羞成怒，陰冷著臉，看著崔薇道：「妳是什麼意思？給臉不要臉，妳給我跪下！」

劉攸一開始若只是為了聶秋染而看崔薇不順眼，這會兒聽到崔薇的話，卻使得她心裡的怒意一下子就湧了出來，氣恨地看著崔薇，衝身後大叫。「妳們給我將她捉起來！敢對我出言不遜，我要好好教訓她！」

劉攸這會兒氣急敗壞了，看著崔薇的目光裡帶出了恨意與殺意來！她自小失去父母，寄養在皇宮中，雖然皇上是她叔父，但就是皇上自個兒的女兒都不見得與皇帝有多親，更別提她一個身分尷尬的侄女，在宮中生活並不易。

劉攸外表風光，可實則內裡自小便習慣了討好他人，打賞內侍宮娥，確實日子過得不好，雖說平日裡吃穿用度都有，但手邊能用的銀子卻並不多，一些首飾衣物等都是記了數的，不可能拿到宮外偷賣，她這回能拿出一百兩銀子，對她來說也確實不算是一個小數目了。

但這會兒一旦被崔薇揭破開來，劉攸頓時氣恨得想殺了她。幾個年約三十許的嬤嬤一聽劉攸這話，頓時便看了崔薇一眼。雖說早已經料到這劉攸不是個明事理的主兒，但沒料到她一言不合便開始翻臉不認人。

崔薇心裡頓時也氣得厲害，冷笑了一聲，見這幾個嬤嬤要朝自己衝過來，連忙便道：「我夫君是舉人，是有功名的人，妳們敢這樣隨意拿我？堂堂郡主，竟然看上有婦之夫，且如此相逼，難道不怕別人笑話？」

崔薇這話說得大聲，原本站在櫃檯裡正悄悄往這邊看著，不敢出聲解救她，以免得罪貴人的幾個人頓時都蹲下身子去，不敢再朝這邊看過來。

客棧內頓時一片死寂！

崔薇將客棧裡的人在心中罵了個半死，那頭幾個嬤嬤在愣了一下之後，又在劉攸尖利的喝罵下，朝崔薇逼了過來。

正在此時，樓上不知何時突然傳來一聲重物落地的響聲，街道外頓時便有人罵了起來——

「哪兒來的死貓，竟橫衝直撞，打碎了我的碗，該死的畜牲！」

接著，一陣貓叫與慘叫，以及一陣驅趕聲傳了過來。

不知為何，崔薇一下子想到了還歇在房間中的毛球，今日早上她急著想去接聶秋染，又看到毛球安分地躺在床上，想到這傢伙平日裡愛睡，難得今兒沒捆著牠，這會兒聽聲音正像是自己房間裡窗戶對著外面的位置，崔薇頓時有些著急起來，連忙便要出去瞧。

那頭劉攸一見她轉身，卻是當崔薇想要逃走，頓時著急地走了兩步，伸手指著崔薇便衝那幾個嬤嬤罵道：「妳們死人啊！還不趕緊將她給捉住，敢出言不遜，先給我賞兩耳光再說！」

崔薇又氣又急，她又不是傻的，當然不可能站著挨打，連忙便要往客棧外頭跑，只是那一個低垂著頭，一向表面有些羞澀，名叫顧寧溪的少女卻冷不防地踢了條凳子出來，正巧撞到了崔薇面前，她提起的腳便踢到凳子上，裙子又勾著，登時身形不穩，一歪便朝地上迎面撲了下去！

正在此時不知是不是她的錯覺，外頭突然傳來一聲有些陰柔的聲音——

「毛球？」

是誰在喊毛球？而既然這人都喚起了毛球，便證明剛剛跳出去遭人打罵的貓肯定是毛球了。

崔薇這會兒來不及去想怎麼有人知道毛球的名字，心中又急又怒，不知怎的，她腦海裡卻突然想起了聶秋染之前與她說過的，讓她有難抱著毛球去找羅玄的話來。這會兒毛球跑了，自己被劉攸這個瘋女人逮著，不知道那隻貓要跑到哪兒去，這傢伙一向性子野慣了，京中這樣大，說不得牠就找不到回來的路了。

「妳們放開我！」崔薇一想到這兒，心中很是著急，連忙掙扎。

就在她說話間，一陣貓叫與一連串急促凌亂的腳步聲朝這邊走了過來，幾個嬤嬤伸手掐在她胳膊上，將她渾身掐得劇疼。一隻手「啪」的一聲往她臉上抽了過來，崔薇身不由己地被人抓著頭髮抬起臉來，這一巴掌抽過來時，她下意識地努力偏頭去避了一下，這一扯頭皮便被扯得生疼，那一個本該抽在她臉上的耳光卻是拍在了她的額頭上，頓時腦袋一重，額頭便火辣辣的疼痛了起來。

一個陰柔略帶了些冰冷，又似是還有些激動的聲音響了起來——

「姊姊……」

崔薇本來還以為自己會再挨上一巴掌，這下子應該是躲不掉了，可不知為何，那一巴掌遲遲沒有來，反倒是伸手抓著她頭髮與胳膊的手突然間放了開來，崔薇本來就站立不穩，剛剛又被人拍到了腦袋，別人這一放手，她原是全靠人用力拉著才直起身來，這下子便直直朝地上倒了下去。

聽到有人喚了她一聲姊姊，並朝她衝過來，一隻潔白如玉的修長手掌扶在她腰間，接著崔薇被人抱了起來，頭靠在一片平整結實的胸膛上，周圍傳來幾聲慘叫聲，以及劉攸等人驚慌失措的呼叫聲，眼前風景急速掠過，她耳邊的頭髮被風吹了起來，眨眼間工夫，她已經被人抱在懷裡，靠坐在一個人腿上。

這樣親密的姿勢被人抱在懷裡，臉頰邊靠著的穿了錦衣的胸膛一片平整，證明自己是被一個男人摟坐在了大腿上！崔薇臉頰一下子紅了起來。

「姊姊、姊姊、姊姊……」

那人已經伸手掐著她腰間，一隻白皙修長的手捏著她下巴，將她臉抬了起來，一迭連聲的姊姊鋪天蓋地的湧入她耳朵裡。

自己又沒有弟弟，哪來的人喚自己姊姊？她在崔家就是最小的一個！崔薇暈頭轉向地想要站起身來，但還沒掙扎著站起來，又被人抱進懷裡，根本沒來得及看這人模樣，只見到眼前穿著紫袍的身體。

一股冷幽的淡淡血腥味傳進崔薇鼻孔裡，那個人摟在她腰間背上的手險些將她勒得斷了氣，這人似是十分激動，身體還輕輕有些顫抖起來，崔薇本來想說自己沒有弟弟，這人是認錯人了，只是還沒開口，那頭劉攸等人已經慌慌張張道——

「長、長平侯……」

長平侯？崔薇腦海裡登時浮現出羅玄的名字，之前長平侯羅玄的人當街殺人，已經給她心理造成一些陰影了，這樣囂張的事崔薇以前從未遇到過，因此長平侯羅玄的名字一下子就牢牢印在了崔薇心裡。

「長平侯？長平侯在哪裡？」崔薇一邊掙扎著想要下地，那個抱著她的人卻死死將手勒在她腰間，將她嬌小的身體都抱了起來，使她雙腳懸空，崔薇掙扎了幾下，那人聽到她這樣一問時，這才依依不捨地將她給放下來。

「姊姊。」

又是一聲溫柔又帶了些親暱的呼喚，崔薇一旦腳落到地，登時便退了幾步遠，這才捂著腦袋，看清了眼前的人。

眼前這人年約十四、五歲，面容清臞，一雙幽黑的大眼睛，似是盛滿了冰寒，這會兒卻帶了些單純與執著的歡喜之意，直盯著崔薇看。

明明這人崔薇並未見過，但不知為何，她總覺得自己像是認識這少年一般。此人穿著一身深紫色衣袍，衣襬用金線勾邊，看起來華貴非凡，頭頂戴著紫紗帽，只是帽中卻有一顆約龍眼般大小的夜明珠，兩根紫色絲帶自他消瘦的臉頰旁繫了下來，在下巴處繫成結，兩端分別各串著一串玉珠，通身紫色襯得少年眉目更為俊美精緻，且氣勢也強硬幾分。

少年滿臉的戾氣，眉宇間又帶著幾分陰柔，這分俊美使他看起來如同一個美貌至極的少女一般，若不是自己之前還靠在他胸口，確定此人並不是個少女，而是個男孩兒，恐怕這會兒也要認錯了。

「姊姊，過來。」客棧之中死一般寂靜，只剩了那貌美如花的少年衝崔薇笑得燦爛，一邊衝她伸出手來。「這些人是不是想傷害姊姊？」

劉攸等人的臉色隨著這少年的每一句話而漸漸變得慘白，接著開始簌簌發抖，說不出話來。

崔薇伸手揉著腦袋，原本想說自己不是他的姊姊，只是眼角餘光在看到一個面目陰沈，臉上乾淨無鬚的中年人時，她一下子便想起來，這是之前在這客棧中親自斬殺了那中年舉人的人，崔薇身體頓時不自覺地哆嗦了兩下，腦海裡閃過長平侯的名號。此時見那中年人老老實實跟在這容貌俊美的少年身後，低垂著頭，手裡還抱著一隻掙扎不已的白貓，她頓時尖叫了起來，指著少年肯定而大聲道：「你是羅玄！」

她話音一落，劉攸等人抖得越發厲害，少年身後一路跟著出來的十來個人臉色全變了變，想到這少年一向手段陰狠毒辣，崔薇不由自主地也跟著哆嗦了起來。

出乎眾人意料的，少年並沒有因為崔薇竟然敢直呼他的名字而發怒，他反倒是眼中流露出受傷之色來，如同一隻迷途的小鹿般，一向手段狠毒的少年，竟然露出這般純粹而委屈的神色，令一旁眾人全震驚不已。

「姊姊，妳不認識我了嗎？」少年語氣中露出傷心，表情顯得十分失望。

不知為何，看到他這模樣，崔薇心裡也跟著難受起來，她看著少年難受的表情，又想著他熟悉的模樣，再聽到他喚自己姊姊，不知怎的，崔薇腦海裡漸漸開始生出一個影子來。這輩子能喚她姊姊的人少之又少，還是姓羅，又如此熟悉，再想到自己被劉攸的人捉住時少年喚毛球的情景。

「小、小石頭？」崔薇試探地輕問，一句話像是含在嘴角邊，不敢說出去。

之前羅玄的名字已經在她心裡落了根，讓她心中有些害怕這樣視人命如無物的大魔王，只是沒料到原本以為凶神惡煞殺人如麻的人，竟然是這樣一個如花般美貌的少年。加上之前對羅玄的印象，教她也不敢直接喊出聲，就怕這人不是羅石頭，自己喚錯了，到時惹得人家惱羞成怒，一把抽出刀來也把她戳上幾下。畢竟此人雖然也姓羅，但可是羅玄，而且身分還是一個侯爺。

少年在聽到她這話時，眼裡黯淡的神色迅速間褪了去，接著眼神一亮，連臉龐上也像是含了笑意般，整個人明媚得如同一輪初升的太陽般，眼角眉梢都跟著亮了起來。「姊姊，再喚我一次。」

「石頭？小石頭？」這下子崔薇不再遲疑了。聽到少年肯定的回答，她頓時大聲喚了出來。

這會兒沒輪到少年答話，周圍已經響起了一陣陣倒抽冷氣時的聲音，那抱著毛球面目陰沈的中年人，這會兒嘴角已經不住抽搐起來，眼珠也險些掉落出眼眶。

「小石頭、小石頭？小石頭是你嗎？」崔薇一連聲喊了好幾句。

一向在眾人眼中陰狠毒辣的美少年，這會兒笑得春光燦爛，沒有如眾人所料一般的暴跳如雷，也沒有像客棧中人所猜的一般立即便拔刀出來將崔薇砍成兩半，反而令眾人眼珠子都快滾落眼眶的點了點頭，大聲道：「姊姊，我是！」

「啊～～」崔薇尖叫了一聲，又哭又笑，一把撲進羅石頭懷裡！

羅石頭緊緊將她摟緊了，眼睛裡也跟著冒出水氣來，用力眨了眨，感覺到懷裡崔薇已經在掙扎了，這才將她給放開，又拉了她坐在客棧內的凳子上，一邊盯著崔薇就道：「姊姊，妳怎麼來上京了？要是早知道姊姊要來上京，我就來接姊姊了，也不會讓別人欺負姊姊。」

他說到這兒時，臉上的笑意一下子便收了個乾乾淨淨，目光陰沈下來，狠戾地往客棧內掃望了一眼，四處瞧了瞧，見到一旁的劉攸時，他這才瞇了瞇眼睛，盯著劉攸頭也不回便與崔薇溫柔道：「姊姊，是不是這些人欺負妳了？我替姊姊教訓她們，好不好？」

少年像是急於要討好她一般，轉過頭來，一雙眼睛裡含著哀求與緊張，眨也不眨地盯著崔薇看。

此刻的他如同一個孩子想要得到大人注意力，於是乖乖聽話做事，想獲得大人歡喜與讚美一般。

崔薇看著面目陰柔的少年，見到他眼裡的緊張與在意，不由鼻子一酸，心裡頓時生出一絲委屈來。這些天聶秋染不在客棧中，劉攸那天過來威脅她時，心裡的委屈，以及今日險些被人抓住挨打的驚嚇，在眼前這個雙眼溫柔得似陽光又滿溢著擔憂與關心的少年面前，一下子就爆發出來。

崔薇抽了抽鼻子，一邊就道：「小石頭，你這些年去哪兒了？你知不知道我還讓人四處找你，要去哪兒至少要跟我說一聲……」

她不停的念叨埋怨著，可是羅玄臉上不只沒有絲毫的不耐之色，反倒是笑意越來越濃，眼中的冰冷與殺意褪得一乾二淨，如同一個清純而乾淨的少年一般，若不是他身邊好些人都知道他性情，恐怕這會兒還真要當他只是如外表般單純而不知世事險惡的少年。

「姊姊、姊姊，先別說，等打發了這些人，我再跟妳好好說話。」羅玄一邊拉著崔薇的手，如同小時喜歡牽著她的手喚她崔姊姊一般。

崔薇看到少年俊美似朝霞的笑容，忍著心裡的難受，點了點頭。

那頭不遠處劉攸面色慘白，身子開始哆嗦了起來。她沒料到崔薇竟然跟羅玄相識，之前那個定州府秦家的小子與她說聶秋染恐怕與羅玄相識時，她還不信。羅玄是她太子堂兄身邊的近侍，深得太子寵信，如今皇上身體大不如前，太子監國，對羅玄更加縱容，大部分的軍權竟然都掌握在羅玄手中。劉攸雖然名義上是個郡主，但她無權無勢，而羅玄素有凶名，他曾當眾將嘲笑他的權貴子弟割去舌頭，可最後那家人鬧起來時，太子不只沒有喝斥羅玄，反指那家人不尊敬皇上，忤逆先皇，而將人奪爵去位，關押入牢。

劉攸一想到這些人惹到羅玄時的後果，頓時嚇得面色更白。

羅玄此人睚眥必報，且心性狠毒，自己今日不過是教訓一個鄉下姑娘，不知為何竟然犯到了他手上，這羅玄平日裡性情高傲，連皇太子他都不曾低聲下氣，此時卻露出這樣的面目對待這姓崔的丫頭，還口口聲聲喚她姊姊！劉攸的臉色更加難看了，原本跟在她身邊的幾個少女個個都害怕得哆嗦了起來，客棧之中一片死寂，莫名的壓力在羅玄輕聲說話之時，如同一塊巨石，重重壓在眾人心頭。

「長平侯，長平侯……」已經有人先哭了起來，一個少女滿臉的惶恐之色，身子抖得如同秋風中落葉般，淚流滿面。「不關我們的事，是元陽郡主，是劉攸，是她要打長平侯的姊姊的……」眾人一致指著劉攸。
另有人指著顧寧溪道：「是顧家小姐拿凳子砸她腿的……」
為了推卸責任，眾人妳一言我一語的開始衝劉攸兩人指責了起來。
羅玄臉上的笑意越來越深，但眼中卻如寒冰凜冽。眾人瞧他這模樣，越發嚇得厲害。
崔薇頭昏腦脹，這才看到一旁倒在地上捂著胸口滿臉慘白的幾個嬤嬤，她頓時吃了一驚，這才想起了羅玄的身分。「小石頭，你怎麼成羅玄了？」她說完，像是想到了什麼一般，也顧不得劉攸等人，站起身來，上下打量了羅玄一眼，想到傳聞中人家說羅玄是太監，並且與皇太子劉乾關係曖昧之時，頓時臉色發白。
羅玄的面容光潔如玉，乾淨無比，他外表看似比他年紀大了幾分，而他本來正該是身體發育之時，臉上本來該冒出來的鬍子卻一點未見，眉目陰柔，崔薇眼裡一下子沁出一層水意來，吸了吸鼻子，愣愣地又坐回了位子上。
「小石頭，你……」崔薇表情僵硬，嘴角剛剛一動，便又咬著嘴唇，說不出話來。不知是不是因為羅石頭小時候喊她一聲姊姊的原因，此時看他變成這個樣子，崔薇心裡難受得很。
「姊姊，妳還是我的姊姊。」羅玄臉上的笑意頓時有些發僵，眼裡的光彩有些黯淡，亦是帶著一絲倔強。
少年臉上這樣的神色許多人還是頭一次見到，羅玄身後那些內侍都好奇地看了崔薇好幾眼，不明白為什麼在他們心中原本狠辣異常的少年，竟對這小丫頭如此溫順。那日過來殺了中年士子的太監這會兒心裡還帶著後怕，他認出來崔薇就是那日被聶秋染抱在懷裡的人，這會兒才想到幸虧自己當初沒有殺了她，否則羅玄一定會活剝了他！

「姊姊先別管這些，打發了這些人，我有話要再跟姊姊說。」羅玄抿著嘴唇，站起身來。他原本年紀就不大，本來就是是非不辨之時，從小的遭遇令他看慣了世間陰冷，使他性格變得很是極端，對他好的，他自然是要加倍還回去，抓住那一絲溫暖，可若是對他不住的，當然要千百倍的將人家欠自己的討回來！

事實上羅玄與聶秋染的性格中，都是喜歡一個人恨不能將人捧到天上去，可若是有人對不住他，令他厭惡，成為他的眼中釘，他自然恨不能將人給直接踩到腳底。

崔薇皺了眉頭看著劉攸等人，雖然她不喜歡劉攸，也恨不能出一口氣，但劉攸的身分她知道，是皇室血脈，是郡主，這些天來羅石頭的名字她雖然聽了許多，但到底心中仍是擔憂他為了自己的事情而惹上麻煩，因此猶豫了一下，仍是咬了咬嘴唇，搖了搖頭。

「小石頭，不用管她們了，她們欺負我，應該聶大哥替我出氣才是，你一個人，我也不知道怎麼到如今的，但我不希望你為了我惹上這一樁麻煩，那是聶大哥的事情。」

聶秋染是她丈夫，為她出頭出氣那是天經地義的事情，但羅石頭與她非親非故的，崔薇不希望他為這事而惹出麻煩來。

崔薇這話音剛剛一落，那頭門口處便傳來了輕笑聲。

羅玄臉色有些不大好看，轉過頭去，看到站在門口的聶秋染時，他站起身來，有些恭敬地看著聶秋染，嘴裡喚了一聲——

「聶大哥。」

第一百一十五章

不知為何，聶秋染前世時還對羅玄恨得咬牙切齒，最後還死在羅玄手中，雖說是他自己再無求生意志而自願赴死，但他心裡對於羅玄依舊是恨得牙癢癢的。可這會兒一聽到羅玄喚的那聲「聶大哥」，聶秋染卻是從心裡到外渾身舒坦了起來。

羅玄這小子當初一直囂張跋扈，為人肆意隨興，在京中的許多權貴，背地裡瞧不起他的人不少，而恨他的人更是多到數不勝數，聶秋染也一直為前世之故對他多少有些芥蒂，可此時一聽到他喚聲聶大哥，心裡頓時就平衡過來了。

這小子前世時如此狂妄，沒想到也有今天這樣溫順似貓般的一天，前世羅玄就是對聶晴另眼相看，要報聶晴無意中施與他的恩情，雖然對聶晴多加照顧，可卻從來沒有露出過這樣溫順親暱的模樣來，反倒性格反覆無常，為此聶晴背後沒少罵他，聶秋染在這一刻心裡的心思轉個不停。

看了坐在羅玄身邊的崔薇一眼，聶秋染見兩人靠得這般近時，心裡有些微的不是滋味，又看到崔薇有些散亂的頭髮，以及客棧中表情有些不安的劉攸時，他頓時鬆了一口氣。

目前看來是劉攸找崔薇麻煩，但幸虧羅石頭過來了。

聶秋染眼睛在客棧內轉了一圈，這才朝崔薇走過來。在貢院裡待足了幾日，聶秋染下巴處冒出隱隱青色的鬍子陰影來，讓他原本白面書生般俊朗的面貌又多添了幾分魅力。

與羅玄那樣純粹漂亮精緻的少年不同，羅玄雖然長得好看，但他氣質偏陰柔，又時常帶著一種邪氣，行事隨心所欲，殺人的事也毫不忌諱，於是看人時目光裡像是帶了血光一般，被他一看時就讓人心裡隱隱有些不適與害怕，而聶秋染則是溫文爾雅的清俊少年郎，一看便能讓人心生好感，生出信賴之感。

劉攸看到聶秋染直直朝崔薇走過去時，心裡不由有些酸澀，她身分高貴，不過是看中了一個窮學子，可偏偏事情卻不能如她之意。劉攸雖然心中不大痛快，但好歹還知道眼前是個什麼情況，羅玄這人就是一個煞星，惹著了他後果如何還不知曉，她渾身打了個冷顫，不安害怕了起來。

「薇兒，她們欺負了妳沒有？」聶秋染走得近了，看到小姑娘額頭上的指頭印，眼神頓時一沈，嘴角就抿了起來，伸手替她撫了撫額頭，又將她散亂的鬢髮解了下來，站在崔薇身旁以指作梳，替她綰起了頭髮，一邊也不出聲。

羅玄有些羨慕的看著崔薇倚在聶秋染身上的樣子，又想到剛剛崔薇不要自己替她出氣時的話，既是有些高興姊姊替他著想，又是有些不快崔薇沒將他看成自己人。

羅玄站起身來，招了招手。「將她們各自帶回去，元陽郡主也先送回宮中，至於剛剛誰說有人用凳子撞到了我姊姊的腿……」

他話一說到這兒，眾少女不約而同地便將手指向了臉色慘白的顧寧溪，齊聲道：「是她！」

聶秋染的目光也看了過去，被人用手齊齊指住的顧寧溪這會兒臉白得如同窗紙一般，整個人哆嗦了起來，身上披著一套銀鶴羽的大氅，這會兒卻襯得她嘴唇都有些泛白了。

聶秋染只看了她一眼，便將目光挪開來，前一世的舊人，此時再看見，他冷靜得心湖波瀾不起，其實之前應秦淮之約帶崔薇遊園時，也見過顧寧溪一面，那時他就已毫無所感了。

他本來就是一個性情冷淡的人，如今重活一世，前世的種種與他本來就再無關係，上一世時他雖然娶了顧寧溪，但彼此之間夫妻感情冷淡溫吞，他又不是憐香惜玉之人，再者這些又都是上一世的事情，這輩子自己與她並無瓜葛，她的死活，聶秋染自然不會去管。

那顧寧溪在看到聶秋染目光從自己身上掠過時，眼裡不由透出一絲驚喜來，但看他目光淡漠，如同看一個毫不在意的陌生人時，她眼裡的神色又黯淡了下去。不知為何，她心裡總覺得聶秋染應該娶自己，不應該娶崔薇，也不應該與劉攸有什麼瓜葛，這種莫名其妙的念頭就連她自己都覺得有些詫異，但她卻根本控制不住這樣的念頭。聶秋染雖然出色，但出身太低，且又目光中從來沒有她，不知是不是得不到的她卻偏想得到，又或者是因為此人是元陽郡主劉攸看中的人，她就偏想要得到，她心緒一片混亂。

羅玄厭惡地看了顧寧溪一眼，這才輕聲道：「如此喜歡撞人腿，那也讓她嘗嘗撞人腿的滋味！」一說到這兒，羅玄放肆地笑了起來。「你們將她腿給撞滿百下，才准回去，如若不然，你們誰也別想走！要是誰用輕了力氣，我就來親自撞她，如何？」

幾個少女一聽這話，頓時面如土色，心裡暗罵這人性情果然變態如鬼畜，只是她們時常聽多了羅玄的傳聞，且又身手不凡，對他的事蹟比旁人明白得更多，因此這會兒一聽他說話，頓時戰戰兢兢地答應了下來。

今日不將顧寧溪撞一百下，她們也知道自己恐怕真走不出去，可若當真撞了她一百下，又得用盡渾身力氣，顧寧溪的腿肯定會被撞斷，這顧寧溪可是顧家嫡系的嫡長女，若是真將她腿撞斷，往後自己家便與顧家結了梁子。

雖說這幾年顧家聲勢大不如前，被當今聖上明削暗貶地打壓了下去，可到底是百年大族，幾個少女心中暗自害怕著，只盼以後顧家將這口氣出到羅玄身上，於是開始拿了凳子。

「將人給我拉住，不要讓她動彈。」羅玄懶洋洋地吩咐了一句，這才拉了凳子坐到了崔薇面前，討好地看了她一眼，一邊高興道：「姊姊，妳說這樣好不好？」

崔薇看著他滿臉討好的神色，頓時勉強點了點頭，但仍是有些擔憂，羅石頭並無根基，能混到如今地步，可以想像他有多不容易，更何況他跟自己非親非故的，不過就是憑著年少時的一點情誼，憑什麼要人家幫自己，尤其還是冒著得罪這樣多人的風險。

她本來想說讓聶秋染替自己出氣的，只是她還沒有開口說話，那頭羅玄就像是知道她要說什麼一般，眼裡露出受傷之色來，接著又回頭有些聲音尖銳道：「給我撞！」

一個少女被嚇了一跳，手裡的長條凳子重重地被她踢了出去。

顧寧溪被人抓著身體捏著足踝站在原地不敢動彈，那長條凳子一端朝她滑了過來，

「砰」的一聲正巧就撞在了她的膝蓋骨上，顧寧溪臉色一白，鼻腔裡發出一聲悶哼，身體便痛得顫抖了起來。

羅玄冷哼了一聲，有人便嚇得更加厲害，好幾條凳子被人踢了出去撞在了顧寧溪身上。凳子有高有矮，有些撞在大腿上，有些撞到膝蓋骨處，雖說顧寧溪性格能忍，但不一會兒下來卻依舊忍不住嘴裡發出尖叫與哭泣聲。她倒是沈得住氣，挨了好幾下也不求情，但滿頭大汗，已經如同落雨般，順著臉頰往下滴落。

崔薇看著眼前的情景，頓時也覺得膝蓋跟著像疼了起來。

那頭羅玄卻不說話，只讓人足足撞了有一百下，才將顧寧溪放開來。

這一百下撞完，眾人一放開手，顧寧溪便軟軟的倒在了地上，整個人猶似從水裡撈出來的一般，臉色慘白，已經昏死了過去，她的膝蓋處已經血肉模糊一片，裙襬上滿是血跡，當下好像沒了氣息一般。

剛剛連著聽到了好幾次骨頭脆裂的響聲，少女們既是害怕，卻又不敢停下來，這會兒顧寧溪一被放開，好幾個人忍不住已經跟著哭了起來，羅玄這才揮了揮手，示意眾人出去，客棧裡才有婆子面色慘白、戰戰兢兢地起身，將自家主子或揹或扶的弄出去了。

這會兒客棧外的人漸漸多了起來，但羅玄身邊的人卻帶了長刀大剌剌地守在客棧門外，不准人進來。

崔薇倚在聶秋染懷裡，這會兒她頭髮綰過了，看起來已經不像之前那般狼狽。

羅玄看了客棧中一眼，又看著崔薇，這才討好的蹲到了她面前，似撒嬌般的道：「姊姊，我替妳出了氣，妳別住客棧了，我給妳安排地方吧，好不好？」

聶秋染低頭看著面色微白的少女，又看了一眼蹲在自己面前如同一隻討主人歡心的貓般的羅玄，心裡的爽快自然不用再提了。

崔薇對羅玄道：「小石頭，我住這邊挺好的，我想等聶大哥的消息，若是他要留在京中，我也想自己買套宅子，我不想麻煩你。」崔薇一想到羅玄如今的地位，代價是他變成了內侍，心裡就難受，自然不想給他添麻煩，因此搖頭拒絕了他。

「姊姊現在不喜歡我了嗎？」羅玄臉色頓時黯淡了。

眾人驚駭地看著平日肆意狂妄的少年，竟露出這種像被拋棄的可憐小鹿般的表情，個個不敢置信。

羅玄卻不在意別人的看法，本來還想跟崔薇再說什麼的，只是崔薇卻是覺得眾人目光都落在自己身上，感到不大自在，因此打斷了羅玄的話。「小石頭，要不咱們回房裡好好說說話吧，我三哥也在這兒呢，等他回來，他看到你一定也很高興的。」

崔敬平本來是出去接聶秋染的，但現在聶秋染獨自回來了，那兩人沒接到人，肯定很快就回來了。

羅玄勉強點了點頭，一雙眼睛落在崔薇臉上，半晌移不開來。

聶秋染借著上樓洗漱，留給了這對久別重逢的姊弟有單獨說話的機會。這會兒他心中正暗自好奇，前一世明明羅玄出現在京城時，他已經出了翰林院，被當今皇上外放為五品都尉，當時他以文出身，最後卻被皇帝任為武官，還曾被不少人嘲笑。

當時羅石頭初入京，他幼年時過得很不如意，十歲時父親去世，大嫂聶明對他並不好，時常虐待，只是他從小性格便極端，也狠得下心，他不只是對別人殘忍，對自己也同樣殘忍，走投無路之下，自己勒了命根子，入了當時選進宮做太監的車。後來大慶朝出征時，他被人排擠，一併出去，誰料那一次他出去時得了一個奇緣，受人教了滿身的武功，最後救了皇太子，而漸漸受太子劉乾看中，逐漸手掌大權。

而上一世他勒了命根子做太監時，已經十四、五歲，待出人頭地時已經是二十五歲之後了。聶秋染外放後立功而被皇帝賞識，最後成為二品總督時，才是羅玄漸漸開始得勢之時。

這一世的事情足足比前世提前了好些年，羅玄如今才十四、五歲，可他竟然同樣的身懷武功，而且比上一世早幾年受皇太子劉乾看重喜歡，上一世明明不是在這個時候，當今正德帝身體病弱時，應該是十年之後的事情，可偏偏就在此時，皇帝病弱，羅玄歸來。

聶秋染對這件事心中還有些琢磨不透，而前世他雖然知道羅玄有恩必報的性格，也相信當年崔薇對他有恩，他會對崔薇全力以報，但不知為何，這會兒一想到羅玄喚自己妻子姊姊，又盯著崔薇不放的眼神，令他心裡隱隱有些不快。

換過衣裳後，才得知崔薇等人去了崔敬平那邊，羅玄這會兒正坐在房間裡，崔敬懷戰戰兢兢的坐在一旁，崔敬平估計知道長平侯羅玄的身分了，這會兒正與他玩著挑竹籤的童年戲碼。聶秋染過來時，正好就看到羅玄喚著姊姊，伸手要抱崔薇的情況。

聶秋染臉色頓時黑了大半，大步流星走過來，一邊張開手來擋在崔薇面前，語氣有些不善地說：「男女授受不親，就是親姊弟也要避嫌！」

「我還算男人？」羅玄原本笑著的臉色一下子就黯淡下來，一邊語氣有些失落地答了一句。

一想到羅玄如今的太監身分，崔薇一下子有些心疼起來，剛想安慰他幾句，那頭羅玄已經冷笑了起來。

「不過也沒關係，那些逼得我不是男人的人，我已經讓他們全部不能做人了！呵呵呵。」說到後來時，羅玄森然地笑了起來。

他語氣裡帶著陰戾與殺意，聽得崔薇眼皮跳了跳，這才想到這些天來住在客棧裡眾人私下對羅玄的評價來，性格陰晴不定，喜怒無常，且極為暴戾，性情凶殘。雖然不知道羅玄當日究竟經歷過什麼，但看他剛剛還好端端的，可一下子卻露出殺意來的表現，崔薇便知道羅石頭並不是當日那個有些內向，可以任人欺負的少年了。

「姊姊，我聽崔三哥說姊姊要賣吃食嗎？我給妳選了幾個鋪子，姊姊明日去瞧瞧，看中哪個鋪子便直接去，這些宅子都是送給姊姊的。」

他剛剛還一副殺氣騰騰的樣子，轉眼間又換成了討好的模樣。

崔薇還有些沒回過神來，那頭羅玄已經連著掏了一大疊銀票出來，遞到了崔薇面前。

「姊姊，妳先拿去，一些珠寶等物，等姊姊搬了家，我直接讓人給姊姊送過去。」

這些物品全是人家巴結討好時送給羅玄的，不知道是不是小時性格缺失，他骨子裡對於這些東西來者不拒，可偏偏自己樣樣不缺，也一樣都用不上，現在正好可以用來送給崔薇。

「這些東西，你自己留著吧，鋪子借一個倒成。」聶秋染表情有些不大好看了，自己的媳婦兒當然是自己養，雖說羅玄如今確實不是個男人了，但這傢伙實在是太黏人了，與前世他的性格完全不一樣。

雖說前世羅玄對聶晴也極為照顧，可到底不像現在一般，總是黏著崔薇，聶秋染只是想給崔薇找個保護的後盾，並不是想找個男人來搶自己媳婦兒的注意力的。

羅玄對聶秋染拒絕他的話，並沒有生氣，反倒只是微微笑了笑，又突然開口道：「聶大哥，聶明等人現在正在我的住處，聶大哥想見他們嗎？」羅玄挑了挑眉頭。

崔薇一聽這話，頓時愣住了。什麼叫聶明在他的住處，聶明不是在黃桷村的嗎？她心下生疑，那頭聶秋染卻是心中明白，恐怕這廝已經幹了屠村的勾當，只是當初恨聶明等人太過，因此將人給擄到了上京，不準備讓他們死得太過痛快。

作為前一世的老對手，聶秋染對羅玄的性格可是極為瞭解的，一聽羅玄這話，頓時就明白了過來。雖說前一世黃桷村到最後雖然依舊被他屠殺了個乾淨，不過那時的黃桷村可不是在現在沒了的，而是在好幾年之後，沒料到這一世好多事情變了，連時間也跟著變了。

聶秋染不動聲色地看了崔薇一眼，這才似笑非笑看了羅玄道：「已經沒有活口了？」

對於他這話，羅玄像是有些吃驚，半晌之後才跟著笑了起來，點了點頭道：「只是當初看在聶大哥的分上，暫時還留著他們，若聶大哥喜歡，我明日就將人送來！」

聶明心思歹毒，自己兩世為人，都險些在六歲時死在她手中。

而聶明前一世時是直到聶秋染已經任定州與江淮二省總督時才死去的，那時聶明已經與羅大成成婚好幾年了，沒少總借著這樣那樣的藉口找他要銀子，兩口子並用他名聲為非作歹。他跟聶明雖然是兩世的兄妹，但感情並不深，聶秋染兩世為人，要說再有什麼親情與人性，早在前一世死時，這些東西便已經消失得個乾淨了，這一世他若最多要付出真心，也就對崔薇一個人而已。

崔薇對聶秋染而言是不一樣的，一開始他是將她當成媛姊兒一般，漸漸對她撤下心防，然後才慢慢愛上她，若不是因為前一世的媛姊兒，恐怕他的心裡，也不容易為崔薇分出一道門來。

這會兒一聽到聶明的名字，聶秋染溫和地笑了笑，只答了一句。「你瞧著辦吧，隨你高興就是。」

羅玄跟著笑了起來。

崔薇不知道這兩人說的是什麼，講了半天只聽他們如同在打啞謎似的，頓時臉黑了大半，看一旁的崔敬平與崔敬懷二人也是傻愣愣的樣子。

她頓時將手裡的銀票朝羅玄推了過去，一邊道：「小石頭，這些銀子我不能要，這些全是你的。」

羅石頭能以一個無依無靠的小孩兒之身混到如今封侯的地步，不知吃了多少苦頭，崔薇哪裡會要他的銀子，再說她又不是掙不到錢，更何況對於她來說，這輩子只要能平淡安穩的過下去便已經是不錯了，她並沒有多大的野心，銀子掙得再多，又不像現代時能有千百種的花樣與玩法。

「我的銀子就是姊姊的，姊姊要是不想收，就把它燒了吧！」羅玄一邊說完，一邊朝崔薇伸手過來，要抓她手裡的銀票。

崔薇看到陰柔美少年眉宇間的戾色，頓時嚇了一跳，連忙下意識地將手一縮，但羅玄動作極快，仍是被他搶一張過去。

羅玄想也不想便朝一旁的燈盞點了起來，沒一會兒工夫那銀票便成為了一堆灰燼，被他扔一旁的茶杯裡去了。

崔薇下意識地去看銀票的數目，每張都有一百兩，剛剛羅玄那樣一燒，便燒了一百兩銀子！崔薇頓時心痛了起來，這一百兩銀子可是她如今所有財產的十分之一了，這敗家子一下子就燒掉了一百兩，要是換到小灣村的人看到這個數，恐怕要心絞痛了。

「姊姊不想要嗎？」羅玄一邊燒完銀票，一邊拍了拍手，斜著眼睛便看了崔薇一眼，嘴角邊還帶著笑意，像是剛剛做了一件微不足道的事情般。

崔薇哪裡還敢說不要，連忙搖了搖頭，將銀票收了起來。這裡如此多銀子，羅玄既然要給她，她就先給收著，以後等他要用了時，再給他就是。只是羅玄如今都已經入宮了，往後連個子嗣都沒有，而且又不能娶妻，也不知道他拿銀子來有什麼用，崔薇一想到這兒，心裡又有些難受了起來。

羅玄神色倒是淡然，與崔薇說了一下這些年來的情況，與前一世幾乎相同，唯有一些出入的，便是崔薇給過他二兩銀子的細節處了。

當日聶明淹死了羅玄的母親剛產下的女嬰之後，便準備將他賣入教坊之中做小倌兒，羅玄當時年紀小，雖然身體瘦弱，但其實長得很是眉清目秀，聶明不想白養這麼一個閒人，而羅玄又一向有掃把星的名頭，她也瞧著羅玄不順眼，再加上她又查過羅玄沒有什麼秘密，聶明當下便起了歹心。

那時羅玄無意中知道了這個事，他當初年紀雖然幼小，但其實心思縝密，且極為沈得住氣，又心狠手辣，不只是對別人狠，對他自己同樣也狠！得知聶明的打算之後，知道她想將自己養好了再送入教坊中，便也一面裝作歡天喜地的樣子，一面背地裡卻起了心思想入宮，比起從此以後成為一個迎來送往、被人當作玩物一般的下賤物兒，他寧願從此入宮之後逃得一條生路。

羅玄那時手裡有銀子，又趁著聶明鬆懈，等她想送自己入縣中教坊時，乘機半路逃脫了。

他當時將崔薇給他的二兩銀子一直小心藏著，因此沒被聶明發現，一旦逃出來之後，他將銀子取出，雇了馬車，很順利便入了臨安城。在一路入京的艱辛途中，卻遇著隨意抓人充作罪奴數的官兵們，被帶往西涼，後無意中救了一個陰姓老頭，被他教了武功，在西涼待了一年時間，接著再進的宮。

在宮中待了一段時日之後，他陰狠歹毒，從當初侍候宮中老太監處，一路混到後來太子宮中，後又隨太子出征，直到後來救了太子一命，才開始漸漸富貴。

在西涼以及宮中的日子羅玄沒有詳說，但崔薇也聽得出來他恐怕過得並不如何好，心裡不由酸澀。

羅玄從腰後抽出一支匕首來，滿臉的興奮笑意，一邊道：「姊姊，妳瞧瞧，我還留了什麼。」

他這模樣嚇了崔薇一跳，想到他喜怒不定的性格，又看他拿出匕首來，眼皮不由跳了跳。

羅石頭將袖子一把挽了起來，他潔白如玉一般的胳膊上腫起了一個約有拇指般粗細的疙瘩來，不知長了個什麼瘤子，上頭還有疤痕與線縫過的歪歪扭扭的痕跡，周圍像是有碗口般大小的印記，皮膚像是爛過一般，羅玄拿了匕首在那瘤子處割了起來，嚇了崔薇一跳。

「小石頭，你幹什麼！」

「姊姊不要怕。」雖說刀子是動在自己身上的，但羅玄神色裡卻帶著一絲興奮之色，臉上絲毫沒有痛楚的模樣，那血一下子便順著他的胳膊流了下來。

這情景崔薇瞧著都替他疼，他卻連眉頭都沒有皺一下，可以想像平日裡恐怕受過遠比這更嚴重的傷，也許是習慣了，所以才絲毫不覺得疼痛。

「趕緊找東西包紮一下，三哥，找烈酒，聶大哥，我要針線……」崔薇說話時聲音都有些抖了起來。

羅石頭卻將那瘤子劃開，手中的匕首被他隨意一扔，手指伸進傷口處掏弄了半晌，崔薇看著這樣血腥的情景，鼻端滿是血腥味，險些吐了出來。

那頭羅玄終於從傷口處掏出一個東西來，有些驚喜地與崔薇道：「姊姊，妳瞧，這是妳當時送我的銀子，那車夫竟然敢收，我把它拿回來了，姊姊，妳看。」

羅玄一邊說著，一邊拉了崔薇的手，將那染了通紅的血，像是已經與肉連在一起，卻被他硬生生摳出來的銀子放在了崔薇手掌心上。

那股紅的肉團還帶著濃重的血腥味，放在崔薇手掌心中，襯得她掌心肌膚潔白得如同上好透明的細膩羊脂玉一般，這銀子不只是帶著羅玄的血，還帶著他身體的體溫。

這不過是當初崔薇同情羅石頭，慌忙之下給他的二兩銀子而已。他到底是用了怎麼樣的心情，將這銀子縫進他的身體之內？光是看他手腕上的傷口，便知道這銀子縫進去要吃多大的苦頭！剛剛的一百兩他毫不在乎便點火燒了，自己當初不過是無意中給他的二兩銀子，他卻是珍而重之的藏在身體裡面，現在歡喜得當作獻寶一般拿到自己面前。

崔薇只覺得鼻頭酸得厲害，眼眶裡也是澀澀的，羅石頭還討好地看著她，手臂上血流不止。

「姊姊，妳瞧，姊姊給我的東西，我沒有丟！我把它放在身體裡，誰也別想悄悄偷去！」

「小石頭……」崔薇聽他一口一個姊姊，終於沒能忍得住，手裡緊緊捏著這塊沾了血肉的銀子，一把將羅玄給抱住，放聲大哭了起來。

聶秋染雖然對羅玄這小子一向有些看不順眼，他為人本來極其嚴謹，前世與羅玄這樣刁鑽古怪、性情無常且心狠手辣又毫不在乎一切的太監相鬥很是頭疼，就是重生之後對他也並沒有什麼好感，可此時看到他如此做法，雖然許多人恐怕要認為這少年性情狠辣血腥，但他卻是看到了羅石頭在意崔薇時的心情，像是一個得到溫暖卻深怕失去的孩子般，將銀子藏在了自己身體裡，珍而重之。時常有人說他毫無人性，可卻沒人看到，他對自己也是如此的不留情！前世聶晴只知對他索取利用，又背地裡怕他厭他，卻不知道自己究竟是怎樣將一個人越推越遠，上一世他死後，聶晴最後的結果恐怕也好不到哪兒去啊！

一想到這些，聶秋染忍不住就笑了起來，本來心裡對於羅玄的幾分芥蒂，頓時消了大半。

到了這會兒，崔薇才看出羅玄是真心將她當成了姊姊，是一個最重要的親人，而不只是一個要報恩，或是有交情、禮貌喚聲姊姊那樣的簡單。

崔薇手裡捏著那枚銀子，又捏著那疊銀票，突然間心裡踏實了下來，不像之前收了人家銀子有些忐忑不安的樣子。羅玄給她這些東西時的心情，她像是能理解了。

羅玄就像是一個極度缺少安全感，又略有些長歪了、憤世嫉俗的孩子，可他對於自己在乎的，卻是百般放在心中討好，這些銀子他是用怎樣的心情捧到自己面前，崔薇這會兒一想起來便覺得鼻子酸澀難當，難怪她拒絕收時，羅玄的表現如此古怪無常，若是不瞭解他性格，或是稍膽小一些，恐怕便能將他再傷害一次了。

「小石頭，我銀子可是收下了，你是我弟弟，以後要好好照顧我，好好保護我，知道不知道？」崔薇一想通這些，頓時吸了吸鼻子，故意做出有些高傲的模樣來。

羅玄眼睛一下子就亮了起來，不停地點著頭。「嗯嗯嗯，姊姊本來就是我的姊姊。以後我會好好照顧姊姊，保護姊姊，絕不讓其他人欺負姊姊，只要人家敢對不起姊姊，我殺他全家！」說到後來時，難掩本性，語氣裡透出刺骨的殺意來。

崔薇這會兒卻並不害怕他，反倒是高興地將銀票收了起來，又摸了摸羅玄的腦袋，一向桀驁不馴性格古怪的少年這會兒如同一隻溫順的貓般，低了頭任由她撫摸著，崔薇一瞬間心裡湧出得意的念頭來。

自己的丈夫不是個普通人，性格雖然有些腹黑陰險，不過他對自己卻很好，有一個憨厚老實只知道關心自己的父親與兩個哥哥們就罷，如今還有了一個這樣乖巧聽話的弟弟，以羅石頭的威名，人家如此怕他，以後自己在上京之中不就可以橫著走了？連元陽郡主都如此怕他，以後誰還敢來惹自己，有這樣一個弟弟，就算往後聶秋染有了出息，恐怕也沒哪個敢送他侍妾了。

一想到這兒，崔薇忍不住嘿嘿笑了起來。

聶秋染最瞭解她，與她朝夕相處這樣長時間，一看這傢伙就是得意忘形了，他眼角抽了抽，開口道：「妳在得意什麼？」

「以後沒人敢送你侍妾了。」崔薇不留神，一下子就任他將話給套了出來，回過神來時才覺得有些不大對勁，頓時有些羞惱地看了聶秋染一眼，卻見他衝自己眨了眨眼睛，一邊曖昧的眼神就從她胸脯上溜過，再到纖細的腰肢，崔薇雙腿一軟，頓時就明白了聶秋染的意思，沒好氣地又瞪了他一眼，不理他了。

讓崔敬平出去找人要了烈酒，又取了針線消毒了，崔薇替羅玄將傷口處理過，羅玄又待了一陣，這才回去了。

第一百一十六章

第二天一大早時，羅玄自個兒沒有過來，反倒是派人過來領崔薇去瞧宅子與鋪面等，還讓人送了不少皮毛、奇珍異寶與珠釵緞子等物。

聶秋染雖然不大高興本來該自己養的媳婦被人先養了起來，但他不是真正十九歲的少年，反正往後這樣的生活他也能給得起崔薇，不過是暫時讓羅石頭幫自己養幾天而已，一想到上一世喜怒無常的傢伙，人稱九千歲、勢力張狂的羅玄，被人一天到晚的喊著小石頭，他心裡瞬間就爽了起來。

忙著搬宅子與收拾鋪子的事，本來應該戰戰兢兢等聶秋染考試的結果，可是這一忙起來，眾人便都忘了，一天到晚的收拾鋪子都來不及，哪裡有工夫去想其他。羅玄所送的鋪面是在東南面，是達官貴人的住所處最為繁華的一間稍小的宅子，與臨安城的店鋪相同，一樣可以裡面改成住所，外頭便弄成店鋪。這些天裡崔敬平與崔敬懷兩兄弟都在那邊收拾著，雖然羅玄派了人過來幫忙，但一些事情崔敬平熟一些，又知道崔薇的想法，因此仍要他盯著，進度並不快。

而羅玄送給崔薇兩夫妻住的宅子據說是以前一個已故王爺的住所，那王爺死了之後，宅子便收歸入國庫，不知怎的被羅玄弄到手，如今自然用來送給崔薇，奢華精緻自然不消多說，裡頭占地頗廣，亭臺樓閣，雕梁畫柱，無一不精美異常，崔薇光是在裡頭轉，便花了一整天的時間。裡面設施一應俱全，就連侍候的下人也都是現成的，兩夫妻在客棧裡住著實在很不方便，因此收拾了一些東西，便搬了進去。

大慶朝科考制最後考試共分為三試，一是貢試，再來是會試，最末了才是殿試。等到三月末時，聶秋染的會試已經結束，放榜公布名單時，他沒有意外的自然是在榜上，但此時殿試還要一個月，聶秋染又輕鬆了下來，每天除了寫會兒字，興致來時畫一下畫，其餘時間都用來陪她了。

而就在這一段時間內，京中顧家家族的嫡女顧寧溪卻傳出雙腿已斷的消息來，她從此成為殘廢，只能被送入家廟中修行。

崔薇心中明白，這是上次羅玄的手筆，外頭說羅玄殘暴不仁的話層出不窮，都在可惜著那個花朵一般的姑娘從此因為羅玄而孤苦一生，誰又管顧寧溪之前幹了什麼？

因著外面的流言，崔薇心中十分不爽快，她平日也懶得出門去聽那些閒話，閒暇時索性待在家中與聶秋染一塊兒相伴，倒是頗為清閒自在。

時間一晃便到了五月，聶秋染入了殿試之後，離放榜還有一段時間，正在此時，已經好些日子沒見的秦淮卻是投了拜帖，要上門拜見。

一聽到是秦淮要過來，崔薇頓時來了些興致，像是突然之間找到了一點兒事做一般，精神一振，連忙便邀了秦家人一併過來遊玩。

她來到上京之後朋友並不多，而且當初秦淮相助之恩崔薇還記在心裡，能邀秦家人過來玩，崔薇自然高興。

聶秋染看她眼神明亮，臉上帶著央求與高興，心裡對她不自覺的衝自己撒嬌很是高興，最近崔薇心情有些低落，這會兒難得見她好興致，聶秋染哪裡有拒絕的道理，一邊就點了點頭，摩挲了她手背兩下，一邊就道：「好，妳要是喜歡，咱們多請些人回來熱鬧熱鬧。」

如今他已經是中了貢士，殿試已經過了，只等放榜而已，到時一放榜他必高中，不過是將經歷過的事情重新來一次，聶秋染這次中狀元是肯定的，只消一等到放榜之後，別人討好巴結還不來及。只要崔薇一放帖子，她是羅玄的姊姊，自己又是新科狀元，到時不愁沒人討好著她。

只是世事無常，緣分也就是這麼一個奇怪的東西，前一世他與羅玄還是不死不休的仇人，針鋒相對，鬥上大半生，到他最後被召回京時，兩人鬥得更凶，沒料到這一世再度重來，竟然因為一個少女，原本該命中注定是敵人的，卻偏偏又成了割捨不下的一方親人。

崔薇沒有意識到聶秋染心中的古怪念頭，反倒聽他說邀請人來宅子中熱鬧熱鬧，倒一下子來了興致，想了半天才道：「我也不知道請誰，咱們又不認識人，不如將三哥他們喚過來玩耍一天，我大哥他們還沒來過這宅子呢！」

聶秋染一聽到她說不認識別人，不由就笑了笑。「妳不認識別人有什麼關係？人家多的是等著想認識妳的。」

這話倒是大實話，長平侯羅玄莫名其妙的竟然有了一個名不見經傳的姊姊，那傢伙是標準的六親不認，冷血狂人，這會兒外頭對她好奇的人多得是，等著想與她攀關係的不少。只是崔薇一直以來都在內院之中，少有出門所以不知道罷了。

秦淮一家人第二日果然來赴約，同來的除了秦淮的母親許氏之外，還有他的妹妹。

這位秦家的姑娘年約十三、四歲，長得嬌嫩可愛，樣貌不必說，而且性格還很活潑，崔薇自己不是那等無憂無慮的天真少女，而這位名叫秦淑玉的姑娘天真無邪的性子便很得她喜歡，更何況這位小姑娘除了可愛活潑之外，她還很懂禮，這無疑更能讓人生出好感來。

崔薇在喜歡她時，對她態度便親切了幾分，她來到上京還沒有半個朋友，難得認識一個看得中的少女，自然樂得與她交好，也不知是不是許氏有意要藉她與羅玄搭上關係，時常帶了秦淑玉來到她這邊拜訪。

藉著大哥秦淮的關係，秦淑玉時常愛來找崔薇玩耍，她在崔薇這邊很快也熟悉了起來。在這邊的幾個男子裡面，也不知道是不是聶秋染身上有一股不怒自威的氣勢，秦淑玉在看到聶秋染時很是有些害怕，她跟崔敬懷年紀又相差大了，相當於崔敬懷的晚輩一般，也沒什麼好說的，偏偏倒是與崔敬平熟悉了起來。

崔薇倒是沒有注意到秦淑玉來自己這邊的時間漸漸少了，因為離聶秋染放榜的時間不遠了，而她最近也不知是不是天氣的原因，總覺得有些心煩意亂，安靜不下來的樣子。

五月十八日放榜之時，聶秋染以未滿弱冠的年紀被皇上欽點頭名狀元！

這個消息一傳過來，崔敬平兩兄弟簡直快要樂得發瘋了。這是一件天大的喜事，打賞了送喜訊來的人，又將人給送走了，崔敬平兩兄弟又張羅著在府門前開始掛起了鞭炮，四周看熱鬧的人將府中圍得水泄不通。

崔敬懷與崔敬平兩人已經興奮得說不出話來了，屋裡崔薇倒還是頗為冷靜，開始張羅著讓下人們抬了幾筐銅錢出來，發起了賞錢。

聶秋染在她耳邊說過他要中狀元，給自己以後好日子過的事，不知怎的，崔薇對他就是有一種莫名的信任感，心裡早已經有了底，猜著他恐怕真能中狀元，等到確定了狀元真是他時，崔薇也不顯得如何吃驚意外。

而聶秋染更是冷靜，不過是將上輩子走過的路重新再走一次而已，實在是連半絲成就感也無，上輩子苦讀十幾年，重生之後回來又不是真將書本給落下，好歹當初為官多年，見識和心境早已經與當初不同，若是這樣考科舉還拿不到狀元，當真是枉費了他重活一次。

崔敬平兩兄弟相互看著傻笑了半天，見這兩夫妻都是一副冷靜的樣子，崔敬平頓時笑不出來了。「聶大哥、妹妹，你們怎麼不高興？」

「哪裡不高興了？」崔薇有些莫名其妙，又指著眼前讓人一筐筐抬出去的銀子，一邊道：「不是正讓人發賞錢，大家都沾沾喜氣嗎？」

崔敬平看她還一副有些吃驚的樣子，頓時有些無語，這兩夫妻像是早已經料到會中狀元一般，根本沒有絲毫意外的感覺，反倒是顯得自己跟傻了似的白笑半天，崔敬平跟著收了笑不說話了。

而崔敬懷則是心疼起這一筐筐抬出去的銅錢來，若是以前便是看到這樣幾大筐錢，他恐怕眼珠子都要掉下來，但進京三個月了，多少見識寬了些，連幾百兩銀子都見過，這幾筐錢雖然吸引人，但他倒不至於太失態了。

屋裡正張羅著貼紅紙，崔薇本來還有些淡然的心不知是不是受到下人們的歡喜影響，也跟著笑了起來，宅子外鞭炮聲不斷，不過隔著這樣大個宅子，裡頭根本聽不到動靜，崔薇突然想到了什麼，連忙道：「對了聶大哥，你是中了狀元，秦公子可有高中了？」

聶秋染點了點頭，不動聲色地替她倒了杯溫熱的開水，遞到她手上，示意她喝了，這才道：「他在二甲之列，是進士出身。」

這會兒對於科舉制度，拜有一個專攻科舉的丈夫所賜，崔薇幾乎是明白了。進士分三等，甲等點三名，頭名也就是狀元，依次便是榜眼與探花。而二等則是賜進士出身，只點七人，而三等人數最多，稱為同進士出身，也就是等同於進士的地位差不多，而秦淮出身官宦之家，卻能刻苦努力，果然是有些本事。

那頭崔敬懷一聽到秦淮的名字，愣了片刻。「就是秦家小娘子的兄長吧？沒料到這些官宦之家，倒也不擺架子。」

他這感嘆一說完，崔敬平臉色頓時通紅。

崔薇覺得有些不對勁，連忙便道：「大哥，你這話是什麼意思？」

崔敬懷便笑著道：「秦家的小娘子一片孝心，最近說想要跟三郎學些做糕點的本事，往後要討好她母親哩，她是大戶人家的小姐，但卻一點兒也沒有架子，像上回秦公子般，也沒有瞧不起咱們這樣的粗人……」

他一說到這兒，崔薇頓時覺得有些不對勁了，眉頭微微就皺了起來，看著低垂著頭，不敢將臉抬起來的崔敬平就道：「三哥，你……」

「沒什麼、沒什麼。」一被喊到名字，崔敬平頓時便不住擺手，慌忙道：「我只是做些糕點，秦姑娘只是有時來買些吃食的，不是大哥說的那樣……」

他不解釋還好，這樣一解釋，崔薇覺得事情大了。

崔敬平臉上帶著驚慌與失措，崔薇也沒忍心當天便逼問他秦淑玉的事情，心中卻是擔憂了起來，秦家那小姑娘不懂事，可是那許氏卻不是個吃素的，她倒不是怕與許氏對上，可只怕崔敬平要真對秦淑玉動了心思，到時許氏那關他難過不說，而且恐怕還要承受不少的數落，心裡要難受。

不過一想到性格開朗又知禮的秦淑玉，崔薇自己也覺得她乖，崔敬平又正處在這樣尷尬的年紀，若是長時間相處，他要是會不動心才怪了。

這會兒聶秋染中狀元的事得要忙上一段時間，眾人遞拜帖與上門求見的人不少，而聶秋染這會兒也得等聖旨通知待職，一時間崔薇也開始忙著接手家中的大小事情抽不開身來，準備等這會兒忙過之後再去找崔敬平好好說說。

時間一晃便到了六月下旬，天氣熱了，而就在這會兒，崔薇覺得有些不大好了起來，她的月事五月過後便沒有來過了，五月時聶秋染有幾天沒碰過她，當時崔薇還當這廝轉了性。後來她身上一乾淨，他便沒能忍得住，這會兒一到六月下旬了，她的身上還沒有動靜，崔薇頓時有些慌了。

她自小身體調理得好，這好朋友一向來得準時，從沒有過像現在拖了近五、六天的時間，崔薇心中有些害怕，又有些認命，以聶秋染那樣喜歡又頻繁地與她親近，以及古代又沒什麼保護措施，她身體要不是有問題，不能懷得上才怪！

雖說自己身體沒有任何不舒服的地方，也沒有噁心想吐的感覺，但崔薇總覺得一股陰雲罩在自己頭頂移不開了。

她強忍了心中的慌亂，也不與聶秋染說，他也奇怪，好幾天前就沒有再碰過自己，崔薇心中又氣又惱，忍了幾日，等到六月底了，身上還沒有動靜，她頓時哭了。

估計聶秋染也是猜到了什麼，一大早就讓人給她請了大夫進來，崔薇冷著一張臉，渾身怕得直哆嗦，伸了手任那大夫診脈。

也不知他從哪兒請的老大夫，左右手各換了一次診了半天，這才歡喜的站起身來，衝聶秋染拱了拱手道：「恭喜狀元公，恭喜夫人有喜了！」

崔薇頓時覺得晴天雷劈！她怕了這麼久的事，還是來了，她現在還沒有滿十五歲，就已經肚子裡裝上了！她欲哭無淚。

那頭聶秋染卻是欣喜若狂，連忙令人打賞了銀子將歡喜無比的老大夫請出去了，宅子裡又開始散起銅錢來。聶秋染對於自己有了孩子一事，表現得比自己中了狀元還要開心一百倍。

本來想要等這事一忙完便請一些人到自己的宅子中熱鬧熱鬧的，可因為崔薇突如其來的驚喜，自然事情都耽擱了下來。

聶秋染是覺得世上一切的事情都沒有崔薇肚子中的孩子重要，這回也顧不得上一世與羅玄的恩怨了，厚著臉讓羅玄將自己安排在了京中，雖說上一世聶秋染中了狀元之後也是在京中翰林院待了半年，不過不怕一萬，就怕萬一，如今崔薇肚子裡剛剛懷上，他上輩子最為遺憾的事就是到死也沒個兒女相伴，這輩子再重來，愛崔薇，當然更希望能守著她給自己生下子嗣。

事情關係到崔薇，羅玄自然毫無異議，如同上一輩子般，聶秋染進了翰林院任職。在翰林院中要做的事幾乎都是一些瑣碎的文職類工作，這樣的情況下帶了公文回家陪媳婦兒一樣也是能行的，既不耽誤工作，又不會離開家裡。而聶秋染的便宜小舅子羅玄，如今又是太子眼中最為寵信的人，有羅玄撐腰，翰林院中的人哪個敢說聶秋染閒話，對他的事便睜一隻眼閉一隻眼了。

崔薇這一胎肚子懷得大得離奇，不過才剛過了七月，便已經有些露出懷孕相了，穿著衣裳坐著看不出來，但若是晚上睡覺一脫了衣裳，便能清楚的看出肚子微微鼓起來了。早在七月初顯了懷時，聶秋染便找了太醫來給她瞧過，說是懷的雙胎。

聶秋染中了狀元，而崔薇又有了身孕，這樣的大好消息，崔敬懷自然該要回去村中與父親報告的，他前腳剛離開不到一個月，後腳便興奮地送了聶家人上京中來。

崔薇還不知道自己這個大哥給自己的驚喜，待到八月時，聶家人便冷不防的由滿臉苦笑的崔敬平領著往她這邊過來了。

對於父母的到來，不只是崔薇臉黑了大半，連聶秋染也沒什麼好臉色，他想到了上一世自己中狀元的情景。

上一輩子他一中了狀元便立即令人回去接聶夫子等人，結果沒料到卻引來了一窩的禍害，後來接著是聶晴也跟過來，在羅玄面前訴苦，使他與自己處處為難，而孫氏則是專在背地裡攪事的，媛姊兒便折在了她與孫梅兩人的手中，這一切都是為了聶秋文能順利接收他往後的一切！

也正因為上一世的事情，聶秋染並沒有要接聶夫子等人過來的打算，可沒料到該來的卻總是會來，他不去接人，人家自己反倒是找上門來。

既然避不過，那麼是不是命中該注定，上一輩子這些人欠了自己的，這回是要來還債的？聶秋染眼中露出陰戾之色來，拳頭頓時握了起來，嘴角邊的笑意裡含著一絲陰冷刺骨的殺意，半晌沒有說話。

那頭崔薇一想到孫氏等人過來，就算是要回去，恐怕也要住上十天半月的，與這樣的人同處在一個屋簷下，她便覺得不耐煩。

外頭孫氏的大嗓門，隔得老遠了，廳裡眾人都還聽得清清楚楚。「二郎，你快瞧瞧，你瞧瞧啊，這宅子多好看哪，你以後就住這間房子，以後就住這兒！」

說話聲間，一連串凌亂的腳步聲響了起來，不多時，幾個小丫頭領了聶家人進來了。孫氏的目光沒有落到屋裡幾人身上，倒是不住地往幾個小丫頭身上看著，見到一個丫鬟頭髮間戴著的一支金簪子時，臉上露出貪婪之色來，伸手便去摘。「妳這小賤人，不過是個丫鬟，竟然也帶這樣貴重的東西，我來給妳保管吧！」

一聽這話，不只是那丫鬟震驚了，傻呆呆的站著沒有反應過來，任孫氏將那支簪子抽了過去捂在懷裡死死捏住，連崔薇也眼皮跳個不停，驚呆得說不出話來，恨不能一掌將孫氏拍回老家去，不要在這兒丟人現眼！

「還有手鐲，這樣好的東西，也不瞧瞧妳們有沒有那個命帶！」孫氏說完，又想伸手去取，那小丫鬟一下子就反應過來，捂了手，下意識地就跪在了崔薇面前，委屈道：「夫人替奴婢作主！」

孫氏的目光這才隨著小丫鬟看著的方向落到了崔薇身上，一見到崔薇身上的穿戴時，她立即便撇了嘴挪開了臉。

崔薇現在懷了身孕，聶秋染都不愛讓她自己梳頭髮了，就讓她怎麼舒服怎麼來，連個玉鐲也沒有讓她戴。雖說有玉養人的說法，不過她此時正是在懷孩子時，就怕玉沒養到人，反倒拿人養了玉了，一身上下清清爽爽的，什麼首飾也沒有。

不過孫氏卻是看著她那身一瞧便面料極好的衣裳，流著口水道：「妳那衣裳先脫下來收著吧，也別現在穿了，以後等二郎娶了媳婦兒有了孩子，正好可剪小了給孩子穿呢！」

這聶家人一來孫氏便當是她自己的家一般，開始上下指揮了起來。崔薇也顧不得聶秋染的臉面了，站起身來冷冷望著聶家人。

聶夫子此時目光正落在屋裡眾擺設上，滿臉的驚喜之色。顯然剛剛進宅子時還受了震撼，這會兒沒回過神來，聶秋文神色則是有些陰鬱，一段時間不見，原本就安靜了不少的少年這會兒像是渾身上下都籠罩著一層陰影般，讓人一看他目光便覺得心裡有些發寒。

元陽郡主之前仗勢欺人，那時崔薇沒有後盾惹不起忍了一口氣便罷，但孫氏等人算什麼東西，竟然也敢在這兒大剌剌的讓自己將衣裳脫下來給聶秋文的孩子穿，讓自己把住的房子讓給聶秋文住？

崔薇冷笑了一聲，乾脆揮了揮手。「妳去寫狀紙，說有人搶了妳的東西，直接拉人見官去！」

眾人誰都沒有料到她二話不說就開始讓人拉孫氏去見官！

那小丫頭一聽，眼睛頓時一亮，她剛剛被孫氏搶了東西去，心裡氣得厲害，渾身都直哆嗦了，而且剛剛孫氏手段粗暴，把她頭髮扯斷了好些根不說，行為還極可惡，不知哪來的鄉下土婆子，也敢在這兒撒野。

屋裡的丫頭婆子們早瞧不起孫氏的作派了，連忙上前，將孫氏的手給反剪了，那小丫頭一把將剛剛孫氏奪過去的自己的髮釵取了出來，這會兒她也看了出來，孫氏自稱是崔薇的婆婆，聶秋染的母親，但老爺的態度下人們都清楚得很，那是將夫人捧在掌心中的寶貝，連現在夫人要收拾孫氏都沒出聲，那丫頭哪裡還有不明白的？她又氣憤孫氏搶自己東西，將簪子取出來時，那鋒利的尖端重重的便戳到了孫氏身上！

「哎喲！反了天了，反了天了，兒媳竟然敢讓人拿婆婆！」孫氏一下子便尖叫了起來，她肚子上被那賤蹄子重重的戳了一下，這會兒因為天熱，她穿得又薄，那簪子又尖又利，那死蹄子下手還狠，這樣沒多大會兒工夫，孫氏便迅速感覺衣裳裡濕透了。孫氏頓時雙腿打著擺子，嘴裡不乾不淨的亂罵著，惡毒的詛咒了崔薇好幾句，這才與聶秋文道：「二郎啊，看看我流血了沒有！」

一來便被人打了個下馬威，聶家人頓時吃了一驚，聶夫子神色有些不好看，見孫氏不甘心地要鬧，連忙將她給喝住了，表情陰晴不定地盯著崔薇看了幾眼。

孫氏本來興高采烈來享兒子的福，又進了這樣的宅子，想到自己以後要在這邊歇息，頓時興奮得直當自己如在夢中一般，可沒料到好不容易蓄積起來的氣焰便被崔薇三兩下打消乾淨了，自然心中暗恨。

兩婆媳又不是第一天認識的，孫氏也知道崔薇的性格，這死丫頭外表看似不聲不響，其實內裡惹急了很是潑辣，她連婆婆都敢打，說不定還真會使人將自己送到官府裡去。一想到這些，孫氏頓時一個激靈打了個哆嗦。

身為新科狀元的娘，搶丫頭的東西進大獄丟臉便不提了，更為重要的是孫氏一向生活在鄉下，對於官府有一種本能的畏懼，一想到自己要去那地方，頓時遍體生寒，不敢再說話了，只得服了個軟，尋思著以後再將梁子找回來，又哀求了一陣，崔薇這才讓人將她放開了。

分隔近半年後再見，沒料到便是這樣的情景，眾人誰都心裡不高興，崔薇心中也不痛快，只讓人趕緊將孫氏等人帶下去，來個眼不見心不煩。

孫氏心裡也是氣崔薇敢如此對自己，不過這會兒她就是有氣也不敢撒出來，深怕崔薇不留他們住下來，畢竟他們這一趟上京可是將家裡的房子給賣了才過來的，哪裡敢與崔薇撕破臉。

這一趟聶家人過來表面看是聶夫子高興兒子中了狀元才歡喜過來，可實則卻是因為在老家賀元年時常拿聶晴的事來威脅聶家人，敲詐銀子，把聶夫子逼得沒法子了，這才賣了房子往京中投奔兒子享福來了，孫氏便是想奪權，想要掌家，她也知道要先安頓下來的道理。

崔薇對於與聶家人住到一個屋簷下十分的不滿，但這會兒人都來了，她也不能將人趕出去，再加上她現在挺著一個大肚子，便是要將聶家人給安排出去，一時間也沒那個精力，因此便將事情暫時擱了下來。

第一百一十七章

誰料少了這樁煩心事，那頭秦知府的夫人許氏卻又找上門來。

崔薇這會兒身子已經有些沈重了，一聽到許氏過來拜訪，且直接等在了門外，不知為何，心裡便是一沈，猶豫了一下之後，令人將許氏請了進來。

許氏這一趟過來是找女兒的，她的女兒秦淑玉在這段時間內總是無故外出，許氏心下生疑，後來暗中派人跟蹤，才知道她竟然都是跑到了崔薇的店鋪中找崔敬平去了。得知這個消息時，許氏急得上火，她雖然看在羅玄的臉面上在與崔薇相交時並沒有端起自己官夫人的架子，可實則她心中是看不起崔薇的。

畢竟崔薇出身不高，不過是鄉村一小姑娘而已，而她命好，嫁給了聶秋染這樣一個新科狀元，又有一個做長平侯的弟弟，她便不提了，可崔敬平那小子，又哪裡有資格來與她的女兒有瓜葛？許氏心中急得上火，背地裡喝斥了女兒一頓，誰料這兩日秦淑玉負氣之下便離家出走了。

女兒不見了，許氏自然著急，她想著秦淑玉最近與崔敬平的交往，頓時心下生疑，這才找到了崔薇這邊來。

而最近崔薇因為聶家人過來一事再加上她又懷孕了，根本沒顧及到崔敬平那邊的情況，一聽到許氏這話，頓時大吃了一驚。

秦淑玉這小姑娘她其實還是挺喜歡的，如今出了這樣的情況，還跟崔敬平有關，崔薇自然著急，連忙派人與忍了怒火的許氏一塊兒找了，最後卻沒見著人影，幾天下來，許氏從一開始的強撐笑臉，到後來的冷面以對，看到崔薇時語氣裡都帶了些怨氣的樣子。

崔薇雖然知道她心中著急，但這事說到底其實跟她沒什麼關係，不過她也理解許氏擔憂女兒心切的心情，因此將這口氣忍了下來。不過時間久了，她本來懷著孩子，心情便不穩定，家中孫氏又鬧著，外頭還要受許氏的氣，時間長了，大家面上都不好看，說話時便都帶了火氣。

時間一晃便兩個月過去了，崔薇從聶秋染那邊得知秦淮與他說過，秦淑玉已經找到了，原來她自己回了定州家中，只是沒有與許氏打招呼，便由秦家的人接了回去。秦淑玉找到了，那個有些活潑的姑娘沒有出事，崔薇自然也放了心。

年一下子就翻過，她肚子已經高高挺了起來，最近天氣冷，外頭的積雪還沒有化完，聶秋染不准她外出，深恐她一個不慎便摔倒了。

本來婦人這個時間便已經是最危險的時候，她懷的又是雙生子，自然比一般婦人懷孕時還要危險許多，崔薇自己也知道厲害，不敢輕易出門，成天就由丫頭們扶著在院子裡走上幾圈便作罷。聶家的事兒她也不管了，內宅中的事情也全交給聶秋染，自己只顧保養身體，以備沒多久就會來到的產期。

這會兒到了開春的季節，崔薇肚子沈了，每日在外頭走著都累，不過她卻害怕自己到時生產體力不足，因此每日早晚都要出去走上兩圈，聶秋染晚飯後倒是也能陪她走走，消消食。

兩夫妻從外頭逛了一圈回來，因這會兒天氣還有些冷，穿得厚實，一圈走下來渾身都是汗，連僵冷的手腳也暖和了起來。崔薇任由下人們將自己身上的大氅脫去了，剛坐下還沒接過丫頭遞來的熱水杯，外頭便有人進來回話——

「主子、夫人，老夫人過來了。」

這會兒一聽到說孫氏過來，頓時崔薇臉就黑了大半，不只是她，連聶秋染眉頭也皺了起來。聶家人來過之後便沒有消停，成天雞飛狗跳的總要弄出些事情來。

不知是不是享受過了富貴生活，迷花了孫氏的眼，前兩個月便開始嚷嚷著要給聶秋文重新選一門媳婦，說是要找高門大戶且要懂規矩的小娘子，又要貌美還要有才學，亦要出身高貴的，條件列了一大籮筐，非要讓崔薇出去幫著聶秋文相相。

這會兒孫氏倒是知道自己眼光不好了，她選了一個孫梅最後是個短命的不說，還給兒子帶來了一個剋妻的名聲，讓她的二郎受委屈了，孫氏心中自然容不得，她覺得自己的兒子是世界上最好的，值得配上世上最美的姑娘才是。

只是崔薇聽著卻有些不大耐煩，再加上許氏在一旁鬧騰著，她便心情有些不佳，依孫氏的條件，恐怕公主都不一定配得上。既要人家出身好，又要人家溫柔多情美貌聽話，還要順從知學識明事理，挑媳婦兒倒是樣樣都要好的，可卻也不看看她自己的兒子是個什麼樣的德行。要是崔薇有女兒，能捨得嫁給聶秋文現在這樣要錢沒錢，一把年紀，卻無所事事，還依靠著兒嫂養活的人？

崔薇這會兒肚子也大了，懶得跟孫氏鬧騰，若不是她身體不便精神不佳，早就找孫氏出一口氣了，現在聽她天天來膩煩自己，頓時心裡火大得不行，還沒有開口說話，那頭孫氏就已經旋風似的衝了進來。

「婆婆，妳要進來怎麼沒讓外頭的人過來通傳一聲？」崔薇臉色一下子就沈了下來，孫氏後頭跟了兩個小丫頭，這會兒正捂著臉，一看就知道孫氏是怎麼進來的。

一般院子最外四道門是由粗使婆子把守的，而那些婆子一般是離主子最遠的，孫氏是崔薇的婆母，她要過來，那些婆子不敢攔孫氏，崔薇跟孫氏關係再差，可至少表面雙方還是相安無事的。最裡一道門守的是院裡的丫頭，目前看來根本不是孫氏的對手，孫氏在鄉下裡待慣了，光從她跟楊氏打架時候的情景就能看得出來她不是個省油的燈，小丫頭攔不住她也是正常的。

「妳這屋裡我怎麼來不得？以前沒見妳這樣多窮講究。」孫氏原本還對崔薇這樣與自己說話有些不滿，不過回頭看到兒子臉色也有些不好看時，頓時便蔫了下來，訕訕地回了一句。

孫氏自個兒也不見外，找了張離崔薇最近的椅子，一邊指使著下人們搬到了崔薇面前，一邊道：「二郎的婚事，妳看得怎麼樣了？我說妳要出去瞧瞧，不親眼瞧怎麼知道對方長什麼樣，性格好不好。」

崔薇聽她嘴裡還在不住的念叨著，頓時有些不耐煩。

「我現在懷著身孕，都快要生了，怎麼還四處去跑？」她還沒有這麼傻，秦淑玉的事情剛消停兩天，便要為了做個聶家的好媳婦兒，連自己的命都不顧了去替他們奔波，若是孫氏等人值得自己掏心挖肺的對待便罷了，但對孫氏這樣的人掏心，她也只當理所當然的。崔薇腦子又沒出問題，哪裡會為她不要命的盡心做事，卻換不來孫氏一個好臉，當然是要在家裡養身體了。

孫氏一看崔薇翻白眼的模樣心裡就火大，手一下子重重地拍到了一旁的椅子把手上，厲聲道：「妳嫁到了聶家，也就是聶家的人，為二郎瞧瞧怎麼了，往後他也領妳這個嫂子的情，再說妳現在也知道自己懷孕了做事不方便，讓妳將銀子和管庫房的鑰匙給我，我也好做些事，妳又不幹，現在就知道妳懷孕不方便了！」

一直以來孫氏就惦記著家裡的管事權，每天這樣大的宅子，吃的用的都要花不少銀子，而那銀子從哪兒來，孫氏都打聽清楚了，是下頭幾個管事婆子管著內院的事，一旦要用到銀子等物，便直接去庫房取銀子，孫氏心中便認定了要管家，就要先拿到庫房鑰匙。

「婆婆要管家也行，如今婆婆嚼的用的都是我的，那既然不要我來管家了，您自個兒以後掏腰包養一家人吧！」崔薇才沒那麼傻，將自己的銀子全交到孫氏手上，她就是睡著了作夢也不要想這樣的事情！

孫氏哪裡有什麼銀子，她前半生被聶夫子瞧著，手中還從來沒有揣過三兩銀子以上，如今一聽崔薇不肯拿錢給她，頓時心裡大怒，但看一旁聶秋染的神色，崔薇這死丫頭又不是個好拿捏的，銀子恐怕是哄不出來了。

孫氏臉色漆黑，一邊死攪蠻纏。「不肯讓我管家也成，不過秋文的事，妳得給我辦妥了，如今秋文年紀不小了，沒有個媳婦兒侍候著成何體統？要性情溫順懂得孝敬公婆的，像妳這樣凶悍的就不行……」

孫氏還在兀自念叨著，崔薇臉已經黑了大半。「我這樣凶悍的現在還管著您的吃喝，您當聶秋文是個什麼寶貝疙瘩，要求這麼高，您要是還有女兒沒出嫁，您肯將女兒嫁給什麼都沒有，且又沒多少聘禮的人家？」

再說了，聶秋文都已經是成過一次婚的人了，再娶那叫繼室！不管孫梅之前鬧騰得多厲害，最後縱然是早早的就死了，但她曾占過聶秋文正室的名分，人家哪個大家閨秀眼睛被雁啄瞎了想不開要嫁到這邊來，再者就算是人家姑娘自己有心，還得家中父母同意。

孫氏口中既要貌美如花，又要孝順懂事，家世性情都得出挑，樣樣都要搶個先，她也不瞧瞧，自己憑什麼！聶秋文就算是再好，也還沒好到大家閨秀哭著喊著要來嫁他的地步，而且還是嫁過來當繼室的！孫氏實在把自己看得太高了。

「我有女兒，我怎麼不肯嫁了？」孫氏一被崔薇這樣毫不客氣的一問，頓時惱羞成怒，一下子站起身來。「我之前不是把聶明嫁給了羅大成那小子，聶晴不是也嫁給了賀元年嗎！」

「那是因為當時我夫君沒有中狀元！」崔薇聽她這樣一說，頓時將孫氏老底給揭了。「就是當時婆婆還知道找人家要五兩銀子的聘禮，這在村子裡頭哪家及得上？」

孫氏又羞又惱，卻看一旁聶秋染根本不替她說話，也死了想要這小子替老娘作主的心思，強撐著臉面與崔薇辯駁。「那現在不是看出來，我當初嫁女兒虧了嗎？別說他們現在給五兩銀子，就是五十兩也不要想！」

一人得道，雞犬升天，說的就是聶家這樣的。崔薇見孫氏自個兒都說出了心裡的話，也不與她爭了，一邊就冷笑道：「既然婆婆自己也知道若是換了如今，也不肯將女兒就這樣嫁出去。那您當別人家的閨女就是地裡的大白菜，由著您拿刀一茬茬割了不成！就是人家要將女兒低嫁給聶二，您手裡又能拿得出幾兩銀子來讓人家迫不及待將女兒嫁過來？」

說來說去原來是為了銀子的事！孫氏自以為自己猜到了崔薇心中的想法，頓時又是氣，又是恨，咬著牙道：「我們現在還沒分家呢，大郎的東西，不就是二郎的？二郎是他親弟，大郎現在再出息，銀子也該有二郎的一半！若是妳替我將二郎的好媳婦兒找到了，那家產，我也不要一半了，只要再給一些就成！」說得像是吃了很大的虧一般。

崔薇忍不住笑了起來，孫氏打的倒是好主意，若是真找著能合孫氏心意的兒媳婦，又要人家老實的嫁到聶家來嫁給聶秋文，恐怕便是將整座府邸送給別人，也要看人家樂不樂意。

畢竟孫氏的要求太高了，簡直是不論德容言功，還要家世地位樣樣出挑，世上哪來那樣完美的人？給她娶著了兒媳婦還要分給她家產，聶家人到底以為自己做了什麼，現在就開始嚷嚷著要享福了。

「娘。」聶秋染也聽不下去了，雖然他早知道孫氏是個什麼樣的性情，可這會兒真聽孫氏在自己媳婦兒面前大剌剌的提起銀子以及分家的事，還是讓聶秋染臉上頗有一種火辣的感覺。

見孫氏還在那兒滔滔不絕的說著自己要的媳婦兒要求，聶秋染忍不住伸手揉了揉眉心，一邊沈了臉色道：「要認真給秋文找個妻子，就不要不著調的滿天胡吹！您要真想給秋文找個好的，您自己去選吧，薇兒現在懷孕了，不會去跑。我可以替秋文出些銀子，但往後秋文得過繼出去，爹之前已經提過已過世的大伯，若是您答應再來，不答應就不要再過來了。」

聶秋染知道孫氏的軟肋在哪兒，說完話，也由不得她多說，連忙就喝了一聲。「先將老夫人送出去，往後老夫人要過來先要回報，一點規矩都沒有！」

一句話說得本來要再鬧的孫氏頓時臉色脹得通紅，尷尬又氣惱。大兒子根本與自己不親近，可惜孫氏偏偏無法可想，聶秋染自小就是這麼一個模樣，看似聽話有出息，對她也沒有大聲喝斥過，可偏偏孫氏就是怕他得很，又想到剛剛聶秋染說的話，頓時心中喜憂參半。聽到聶秋染讓人將自己送出去，孫氏也沒心思與崔薇瞎扯了，連忙就站起身來，準備回頭與聶秋文好好商議一番。

打發走了孫氏，兩夫妻也沒有將她放在心上，孫氏鬧騰著說要給聶秋文娶媳婦兒，就算崔薇由著她出了這道門，但以孫氏的德行，她恐怕連那些大戶人家的門都進不了，哪裡還能找得到她自己以為的好媳婦兒。

崔薇現在肚子大了，太醫說過，因為懷的是雙生子，所以隨時都有可能會生，因此眾人的注意力都落到了崔薇肚子上。

二月初春時，雪早就化了，園子中的桃樹這會兒已經長了新鮮的葉芽來，雖然沒有開花，但光是那勃勃翠綠的生機，讓人一眼望去心情就很好。

聶秋染一大早起身去了翰林院，留了崔薇一個人在園子裡散步，她每天早晚都會出來走兩圈，隨著產期的臨近，肚子中的孩子動得越發厲害，時常都有一種墜脹感，雖然有些想看到肚子中兩個小寶貝，也不知是男是女，但崔薇一想到要生孩子，便開始頭皮發麻。

走了幾步兩條腿就有些沈重了，抬也抬不起來，崔薇身邊的大丫頭一抬頭就看到崔薇額頭上細細的汗珠，知道她有些吃力了，不由扶了她，指著前方道：「夫人，前頭是涼亭，雖然現在沒什麼景致看，不過裡頭收拾得也乾淨，您過去歇一歇，再回去吧。」

崔薇自個兒也不逞強，她這會兒實在是不想走了，一路從院子裡出來走到這園子中，恐怕走了有兩刻多鐘了，她又不只是自己一個人，運動過多了對身體不只無益，反倒有損，她心中也明白，因此點了點頭，由著幾個丫頭一路前扶後擁的朝亭子處走了過去。

剛坐下，那頭不遠處已經有人朝這邊跑了過來。羅玄送的這棟宅子的下人們不知是他從哪兒給弄來的，個個都多少懂些規矩，崔薇還從來沒有看到過有人在宅子裡奔跑的情況，一旦看到，頓時臉都黑了大半。還沒有開口，那頭不遠處的人影已經越跑越近了，身材矮小，裡頭穿著一身湖綠色緞子縫的小襖，外頭穿著一件朱紅色的厚坎肩，頭上還戴了一整套金黃色的頭面，遠遠的看過去人影還沒瞧清楚，那閃亮的頭飾就讓人瞧得清清楚楚了。

在內宅裡侍候的丫頭婆子們不拘老少，可沒哪個敢穿戴得這般招搖的，年輕的又不是要勾引聶秋染，年老的更不想爬聶夫子的床，沒哪個會打扮成這般，也唯有孫氏會這般，窮怕了的人，一旦有錢起來，深怕別人不知道她發達了一般，滿頭珠翠恨不能都往頭上插。

「崔薇！妳這死丫頭，妳竟然敢唬我，連大郎也不准我過去院子裡頭！」

孫氏人還沒到，聲音就已經殺豬似的嚎了起來，她跑得很急，撩著裙襬跟一陣風似的颳了過來。

幾個丫頭都是知道孫氏為人的，連忙扶了崔薇起身要離開，孫氏卻是腳下跑得更快了一些，估計是穿著加了珍珠的鞋履跑著不便，她索性將鞋子給脫了下來，沒一會兒工夫就站到了亭子外，扶著柱子直喘粗氣了。

在這個節骨眼上，崔薇可不想跟孫氏硬碰硬，她現在挺著大肚子，又是到了快要生的時候，孫氏這人一向葷素不忌，又沒個章法，她要真潑辣起來能拽著人打一架，崔薇這會兒當然要避一避她。只是被孫氏堵在了這兒，她索性也不去擠了，免得等下撞到肚子，只是坐在石椅上，一邊看著孫氏道：「婆婆這話是什麼意思，我不明白。」

她神態冷淡，這副模樣更是令原本就怒氣沖沖的孫氏更加如同發了狂的牛一般，跳了起來，指著崔薇就開始大罵。

「小賤人，妳使的是什麼手段，說得好聽，讓我自己去給二郎找媳婦兒，可人家根本不見我！大郎那小兔崽子在哪兒，讓他出來跟我說，昨兒我要過去院子裡頭，竟然不准我進去！反了天了，老天爺啊，祢看看這是什麼不孝的兒子兒媳，一道雷劈死他們！」孫氏這會兒氣得厲害，昨晚一宿都沒有睡著。

事實上她說自己沒見著人已經是較好的情景了，她一說自己是聶秋染的母親，又說要給自己的小兒子招親，別人有些一下子就翻臉，認為她是騙子，拿了東西將她打出去。

孫氏習慣了在村中被人家高高捧著，如今沒料到自己在京城卻遭了這樣的待遇，臉上掛不住，氣沖沖的回來找聶秋染算帳，要讓他與崔薇跟自己一塊兒出去，可昨兒跑了一天，吃了一肚子的氣回來找聶秋染兩夫妻算帳時，誰料在五門外便被幾個粗使婆子攔住了。那幾個婆子得了聶秋染示意，好說歹說就不讓她進去，孫氏氣憤之下與那幾個婆子打了一場，可惜敵眾我寡，她沒能打贏，反倒被人打了一頓。

孫氏本來自認自己是聶秋染的母親，人人都該讓著她的，可沒料到卻連幾個她以為該捧著自己，討好著自己的婆子們都敢打她，這與她想像中的情景根本不一樣。回頭就氣不過，梗了一晚上沒睡得著，早晨起來時就知道崔薇一向早晚要出來散步的，專門在那兒等著了，就想讓她出來給自己一個公道。

崔薇聽她連番咒罵著，冷眼望著孫氏，也不與她搭話，她自己是跟孫氏同村過，深知她的為人性格，對她所說的話也就是左耳進右耳出，壓根兒沒往心裡去，孫氏就是這樣一個人，要是與她計較，恐怕氣死自己都不值得。

崔薇冷淡淡的不在意，她身邊的丫頭們聽著卻有些受不了，兩個跟在她身邊的大丫頭連忙就站了出來擋在崔薇面前道：「老夫人，您說這話可是不吉利的，如今夫人肚子裡還懷著孩子呢……」

「妳們兩個小蹄子給我滾開！」孫氏一個耳光便揮了過去，兩個丫頭沒料到她說動手便動手，頓時被打得一個踉蹌，剛勉強站穩，那頭孫氏已經伸手抓了崔薇的胳膊，死死地將人給拉住，像是深怕她跑了般。「妳跟我一起出去，讓人家知道我是大郎的娘，是把他拉出來的親娘！」對聶秋文的婚事沒著落，其實孫氏更氣憤的是人家不相信聶秋染是她生的。

崔薇胳膊被她抓得生疼，身體本來如今就笨重了，孫氏伸手過來時她竟然沒來得及避開，一下子就被她拉住了。她掙扎了幾下，孫氏兩手便更用力一些，怕是把胳膊都抓得青紫了，崔薇吃疼，這會兒才不敢動了。

「妳跟我走！」孫氏拉著崔薇便要下涼亭，一旁丫頭們見到這樣的情況，頓時嚇了一跳，不住尖叫，有人伸手拉住崔薇另一隻手，有人也去掰孫氏的手，一時間鬧得不可開交。

孫氏本來是個鄉下婦人，力氣也不小，比起這些平日裡在院中侍候著端茶遞水的丫頭們來說，她一個能抵兩個，再加上如今眾人顧及著崔薇的肚子不敢用力，孫氏卻是毫不在乎，她對於崔薇肚子中的孫子根本沒什麼期待，應該可以說她對於聶秋染的孩子沒什麼期待，又不是她心愛的聶秋文的孩子，她這會兒當然不在意，便能使出渾身力氣去拉。

幾個小丫頭看崔薇被扯得臉色都有些發白了，不敢再與孫氏搶，都連忙放了手。

孫氏一旦捉到人，得意地便看了眾人一眼，拉著崔薇便要往外走。崔薇這會兒卻是覺得肚子隱隱有些疼痛了起來，雙腿間一股熱流湧了出來，整個肚子都像是晃蕩了一下。她臉色發白，這會兒渾身注意力都集中到了肚子上，哪裡還是孫氏敵手，被她拉得一個踉蹌，沒有站穩，身子一下就往地上栽。

孫氏一瞧她撲過來，深怕她將自己壓在地上自己要吃苦，連忙就下意識地推了崔薇一把，也幸虧如此，避免了肚子著地，雖然身後幾個丫頭已經趕緊伸手出來將人給接住了，但這番晃蕩下來，崔薇肚子中的疼痛卻是愈加劇烈了起來。

「肚子疼，請大夫！」她強忍了疼痛，冷冷回頭看了孫氏一眼，等她熬過了這一關，將孩子生下來，她要讓孫氏付出她今日吃過十倍苦的代價來！

孫氏被崔薇瞧得心裡一個激靈，連忙拍了拍手，嘴裡一邊道：「不關我的事，自己不當心，要是我聶家的孫子出了什麼差池，我要妳拿命來賠！」一邊說完，一邊也不顧崔薇，頓時撒腳丫子跑了。

幾個丫頭被氣得心口一陣陣疼痛，這會兒也顧不上與孫氏計較，眾人忙回去找婆子過來抬崔薇，或請大夫，或喚穩婆，又派人出去給聶秋染報信，一個個忙得不可開交。

第一百一十八章

不知道是不是因為受了一番晃蕩，崔薇肚子疼得厲害，發作起來也很快。早晨時都還沒有什麼感覺，可剛剛一被孫氏推開，她肚子裡的疼痛簡直止也止不了。

穩婆等早就是已經準備好了的，畢竟崔薇肚子大了，聶秋染想著她隨時都要生，因此將穩婆早就請了回來，侍候的丫頭們也找了，這會兒崔薇一發作，宅子裡開始是慌亂了一會兒工夫，後來又跟著穩定下來。

孫氏小心翼翼地跟在院子後頭，她今日惹了這樣大的事，以她對聶秋染的瞭解，她是跑也跑不脫的，因此想跟過來瞧瞧情況，順便在聶秋染回來時先給他告個狀，免得到時崔薇與他一說，自己要倒大楣。

這會兒眾人都慌亂著，也沒哪個人有工夫來攔著她了，孫氏倒是自個兒順利地進了院子，一邊小心翼翼地在院子中走來走去，心裡害怕崔薇會告狀，又有些幸災樂禍她出了意外，就這麼在院子裡晃蕩著。

眾人來來往往的慌亂異常，也沒哪個人有閒工夫來注意她，聶秋染急得要命的時候回來時，正好就看到了孫氏一副著急異常的神色，正在院子中走來走去。

兩世母子，對於孫氏的性情聶秋染是極為瞭解了，孫氏如今看似像在為崔薇擔憂，可實則並非如此，她有可能是為自己或是聶秋文著急了。

聶秋染冷冷看了她一眼，這會兒也顧不得再與孫氏搭話，一進來便抓了正端了熱水、剪子進屋裡的大丫頭碧柳問道：「夫人現在怎麼樣了？早上時還好端端的，怎麼這會兒就發作起來了？」

「夫人早上險些摔了一跤……」碧柳這會兒急得上火，一眼就看到一旁的孫氏，頓時瞪了眼睛正要告她惡狀，那頭屋裡已經有人高聲喚了起來——

「熱水！」

「欸，來了。」碧柳這會兒也顧不得與聶秋染再多說了，連忙端著水盆就走了。

孫氏頓時鬆了一口氣。

聶秋染這會兒一聽到險些摔了一跤，頓時眼珠都紅透了。「怎麼會摔著？怎麼會摔著？」

孫氏聽出他話裡的寒意，頓時一個激靈打了個寒顫，如今出了這樣的事，聶秋染本來對她便不親近了，要是知道崔薇生產跟自己有關……

孫氏已經不敢再想下去了，這會兒哭喪著臉開始想起法子來。但她本來為人便粗暴直接，很少有能動到腦筋的時候，讓她打架哭罵恐怕孫氏稱為第一手，讓她想法子便難上加難了。

這會兒孫氏心中如遭火焚，屋裡崔薇卻是疼得直倒抽冷氣。

崔薇雖然知道生孩子會痛，但卻不知道痛起來是這樣的椎心之感。也不知她是不是心裡有些恐懼了，穩婆在與她說話，她偏偏卻聽不到，注意力全集中到自己冰冷的下半身與肚腹間一陣接一陣密密麻麻的劇痛上。

屋裡傳來隱忍的細小呻吟，越發聽得讓人揪心，一盆盆充滿了血腥味的熱水被端了出來，直看得聶秋染心中膽寒。他本來以為自己有了孩子該是大喜的事，可如今崔薇躺在屋裡頭，她平時這麼怕痛的人，如今竟然痛得喘息聲都急促了起來。聶秋染這會兒心裡的滋味十分複雜，他是真後悔了，早知道不要這麼早就讓她有孩子，使她現在吃這樣的苦頭。

聶秋染拳頭緊握著，在院子裡走來走去，他一向冷靜理智，可這會兒聽到屋裡崔薇細碎的痛吟，只覺得心中難受煎熬，哪還有什麼理智可言。

「夫人，夫人，用力！」穩婆心中也是忐忑不安，崔薇懷的是雙生子，一個不好，喜事便會變喪事，大人小孩兒都有可能不保，她這會兒也是捏著一把冷汗。

不知道是不是崔薇身體一向好，生產時年紀又輕，竟然到這會兒沒有痛暈過去不說，還能咬著牙用力，生產如此順利，也沒有難產的徵狀，孩子也乖，胎位也都是正的，穩婆心中湧出一絲歡喜來，想著自己今日興許是可以拿到賞銀了，自然更加激動了一些。

隨著屋裡崔薇發出一聲尖細的叫聲，外頭本來就已經有些緊張不安的聶秋染一下子就站了起來。他上一世時雖然也有媛姊兒，但並不是親眼等著她出生，如今這樣的折磨可是兩世為人頭一回遭受，那感覺實在不好得很。他聽著崔薇聲音裡含著的痛楚，頓時有些坐不住了，心口頓時一陣鈍痛，一邊站起身來就要朝屋裡跑。

孫氏看著兒子這副魂不守舍的模樣，心中十分不是滋味。少有哪個當娘的看到自己生的兒子對別的女人如此看重牽掛，比對自己還在意時還能高興得起來。更何況孫氏本來就不是什麼大方的人，與崔薇間的關係又不是多好，這會兒一見到聶秋染的舉動，孫氏頓時便怏怏地要拉住他。

「女人生孩子是天經地義的事情，你著什麼急，哪個人不挨過這一遭，勞不著你心疼。」她一說到這兒，又想起自己除了生聶秋染時聶夫子還在意過之後，後面連著生了三個兒女，可是聶夫子卻根本不在意，崔薇憑什麼能得丈夫另眼相看？說不得她只生了這一胎，往後結果也和自己一樣，不會得男人另眼相看。只有這樣想了，孫氏心中才覺得舒服一些。

聶秋染懶得與孫氏多說，他這會兒後悔了，不該這麼早讓她承受這樣的痛苦，她現在年紀還小，早知道該晚幾年的！

聶秋染此時心裡說不出的懊悔來，聽著屋裡的尖叫聲，再也忍不住，推開屋外的丫頭婆子們就往屋裡闖。

「不生了，咱們不生了。」他腦子裡只想著崔薇剛剛那一聲尖細的叫聲，這會兒只覺得胸口沈重得喘不過氣來。

崔薇一聲尖叫過後，鼓足渾身力氣，陡然間身體裡突然間像是被人扯出去了一塊東西，頓時一鬆，那頭穩婆已經歡喜的笑了起來，伸手拍了幾聲，與聶秋染喊著說不生了的聲音同時響起。「恭喜夫人，是個有福氣的小娘子呢！」

這廂崔薇腦海裡還想著聶秋染剛剛說的不生，不知怎的，又有些想笑，這個時候了他才說不生，怎麼可能？還有，聶秋染應該還在翰林院的，回來得這樣快不說，又怎麼會進得到屋子裡來？古人都說產房是容易衝撞穢物的，根本不准男人進來的……

崔薇這會兒工夫不知怎的，竟然開始分起心來，渾身只覺得僵硬冰冷，下半身像是疼得沒了知覺一般，整個人都有些恍惚了起來。

外頭孫氏一聽到是個女兒時，先是有些不喜，頓時臉上露出嫌棄之色來，接著又想到自己剛剛推了崔薇一把，才讓她早產的，本來還想著如何脫身，可現在看來，崔薇只生了一個丫頭片子，連兒子也生不出來，推倒了也是活該。聶夫子一定不會怪她險些害了聶家血脈的。

一想到這兒，孫氏險些忍不住大笑了起來，回過神來之後便扠了腰站在院子外罵道：「沒用的東西，竟然生來生去只生出一個賠錢貨來！老娘當初瞧妳面尖無二兩肉，身體又單薄，沒想到果然娶了妳這樣一個不會下蛋的母雞……」

孫氏在外頭迭聲大罵，屋裡崔薇頓時回過神來，一聽到這話，頓時氣得渾身哆嗦，下腹處流血更急了些。

那兩個穩婆與幾個侍候的丫頭本來看到崔薇神色有些不對勁，也幸虧孫氏在外頭罵了一頓，將她給罵得回過神來，頓時都心裡鬆了一口氣，也顧不上其他，一人看著崔薇，一人連忙將孩子在熱水裡洗淨了，拿了襁褓動作熟練的將孩子裹了起來，轉身剛想交給丫頭，便被一雙手接了過去，回頭一看到聶秋染時，頓時忍不住驚呼。「大爺！」

「我來抱。」聶秋染伸手將孩子抱了過去，本來想轉頭看崔薇一眼的，可她下半身被幾個人擋得嚴嚴實實的，只看到一張蒼白羸弱的臉，襯著滿頭黑幽幽的髮絲，更顯得楚楚可憐。

聶秋染本來想要過去的，但那抱著孩子的穩婆卻是有些尷尬地搓了搓手。「大爺，這產房男子是不好進來的，您要不先讓讓，奴婢也好早些給夫人接生，肚子裡還有一個呢。」也就是說他在這兒是礙事的！聶秋染點了點頭，強忍了想過去再看一眼的衝動，一邊拿了東西將嬰兒給裹了起來，趕緊就準備抱到隔壁早就收拾出來的暖閣裡了，進門前又警告似的看了孫氏一眼。

外頭孫氏本來還想要再罵的，但看到聶秋染的樣子，只好隱忍下，連忙一塊兒跟著聶秋染進去了，嘴裡不住道：「大郎，這丫頭片子拿來有什麼用，我說著養大了也是浪費口糧，不如送人算了！」

前世孫氏弄死了媛姊兒時也是這麼說的！聶秋染頓時眼睛細微抖動了一下，原本溫和的神情土崩瓦解，表情凶狠猙獰得險些要將孫氏生吞活剝。

孫氏這會兒卻沒察覺，仍在那兒念叨著。「這個沒用的東西，我早說了你娶孫梅有什麼不好的，偏偏要娶了她這樣一個只知道生丫頭片子的沒用東西……」

聶秋染深呼了一口氣，強忍下了因為孫氏這些話而陣陣湧上心頭的戾氣，不想妻子剛一生產，明明是大喜的事情，卻出現什麼晦氣。

「出去！」聶秋染這會兒心裡已經氣急，眼中有陰影迅速在集結。

孫氏卻沒注意到，她只是有些氣急敗壞的看著聶秋染，腳跟卻偏偏不肯移動一步。

「我讓妳出去！」聶秋染懶得跟她多說，懷裡的孩子眉眼細小，這會兒還帶著剛生出來的褶皺，臉龐通紅，頭髮倒是長得好，輕輕軟軟的小小一團抱在聶秋染懷裡，柔弱得像是他一用力就會將這小東西給捏哭一般。她閉著眼睛，睡得正熟，聶秋染心裡柔軟得一塌糊塗，想親近，又不敢親近，還有些不知所措的心情，心裡五味雜陳。

孫氏不喜歡女兒，其實他最想要的就是一個女兒了，像是彌補上輩子的遺憾，又像是想要有一個跟崔薇長得很像的小姑娘，從小像她一樣，可以由自己照看著長大，往後看她嫁人生子，幸福一生。他這一世不會再讓任何人傷害到自己的女兒！

聶秋染心裡的糾結孫氏不懂，她也不明白一個小丫頭片子有什麼好看的，這會兒聶秋染趕她回去，孫氏哪裡肯離開，崔薇早產的事還沒說完呢，若是她不逮著生女兒的事說嘴，恐怕等崔薇一緩過氣來就該找她算帳了。

「崔薇也是我兒媳婦，她生孩子，我怎麼能不關心一下。」孫氏目光閃爍。

聶秋染眉頭皺了起來，還沒有開口，隔壁產房中崔薇卻是發出一聲痛呼，穩婆歡喜的道賀聲隔著一道牆壁傳了過來——

「生了生了，恭喜大爺夫人先開花，後結果！喜得貴子！」

聶秋染這會兒顧不得再跟孫氏計較，一邊站起身來抱著孩子就要出去。

孫氏眼神閃了一下。「大郎，孩子給我抱吧，等下出去吹了風不好。」

聶秋染最不信任的就是孫氏，一聽到這話，頓時冷笑了一聲，也沒理孫氏，便出去了。

孫氏氣得直咬牙，手中拳頭握了握，又冷哼了一聲，不說話了。

產房一早除了準備是給崔薇生孩子的，也是要給她在這邊將養一段時間的。雖然這會兒收拾乾淨了，但屋裡一股若隱若現的血腥味還在，熏得人頭暈眼花的。崔薇只覺得渾身骨頭都像是散了一架一般，剛剛太用力了，肚子又最疼，因此沒能感受到其他，現在一放鬆下來，渾身疼得直打哆嗦。

「將窗給我打開了，屋裡熏得難受。」今日生產還算是順利，兩個孩子一個多時辰便生了下來，穩婆說這是她年紀輕，而且身體又一向養得好的緣故，因此沒吃什麼苦頭。要不是今兒被孫氏推了一把，恐怕等她自然瓜熟蒂落時，還要輕鬆許多。

「夫人，您剛生了孩子，吹不得風的。」碧柳小心翼翼地抱著崔薇剛剛生的兒子站在一旁，說著穩婆之前交代過的話。

聶秋染這會兒抱著孩子早就高興壞了，也忘了打點，兩個穩婆喜笑顏開的站著，本以為雙生子都是難生的，可沒想到今日這一遭竟然如此順利，兩人也歡喜，站在一旁等著要賞錢。

崔薇自然知道碧柳說的話有道理，但不知為什麼，她生完孩子就覺得心裡既是高興，又有些不舒坦，這會兒聞著血腥味更是難受，也不像平時一般好說話了，皺了眉頭就倔道：

「要打開，聞著我難受，趕緊打開！妳們將賞銀拿出來，兩位嬤嬤有勞了。」

屋裡眾人都答應著，兩個丫頭這才明白過來，忙將早就準備好的賞錢給摸了出來，遞給了兩個穩婆，兩人一捏荷包，還沒來得及笑，那頭聶秋染又開口道──

「再一人添五兩，今日夫人的事，全是有勞妳們了。」

兩人一聽，更是感恩戴德，忙作揖陪笑，說不完的好話，這才由幾個丫頭領下去準備吃酒了。

聶家出了這樣的喜事，自然不可能穩婆一生產完就將人打發出去，聶秋染索性抱了女兒吩咐讓廚房多整治些酒菜出來，宅子裡的下人們都跟著賞了一通，尤其是崔薇屋裡的人，一時間倒是個個都高興。

崔薇生完了孩子本該是喜事，但她不知怎的就是想哭，非鬧著要將窗打開，聶秋染拿她也沒有辦法，也只得令人將窗戶打開了，又不能對著她床上吹，搬了屏風將幾個窗擋了大半，既是透了氣，又不讓她受涼，這才妥當了。

家裡乳娘是早就準備好的，崔薇自己也知道她要養兩個孩子根本不夠，因此這事是跟聶秋染達成了共識，只是頭三日的初乳她卻準備餵孩子，前世她曾聽懷孕過的人講過，生完孩子頭幾日奶水是最好的。

聶秋染自然也依她，不知道為什麼，原本還算乖巧的媳婦兒生完孩子之後動不動就要哭起來，前世他也沒曾見過婦人生完孩子就哭的，但穩婆卻提過，剛生完的婦人不能哭太多，他也只得由了她。

宅子裡忙了大半宿，眾人都忙忙碌碌的一臉喜氣，晌午後崔薇生了孩子的消息傳進宮中，下午時羅玄就讓人送了不少的東西過來，一箱箱的金翠明珠，晃得人眼睛都險些花了。他自己卻是沒有過來，送東西過來的太監還領來了太子劉乾的賞賜，一時間整個宅子裡都洋溢著喜氣。有了太子的領頭，上京之中許多人都接二連三的派人送了賀禮過來，不到半日工夫，崔薇便發了一筆橫財。

只是這會兒她卻顧不得歡喜，生完孩子人便昏昏沈沈的任由旁人給自己收拾著，昏睡了過去。她雖然年輕，生孩子也生得快，不像別人要熬上幾個時辰才生得出來，不過到底是雙胎，又是經過一番折騰才生出來的，到底還是累得慌，因此一生完，後頭的事便任人擺布了。

聶秋染有些不是滋味的看著下人們將自己媳婦兒給拿熱水擦乾了衣裳，恨不能讓人家離開，自己去替她清理，可偏偏他又不懂這些，那些穩婆才是經驗老到的，自然這會兒容不得他心裡酸溜。

而另一廂孫氏在這邊看著抬進抬出的金銀珠寶，險些眼紅得流出口水來，看著一筐筐抬出去賞賜下人們的銅錢，孫氏也跟著站出來搶了不少。晚間時候到了，屋裡也沒哪個人顧得上她的，聶秋染那邊不出來，她又不敢當著崔薇的面進她屋子裡去，就怕崔薇一看到自己便將自己推倒她的事抖出來。孫氏揣著和下人們搶來的一大包錢，這才趕緊回自己院子那邊去了。

崔薇昨兒生產時看似輕鬆，實則也傷了身子，生完孩子她便出了大半身的虛汗，又失血過多，昏昏沈沈睡了過去，連孩子都沒怎麼看，睡了一整晚，精神才稍稍養好了些。

晌午時候起來時胸又有些脹了起來，她想到昨兒的事情，恨得牙癢癢的，一邊坐起身來，任由碧柳端了乾淨的熱水過來，等她擰了帕子之後，才往胸上敷了敷，又輕輕擦了幾下，接過碧柳遞來的玉碗，一邊問道：「大爺這會兒在哪裡，去翰林院了？」

聶秋染因有雙喜臨門，一次子女雙全，早早就向翰林院告了假，應該在家裡陪她才是，有羅玄在那邊頂著，翰林院應該沒哪個會為難他的。

碧柳一聽到這兒，頓時笑了起來。「夫人睡迷糊了，早晨時主子才剛說過已在家休沐幾日，陪陪夫人不說，還看看小娘子與小郎君呢，這會兒正在院子裡頭與聶老爺說著話。」

崔薇一聽到這兒，臉色頓時沈了下來。「昨兒大爺他娘的事跟大爺說了沒有？」她生孩子是沒辦法了，生完又昏睡過去，沒來得及提，這會兒才想了起來。每每想到孫氏拖著自己的情景，崔薇心裡就恨得牙癢癢，也就是她命大，才熬了過來，否則本來生孩子就是一腳踏進鬼門關，尤其是她雙胎的，幸虧從小身體基礎打得好，否則若是弱一些，真是個閨閣弱女，被孫氏那樣一弄非得出事不可，說不得便喜事變喪事，一屍兩命都有可能！

「奴婢忘了！」碧柳一聽到這兒，頓時愣住了，她昨兒是真忙著裡裡外外的，也忘了去跟聶秋染說這個事情，開始時她倒是想說，不過後來先是駭怕，又是驚喜，最後又要留聶秋染跟崔薇兩夫妻相處，哪兒還記得孫氏的事，直到現在崔薇一說她才想起來。「夫人恕罪。」

「算了，我不怪妳。」崔薇擺了擺手，想到昨日碧柳幾人將她接住的情況，臉色緩和了些，幸虧昨兒她是有人接住，否則被孫氏那一拉一推的，就是她身體再好也要吃些苦頭。一想到孫氏，今兒還沒見過她呢，估計自己也知道心虛了，崔薇頓時冷笑了起來。

「她躲得過初一，可躲不過十五！這事可沒這麼容易完，等下將大爺喚回來，就說我不舒服。」孫氏這事是好多人都親眼瞧見的，她賴不掉，現在跟聶秋染說了，兩人夫妻幾年，崔薇對他性格也瞭解得很，有把握聶秋染絕對不會因為他娘無理取鬧而要讓她多加忍耐。

「是！」碧柳應了一聲。

屋裡下人們都聽出崔薇話裡對孫氏的恨意，知道這婆媳二人是沒辦法和好了，如今大家都知道風往哪邊颳，聶秋染本來對崔薇的好眾人都瞧得見，這事孫氏肯定要倒大楣！

幾人連忙站起身來，有人趕緊出去報信了，不多時聶秋染便連忙大踏步進來，身影一下子便挪到了床榻邊，跑得胸膛起伏，滿頭濃密長髮全部梳起盤在頭頂，露出的光潔額頭布了一層細密的汗珠。

「薇兒，妳哪兒不舒服了？」婦人坐月子可要好生調養的，否則一個不好就要落下病根，他一聽小丫頭來回報崔薇不舒服了，便嚇得他心跳都險些停了一拍，渾身冰冷，急得不行。

這下子一來，他伸手在崔薇額頭探了探，一邊伸手要去翻她眼皮，一邊就要讓她吐出舌頭來。「讓我瞧瞧，哪兒不妥當，趕緊讓人到宮外給裡頭報聲信兒，讓羅玄請御醫過來！」

讀書人一般多多少少的都會些望聞問切的醫理本事，聶秋染看小媳婦這會兒養得面色光潔，肌膚似上好細膩的瓷器般的模樣，不像是哪兒不舒坦，但他心中卻是有些放不下，深怕自己看錯了，關心則亂，這會兒連平日臉上溫暖如春風般的表情都不見了，眼裡有著驚慌。

聶秋染是真的在意自己！崔薇看清了他的神情，頓時臉上露出一絲滿意的笑容來，一邊反手握住了聶秋染壓在自己脈搏上的手，一邊正色道：「聶大哥，我現在沒有哪兒不舒坦。」

她這樣一說，聶秋染頓時鬆了一口氣，頓時就要發怒。「哪個嚼舌根的敢胡說八道講夫人不舒服？不是存心詛咒夫人嗎？直接打死！」

他這還是頭一回怒氣勃發的模樣，屋裡下人們頓時死一般的寂靜，那傳話的小丫頭身子哆嗦得如秋風中落葉。

崔薇嘴角笑意更濃了些，將聶秋染的手拉了起來，貼在自己臉頰邊，神色鄭重地道：「聶大哥，我現在好端端的，但昨兒生孩子時被你娘拉得險些摔倒了，她又為了讓我摔遠一些，推了我一把，幸虧碧柳她們將我給抓住了，否則恐怕我跟孩子們都得要出事。」

崔薇告起孫氏來，絲毫心理壓力都沒有。

「她說為了聶二的婚事，是來讓我跟她一塊兒出去相人，說前一日就想過來，可是我把著門，不讓人將她放進來。」崔薇倒是真不想讓孫氏進自己這邊來，但這事她沒有出頭，反而是聶秋染做的，因此她有把握聶秋染在這事上不會偏向孫氏那邊，不過崔薇仍是將這事給說了出來，免得往後孫氏反倒惡人先告狀。

聶秋染的臉色一下子就冷了下來。他昨兒就聽下人說崔薇險些摔了一跤才生了孩子，不過昨日回來時實在是太擔心了，沒人知道他兩世為人之後，對於孩子與崔薇有多在乎。後來母子三人又平安了，他鬆了一口氣的同時也被孩子們的降臨弄了個措手不及，今日才想起來，要不是聶夫子過來，他本來也要回來問的。

如今一聽說是孫氏的原因，聶秋染頓時就冷笑了一聲，伸手替崔薇理了理衣裳，半晌之後他才開口道：「這事交給我來做，妳好好養著，也別想太多。」

他現在肯表態，也沒有因為孫氏是他娘而左右躲閃迴避這個問題，崔薇心中不由有些驚喜，點了點頭。

兩夫妻這廂說著話，那頭崔薇卻沒注意到聶秋染眼中一閃而過的憂慮之色，說完孫氏的事之後，她才安心地靠在枕頭上，閉上眼睛養起神來。

孫氏被關了起來，一個謀害聶家子孫的罪名就算她不死，也足夠讓她脫一層皮了，只是因為這會兒聶家新添了丁，正是大喜的日子，因此沒人來找她麻煩而已。

因崔薇生的是雙生子，照理來說是要坐雙月子的，等到兩個月時間一閃而過了，她出了月子，又給孩子們辦過了百日宴後，才開始騰出手來，本來是想要找孫氏報仇的，誰料聶秋染這會兒卻與她說了一個讓她心下一沈的消息來。

前一陣子，因秦淑玉與崔敬平的事使得許氏心中不痛快，也不知道她去找崔敬平說過什麼，那日崔薇生產時崔敬平來找了聶秋染一趟，便離開了京中，半個月前他才收到消息，聽說崔敬平這會兒已經到了西涼，準備從軍了。

與自己的兄長相比起來，一個隨時等著處理的孫氏自然便不重要了。崔薇沒料到許氏竟然會找崔敬平麻煩，竟然還逼得自己的兄長離家出走前往西涼，那個地方可不是什麼好地方，那個地方時常打仗死人的，又時常受到蠻人騷擾，要與蠻人生死相搏，崔敬平竟然去了那麼一個地方！

崔薇登時一口氣險些沒能提得上來，自此自然是將秦家給怨上了，後來聽說秦淑玉經由聖上下旨賜婚，也沒有親自前去賀喜，只是讓人送了禮單去，顯然心中還是存了疙瘩。

而孫氏也沒輪到崔薇去報仇，反倒是被聶秋染送出府去，也不知道他到底是將孫氏送到哪兒，只是聶夫子既然都不問這事，崔薇自然也不提了。

第一百一十九章

最近京中也並不太平，太子當政羅玄得勢的好日子隨著皇帝的身體痊癒而漸漸開始改變，皇帝對太子忌憚，連帶著對太子身邊的當紅者羅玄也看不大順眼，聶秋染因為崔薇之故，自然也被歸在了太子一邊，雖然身為新科狀元，卻又為皇帝所不喜。

前世的事情提前了幾年，聶秋染被皇帝再一次發派到定州，與前世不同的是被任命為五品通判，抱著一雙兒女啟程前，與同樣被發派到西涼的羅玄分別，崔薇心中自然不好受，聶秋染安撫似的抱緊了她，目光望著京城方向，冷冷笑了起來。

今日皇帝將他看不順眼的人一律發派出京，不知道是不是皇帝老了，且又太子年壯，他心中已經慌了，做的事情竟然讓聶秋染十分想笑，皇帝這種放虎歸山的行為，不知道他以後會不會後悔，等到自己他日時機成熟回來時，不知皇帝臉上的表情該是何等好看！

眾人臨行前先將萬分不情願的聶夫子送回江淮省中，崔薇這才跟著聶秋染一塊兒朝定州前去。

在定州三年的時光中不知道是不是沒了孫氏等人的煩擾，就只得一家人相守相護，崔薇總覺得這樣的日子簡直比以前五、六年的時光還要悠閒自在。這三年裡發生了不少的事情，孫氏的死訊先是傳到了定州，還不知道她是怎麼死的，但崔薇等人意思地給她服了一年的喪，便將這事給拋到了腦後。

而這其中值得人注目的，便是聶晴了，她嫁給賀元年幾年，據說她時常受賀元年虐待，結果與她的姦夫潘世權以及陳小軍等人，竟然合謀將賀元年給殺了，半年前便已經被判流放西涼。

當初崔薇聽到這事時還十分吃驚，她雖然知道聶晴有些心機，可她沒料到聶晴竟然敢幹出殺人的事情來！

崔薇在聽聶秋染說起這事時，還頗為吃驚，但隨即想到賀元年那副德行，卻又釋懷。但這事怪不得別人，只能怪聶晴自己，當初婚前明明有一樁好姻緣擺在面前，她卻又不珍惜，反倒自己不檢點不說，害了別人一生，也誤了自己一輩子。

這事讓崔薇心裡很是感慨過，但她現在生活平淡而幸福，沒有了以往那種整天像是唱戲一般熱鬧的生活，這幾年定州的平靜讓她幾乎已經喜歡上這塊地方了。

但她也只是幾乎喜歡而已，事實上在定州幾年，聶秋染並沒有甘於平淡，他甚至背地裡好像與羅玄時常在商議著什麼，每過半年的時光，羅玄便會悄悄領人來到定州，一面瞧她，一面與聶秋染商議事情。

他們二人背地裡謀的事情崔薇並不清楚，也沒有刨根問底，反正聶秋染該說的時候自然會說的，她也懶得去多問，這些事既然他們不想說，便表明並不是什麼簡單的事，她問了除了擔憂之外再無其他辦法可想，倒不如不知道才好。若是聶秋染會說時，那必定也是事情解決了之時，只要不是事關她關切的人的安危，多的，崔薇也不問了。

對於崔薇這一點，事實上聶秋染很是喜歡，上一世顧寧溪便是一個性格強勢到不輸男人的女人，也不知道她是不是出身高了，認為自己低她一頭，開始才成婚那一陣，便雞毛蒜皮的事情她都要逮在手裡。為這事顧寧溪沒少跟孫氏起衝突，開始孫氏還怕，只是後來聶秋染心中也厭惡顧寧溪那樣的，表面看似溫和，實則事事她都要掌控在手中，時間久了便不大理睬她。到後來他步步高升，顧寧溪自然識相了許多，以致後來孫氏才開始將她壓制住。

如今再想這些事情也只剩下了感慨而已，自己上輩子妻妾成群，可偏偏上輩子過得懵懵懂懂，這輩子再度重來時，才知道心意相通與真心喜歡是個什麼滋味，也不枉重活一回。

已經快臨近端午節了，他確實是有事情，依照上一世的記憶，端午節過後沒兩天，便開始漲起了大水，開始時眾人還不以為意，畢竟一般每年端午過後各地幾乎都會漲水。定州這邊位置近海，又與黃河相近，每年都會漲水，一般住在河邊的百姓早就有了經驗，等到漲水前幾天便開始收拾家什準備遷到高地居住，而定州防水每年都是會做的，在河邊築上高高的河堤，就算是水漲了，可通常都在河堤之下，就是偶爾漲大水，也不過是將河邊那一片的地淹沒而已。

這多年以來住在河邊的百姓們，住的地方幾乎都是用竹料編織而成，一旦漲水前幾天將東西一搬開，水一漲上來竹屋被水泡過亦不會爛，到時等水退了再搬回去就是，幾百年來都是這樣，眾人早就都習慣了。

而今年百姓們也開始在搬遷東西了，早在料到自己會來到定州時，聶秋染便一直在著力做一件事情，那便是將定州河堤再築得高一些，足足比以往另外再加高了約有三層樓高左右。他又同時在河流分支處令人再開鑿河道，早早的準備了沙袋，足足鑿了五條寬約數百尺的河道，這些河道縱橫交錯，且又直朝海邊前去，只要待將最後一道河堤挖開，再將擋下來足有幾十尺厚築成的沙袋搬開，那水便四通八達。

這自然是一個重大的工程，而且又極為勞民傷財，原本聶秋染做這事在定州惹了不少的民怨，上頭也頗有微辭，幾年下來正德帝沒少想要收拾他，但因有羅玄背地裡相幫之故，再加上正德帝老了，若是聶秋染出銀子能雇傭百姓，使百姓過得更好，那也是大慶之福，因此也沒太過鬧騰。聶秋染又用銀子將定州上下打點，事情便一直安然無恙。而聶秋染因一來用的是自己的銀子，另有羅玄幫忙，兩人足足花了近百萬兩鉅款，才會在短短三年多時間裡，請了人將河道挖好，且又平息了不少的事端。

而這一切的努力，聶秋染都是為了如今即將到來的水患做準備。前一世的這一年，定州一帶發生了幾百年都難遇的水災，原是西北一側山中積了不知道多少年的雪融化開來，再加上今年初時雨水不斷，直接導致了原本今年就已經比往年漲得更大的水更是洪流滔天！

早在幾年前邀請羅玄一起做這事時，聶秋染心頭就已經有了準備，前一世定州一帶發生了水災，足足淹死了恐怕有十來萬的百姓，定州一帶更是從此埋在了江河之中，再也不敢住人，幾乎大半個大慶朝都因此而遭了殃，死傷無數！

後來又因一連患的瘟疫流行，再加上大量難民湧入未曾受災之處，那一次幾乎使大慶朝就此覆沒。聶秋染縱然再是心狠手辣，在明知道自己有能力解決那件事情，挽救幾十萬百姓性命時，他做不到袖手旁觀。

更何況就算拋開心底那一絲僅存的善念不提，他要用此絕世之功，換取自己往後無上的榮光與地位！他受夠了再次重活卻要受人擺布的生活，他也受夠了正德帝當初將自己當成猴兒耍，在前世他臨死前還擺了自己一道。他也不願意再看自己的妻子處處還要與許多他根本看不上的人見禮！自己上一世替正德帝賣命，雖說上一世與羅玄相鬥有聶晴的原因，可其實追根究柢，除了一個聶晴之外，未嘗沒有正德帝父子的原因在。

那一對父子表面要名聲，要地位，便放任手下親信相鬥，恐怕在那兩位皇帝心中，自己與羅玄二人，便如同他們養的兩條狗一般，肆意耍弄，相互鬥毆、撕咬！

上一世就算正德帝對自己有知遇之恩，可自己上一輩子還的已經夠多。更何況，他最後還送了自己如此一份大禮，他又豈能不還？而這一世既然正德帝先不仁，那也休怪自己不義。

用解決此水患之功，從而換來天下民心，再與羅玄聯手，當世之中，誰也休想再左右自己命運！

他要讓皇帝也拿自己沒辦法，更何況正德帝當皇帝已經夠久了，久到已經太過無聊，有了多餘的心思開始管起自己的事情。聶秋染自然不會坐以待斃任人拿捏，膽大包天的事，他一向敢幹，多活了一世，他的膽子，總比尋常人要大一些。

而羅玄那廝也不是什麼好東西，三綱五常對他這樣的人來說根本沒用，別說他跟太子間不過是相互利用的關係，太子一邊將他當作低賤的侍人，一邊又用他出生入死，當初暗殺了正德帝多少忠心之人，都是羅玄一人幹的，九死一生的危險不說，光是那事擔的風險便不用再提。羅玄因這一世的變故，雖然風光比起前世早了幾年，但同樣的，付出的心力也多得多，太子對他不見得有多仁義，當初一個侯爺之位，事實上對於羅玄所做的事來說，就是封個國公之位也不過分！

如此一來，太子不過是拿羅玄當個玩意兒，當個可以隨時事發被棄之人，羅玄也不見得有多忠心，他這樣性格的人來說，除了年幼時給了他溫暖，容易走進他心裡的崔薇夫婦二人之外，便是觀音菩薩也難以感化得了他，太子自然更感化他不得。羅玄對於崔薇夫婦本就有心，別說聶秋染給他這事，就是一個不相干的人給他提這樣能奪權，從此萬人之上的事，只要能有五分把握他也幹了，更何況這事還是聶秋染給他提的，自然毫不猶豫地便答應了下來。

對於這一點，聶秋染心頭也頗為觸動，畢竟羅玄是個什麼樣的人，恐怕沒有人比上一世與他相鬥了多年的自己更瞭解，這樣一個多疑且陰晴不定的人在聽到自己的話時，毫不猶豫便出人出力，且殺頭的事他也敢跟著自己一起幹，實在令原本還有些芥蒂的聶秋染頓時真正接納了他。

畢竟定州會遭遇水患一事，只有重生回來的自己知道！而除此之外，誰人能曉得？可光憑自己的三言兩語，羅玄便一力撲了進來，就是換了聶秋染，若是毫不知情的情況下有人讓他犯著殺頭之事去賭，他也不敢幹的，就是至親之人恐怕他也會猶豫一番。而羅玄卻是毫不猶豫，這份魄力，自然令人動容。

這事畢竟乃是抄家滅口的重罪，因此在事情未明朗前，羅玄曾要求過聶秋染不准將這事透給崔薇聽。他願意陪著聶秋染瘋狂博一把，畢竟他對別人狠，可對自己一向更狠，若能拚一回換取無上富貴，從此成為崔薇後盾那是可以；但他不將自己性命當成一回事，可是卻不能不替崔薇多想幾分。這事情到底太重大了，若是事發之後並不如聶秋染所說的一般順利，那麼兩人死了就死，可崔薇要是不知情，正德帝為了名聲，恐怕還能放她一條生路。

對於這一點，聶秋染自然沒什麼異議，他雖然運籌帷幄，對於這事極有把握，但事情不怕一萬便怕萬一，他就是心堅如鐵，可有了妻兒，也不得不為崔薇考慮幾分，人就是有了弱點才會開始左思右想，羅玄的話正中他的下懷。

事隔三年，羅玄每年都要過來與他商議大事，且替他帶來一些奴隸幫忙做工，說明事完之後便放這些人生路，他替聶秋染帶來了不少有用的人，這些人為往後的自由，拚命都敢，如此一來，三年過去，在兩人合謀之下，順利完成。

端午節剛過，眼見離洪災來臨沒有多久時間了，也就是這幾日的事情。上一世的聶秋染這會兒剛從京中到定州半年左右的時間，那時的洪災他也曾親身經歷過，因此記得十分清楚，也正因為遭受過那樣一場災難，聶秋染在那次事件中，領了官兵們安頓百姓，以及遷移眾人等，立下大功，因而破格受到提拔，最後回到京中時，才位二品。

雖然說是將當初做過的事情如今再度重做一次，但因天災無情，人力有窮時，在這樣老天爺發怒之下所降下的災害裡，誰也無法拿捏得準，幸虧他有三年時間可以早做防範。前一世的功勞他領過一分，這一世的功勞他便要全領到自己身上！

端午過後太陽熱得厲害，今年的天氣比起往年總有些異常，雨水不斷，可偏偏又悶得厲害，不時能看到一些水蜻蜓在雨中飛來飛去的。昨日羅玄便又來到了定州，晚上也不知與聶秋染商議什麼，早晨一大早又過來找崔薇了。

他一向愛纏著自己，崔薇也沒多想，索性坐在屋中便與他聊起天來，也不知怎的，兩姊弟便說到回京的事情來。

羅玄笑得溫和地道：「我這趟會多待幾天，到時與聶大哥一塊兒回京中去。」前兩天他便已經接到了手下的回報，此時他們恐怕都已經快到定州地界上了，這一次來時羅玄便沒想過要再回西涼那地方去。「我以後天天跟姊姊在一塊兒，再不分開。對了，這趟我上京前，可是將聶大哥的妹妹『安葬』了。」

聶晴本來沒死，她被流放到西涼，正好就落到了羅玄手中，果然是禍害長命，西涼那樣一個女人根本待不下來的地方，她硬是活到現在還沒死。

以前羅玄在西涼待著，有他看著，聶晴只有生不如死的活著，畢竟她曾對崔薇生出過壞心思，當初竟然敢吐口水給崔薇喝。羅玄這些年在西涼可將她心裡的想法掏出了大半來，知道她心中的想法，對她更是警惕，便是她心頭再恨也沒用。

可如今自己要離開西涼了，自然要將她給處決了，她既然沒死，便要讓她早早死了，好安葬下去才是，免得自己以後走了，聶晴連個收屍的也沒有。羅玄嘴上是這麼說，事實上他是覺得留人活著受折磨，總有一天會出大事來，斬草便要除根，若為了一時解氣將人給留著，萬一哪天讓聶晴給翻了身，再尋崔薇的麻煩就不好了。

畢竟他自己就屬於當初聶明打蛇沒打死，反受其害的例證。聶晴不是一般的女人，那女人生命力頑強得很，留著她性命，難保她哪一天就如同自己一般能活下來不說，還能有什麼奇遇，羅玄索性便將她給處決了，永絕後患。

「既然你不走了，昨兒端午節本來該吃粽子的，偏偏我倒是睡過去了不知道，今兒再來補上。我那兒不只有柳丁酒，還吩咐了廚房將早泡好的雄黃酒也準備了一些，晚上……」

羅玄滿臉笑意的聽她說話，只是聽她說起晚上要吃的東西時，笑意卻漸漸地淡了下去，半晌之後才嘆了口氣。「姊姊，今兒這頓酒吃不了，粽子也吃不到了。姊姊今晚要離開，馬車已經準備好了，姊姊帶孩子先走，往後這頓酒，再慢慢補上。」

冷不防聽到羅玄說起了這話，崔薇不由吃了一驚。「什麼？好端端的，我怎麼要走？小石頭，你莫不是說錯了吧。」

「他沒有說錯！」聶秋染的聲音從外頭傳了進來，不多時他身影便出現在外頭院子裡，大步流星的朝屋裡走進來。「東西我已經替妳收拾好了，妳先出定州，回京中去，等著我，我晚幾天跟石頭一塊兒回去。」

「聶大哥……」崔薇愣了愣，吃驚得說不出話來。

「別多說了，有事等到回京之後再慢慢說。薇兒，妳自己路上小心一些，我讓身手不錯的侍衛道一陪妳一塊兒回京中。」聶秋染一邊說著，一邊指揮碧柳等人。「將東西趕緊收拾了，只揀貴重的，其他一般的扔下就是。」那一百萬兩銀子他都花了，哪裡還會在意這定州置辦的家什。

崔薇剛想開口說話，那頭羅玄也接著道：「我也讓陰流與陰雲等陪姊姊回去！」他所說的陰流便是他身邊那個面目陰沈的中年人，那可是羅玄身邊最為忠心，且身手出眾的下屬。

這會兒崔薇便是再粗的神經，也知道事情有些不對勁了。「怎麼了？怎麼好端端的就要讓我先走？」她沒有說什麼我不走的話，反倒是站起身來，衝碧柳等人使了個眼色，示意她們先進去收拾東西，一邊才盯著聶秋染兩人看。「有什麼事先告訴我，就是要讓我走，也得跟我說一聲，免得我心裡掛記著吧？」

聶秋染看到妻子這模樣，心下也不由有些發酸。

事實上崔薇這會兒心中直打鼓，也覺得有些不對勁，不過是不想表現出來讓聶秋染兩人擔憂罷了。

聶秋染哪裡看不出來她的用心，原本不想這會兒說出來讓崔薇擔憂的，只是她若一味追問，或是鬧騰著不肯走便罷了，如今她這樣配合的態度，倒反讓聶秋染心裡難受，也不忍再瞞她了，直接道：「薇兒，妳知道我這三年來都做了些什麼嗎？」

挖河道那樣大的事情，崔薇哪裡有不清楚的，猶豫了一下，便點了點頭。「聶大哥，你有什麼話直接說就是。」

「再過幾日，定州恐怕是有水患發生，我跟石頭兩人準備這會兒留下來。不過妳放心，我已經做好了萬全準備，不會出事，妳自己趕緊回京中，京裡是最安全的，我快則兩月，遲則半年，必定會入京與妳相會。」

崔薇本來今日被羅玄說讓她先回京便覺得有些不對勁了，可她沒料到竟然聶秋染會與她說定州有水患發生。她之前雖然也意識到羅玄這次到定州來得有些蹊蹺，可她卻沒有去深想，如今聽到聶秋染這樣說，她便沈默了下來，半晌之後才點了點頭。「聶大哥，那我先回京中，我等聶大哥與小石頭你們回來。」她本來是想回小灣村的，但話到嘴邊打了個轉仍說了回京裡。

聶秋染不由自主地鬆了一口氣，就怕她此時說要回小灣村，要知道定州水患一起，他雖然說挖了幾條河道，但也只是盡人事，聽天命而已，事情到底如何，還得看老天爺安排。到時若定州仍遭了水患，那幾條河道沒起作用的話，恐怕大批流民一旦朝外鄉奔去，大慶朝各地都不見得安穩，如此一來，也唯有天子腳下會稍好一些。

崔薇也知道他的心意，水患一事自己幫不上忙就罷，可至少也不能添亂，讓聶秋染再為自己擔憂。

時間緊急，前些天聶秋染不太捨得崔薇早走，因此拖到今日，現在就算快馬加鞭，恐怕也只是這段時間能勉強出定州地界而已，幸虧水患不是一天可成，得幾日慢慢蓄積，因此這幾日倒也是足夠了。

眾下人雖然不知道怎麼突然間崔薇就要走了，但幸虧侍候的丫鬟碧柳等人是在京中時就跟著崔薇一道的，倒也忠心，一聽說收拾東西，連日便將一些貴重物品給打包好了。當天夜裡聶秋染也沒留妻子下來，而是連夜等到羅玄身邊那面目陰沈的中年人到來之後，便親自送了妻子出城去。

一路聽聶秋染的話急趕出定州，等到第八日時，才出了定州地界，一路沿道以來百姓倒也安居樂業，根本沒有人提起水患之事，當日崔薇是太過相信聶秋染了，因此也沒想其他，便聽了他吩咐，如今等到出了定州地界，冷靜下來後她才覺得有些懷疑。

只是這會兒既然出來了，她也相信自己的丈夫，不再倒回去，眾人走了半個多月時，路途便聽說定州一帶今年漲水完全超過了以往的情況，等到兩個多月後，離京城也不過半日路途時，定州那邊漲了水的話才漸漸開始傳到。

崔薇回了京中也沒有再回羅玄買給自己的鋪子處，她這一趟回來是悄悄來的，只是聶秋染方面單安排她回來，自然不好大張旗鼓的出去。於是一回了京中，便令人在京裡買了一棟離自己糕點鋪子不遠處的三進小宅子，一家人住了進去。外頭定州水患的消息還沒有傳來，雖然不知道聶秋染為什麼早日就安排自己離開，但既然知道了這件事，崔薇自然就是早做準備。

臨離開定州時，聶秋染給了她五萬兩銀票，再加上羅玄給的五萬兩，她現在手中足有十萬兩銀子左右，還有以往她自己的體己錢加上以前羅玄給的，大概能湊足十八萬兩，這些銀子聶秋染從未問她要過，因此這趟回來時自然作為貴重物品一併帶走了。如今手裡有銀子，又知道定州有水患，能被聶秋染嚴肅以待的，崔薇自然心中擔憂，一等安頓下來，她連忙便召了道一與那名叫陰流的內侍過來。拜前世時一次購鹽熱潮影響，崔薇又不想總將心思記掛在丈夫和弟弟身上，因此倒將心思轉到買鹽的事情上來。

若是定州水患當真嚴重了，她準備要存些糧食與鹽，以備不時之需。畢竟定州一帶位於海邊，那一帶要是全遭了水災，帶來的損失恐怕不只是一點兒土地而已，說不定還會牽連更廣。

大慶朝的海鹽輸出幾乎全是靠了定州一帶流入，而定州一旦遭到水患，恐怕到時缺鹽危機是絕對會出現的。畢竟這是一切靠人工手製的年代，可不像現代的情況，一切都科技化，什麼都能用機器處理出來，就算少用些人手也成。這會兒定州一旦遭災，百姓們逃難，沒人製鹽了，恐怕鹽會漲價，說不定到時還有價無市！

想通了這些，崔薇自然是準備喚道一與陰流二人過來，將自己所有的銀票全交到了這兩人手上，又典當了自己所有貴重首飾等全換成了銀子，讓這兩人分別拿了銀票出京買糧食與鹽等。

時間一晃便過去了一個多月，這一個多月裡道一陸陸續續令人以裝貨的名義，買通了守城門的士兵，接連運了幾十車糧食與鹽回來。原本湊齊的三十萬兩銀很快便全化成了小山似的糧食與油鹽等。這小院子已經裝不下了，崔薇索性又將隔壁也花錢買了下來，把東西全堆了過去。

到了八月末時，京中得到消息，定州一帶遭了大水，聽說事態十分緊急，山洪暴發，那情景據說便如同天崩地塌一般，比聶秋染當初描述的可嚴重多了。

雖說聶秋染講他早有準備了，事實上這三年來他一直都守在定州挖河道，但也只是將事態控制在一定範圍內而已，人的努力在大自然的天險面前，自然算不得什麼。

八月末，雨水嘩啦啦的下了起來，一時間別說是定州那邊靠海沿江一帶，就是京外的護城河也開始漲起了水來，漫出了河岸外。京外的暢春園等全部都已經被淹沒，一時間就是來往的人們要想進出京中，都得放下吊橋才能通過，這可真正是大慶朝百年難遇的情景。

崔薇正在擔憂著丈夫與弟弟時，聶秋染與羅玄兩人的名聲，卻一時間傳響了整個大慶朝間！定州通判聶秋染之名，一時間成了大慶朝中一個傳說的神話。

據說聶秋染乃是天上文曲星下凡，因有斷卜未來之能，早得上天示警，知道定州五月以來會天降一場大災，因此特意出錢出力，拯救百姓們於水深火熱之中。聽說定州受災嚴重，但幸虧也有了那幾條聶秋染新挖出來的河道，使得洪水氾濫的情況好了不少，否則若是沒有那幾條河道，別說定州要倒大楣，恐怕就是離定州不遠的江淮也得被淹沒在水中。到時死傷更是不計其數，恐怕遠不止如今死傷的一些人，以及損失的東西土地而已！

如今定州一帶逃難出來，或是九死一生留下性命來的，都個個對聶秋染感激不盡，人人口耳相傳，簡直都將聶秋染當成了天上下凡救苦救難的菩薩一般。

這些言論很快由逃難的人們口中傳到了京城來，也不知道如今正德帝心頭是個什麼滋味。人人都罵皇帝不仁，才導致上天降下了這場大災禍，這是老天發怒的徵兆！可偏偏他這個當皇帝的不仁，也不是天下明主，但一個以往被他看不上，且又頗為厭惡忌憚的人倒是成了神仙下凡，救苦救難。

聶秋染現在名聲與事蹟已經壓過了正德帝，且又深得民心，這下子正德帝就是氣個半死，也得忍下這口氣。

但福無雙至，禍不單行，除了正德帝失了大量民心之外，這會兒已經有大量難民開始湧入京中。原本大慶朝不過總共才幾個大省而已，如今定州一帶被水淹了大半，就連江淮也有受到影響，這兩地百姓共同遷徙大半出來，一個京城平日裡看著大，但這會兒便顯得有些小了起來。

人口一多，難免局勢就亂。許多流民不遠千里而來，便是為了找到皇帝陛下，想找官府討口飯吃，可偏偏此時京中擁擠不下，人口一多，糧食與油鹽菜等物品價格便開始飛速狂漲！原本一斗米不過五、六個銅錢便能買得到，如今卻漲到五十個銅錢也不一定有人賣的地步。

皇宮之中雖然有些銀兩，這幾年國泰民安，因此國庫倒是頗為豐盈，可是這會兒便是能拿出百萬兩銀子，在糧食漲價的時候，也不見得能買到多少石。

正德帝這會兒頭暈眼花，又心中急得上火，商人們唯利是圖，賊膽包天，見著有利益，便是皇帝下令也不肯賣糧食出來，為了錢財，真正是連命都敢拿出來賭！正德帝火大之下，出了昏招，勒令商人將米糧交出來，其中少不了派兵出去強征，這樣一來自然民間怨聲載道。

百姓們不明就裡，只聽著民間有埋怨皇帝的話，一些流民早就心中積怨多時，自己等人來到京中已經一段時間，皇帝卻未下令安置，反倒只讓御林軍鎮壓，深恐自己鬧事，如今不給吃食就罷，還不給安置，自然罵聲不絕於耳。

這些流民本來就流離失所，家鄉遭了難，離鄉背井，妻離子散的，又得到這麼一個結局，自然憤怒不已，又恨皇帝還派兵鎮壓，頓時起了暴亂。如此一來京中百姓自然苦不堪言，許多受害者被搶了吃食的，也開始埋怨起皇帝，情勢頓時失了控。

而崔薇這會兒卻守著自己家中如同幾座小山似的食物，吃喝不愁。她倒是成日裡聽著京中百姓們的哀泣，想過要在這會兒賑災，但陰流卻阻止了她。

「夫人，需知道斗米養恩人，石米養仇人。夫人本是一片好意，心中善良可昭日月，但此時京中流民們還不是到最餓之時，就怕夫人壯舉，卻偏偏引來一些有心人，或是招了皇帝眼，若是將夫人手中糧食全搶，且將夫人收押要脅主公與聶大人，那未免倒是不美。不如再等兩月，等到皇帝走投無路之時，夫人再行賑災。到時人人誇讚，聶大人名聲本來就好，又如錦上添花，豈不是美事一件？」

陰流只知算計，可不管京中百姓會不會餓死，因此自然攔著崔薇不讓她此時便出手，就怕她好心被誤。道一對聶秋染忠心無比，聽到陰流這話自然也贊同，兩人都反對，崔薇自然將想要賑災的心思歇了下來。

等到十月初時，雨水還在下著，聽說京城中已經有好些人餓得睡得滿大街都是，外頭四處都是姦淫擄掠的，流民們凶狠異常，一旦人餓起來，那是人肉都敢吃的，許多人闖進了世家裡，大肆搶殺，便是皇帝的御林軍這會兒疲於應付，逼得許多世家也不得不開始抵抗了起來。

這些流民們餓起來凶狠得也不管不顧，只要殺進世家裡，女人一概搶走，男人若是識相的便罷，不識相的全部殺了。糧食自然也沒放過，這樣一來，倒是好多人都遭了殃。

崔薇這會兒才發現陰流當初那話的好處來，若是她早些將糧食送了出去，恐怕不只落不到一個好，一家人還得因此受到連累。因崔薇買的宅子只是暫住之所，並不如何華麗，因此暫時沒有引起大隊流民的覬覦，反倒是有小股的人想過來撈好處，都被陰流等人給打發了。

到了十月中，一些世家也開始不滿了起來，許多人深受其害，聽說顧家也險些被人闖進去。顧家乃是百年世家，當初可是曾出過皇子妃的顯赫家族，偏偏連這樣的世家都險些遭了殃，這會兒不只是百姓們對皇帝不滿，連帶著一些世家也開始不滿了起來，四處開始團結。

這些日子以來崔薇也是吃不下睡不香的，不只是擔憂現狀，而且還擔憂聶秋染與羅玄等人。如今大慶朝遭殃了，外族本來就虎視眈眈，而大慶朝亂成這個樣子，西涼外的蠻人還不乘機前來才怪，這會兒崔敬平可還在西涼！崔薇整日裡擔憂無比，急得短短一個多月的時間整個人便瘦了大半，雖然陰流等人時常安慰她，但顯然沒什麼效果。

如今陰雨綿綿的，才剛到酉時半刻而已（約下午五點十分），若是往年這個時間點，這個時辰，天色還應該大亮才是，而且要是天公作美，這會兒應該出著太陽，可偏偏這些日子陰雨綿綿，早早的便天黑了下來，伸手不見五指，外頭的風夾雨裡似是還雜著女人的哭喊與驚呼聲。崔薇心神不寧的想著丈夫與羅玄以及崔敬平等幾人，靠坐在榻邊半晌沒有動靜。

她開始找準時機，想要為丈夫造勢。夫妻多年，聶秋染心頭想的是什麼，恐怕這世上也唯有崔薇最清楚了，到了這個地步，聶秋染的聲勢如日中天，崔薇要是還不明白丈夫的野心，她便算白活了。京中皇帝勢微，陰流晚間還帶來一個消息，說是有人舉報顧家，說崔薇人在京中，皇帝已經有意要對付她了，已經到了不能再繼續忍耐下去的時候了。

當初因羅玄將顧家嫡女顧寧溪膝蓋撞斷成為殘廢，顧家與她是結下了死仇，雖然她在京中的消息不知怎麼傳到顧家耳中的，但崔薇卻知道自己正處於危機時刻，她就算是不能幫助丈夫，可也不能給聶秋染拖後腿，使自己成為他的累贅。

一想通這些，再加上崔薇早就想幫聶秋染造勢，自然不再藏起來，她開始讓陰流大肆在京中散播自己是聶秋染的夫人，帶領兒女們回到京中，就是要為流民們布施粥飯的事。幸虧在災難之前她便已經存了不少的米糧鹽等物，如今皇帝都已經焦頭爛額，她這一出面，再加上又有陰流等人背地裡安插人手進流民中，很快的，崔薇的名聲在流民間開始散播起來，在許多流民眼中，聶秋染身為他們的救命恩人，而崔薇則如今又冒著生命危險布施飯食，自然聶秋染夫婦聲望一時無兩。

如今聶秋染名聲太大了，已經穩壓過了皇帝，正德帝心中哪裡能容自己的位置與名聲被人分享，更何況這些流民也太過無法無天了些，這些天在京中實在太過亂來，簡直是挑戰他這個皇帝的權威！

此刻正德帝既想鎮壓流民，又想抓住崔薇以威脅聶秋染，因此接下來兩天，正德帝又派人過來了一趟。先是派了五百大軍前來，這些人數雖然已經不少，若是驅散兩、三千人那是已經足夠了，可偏偏這些流民何止兩、三千而已，兩、三萬都不止了！

眾人這會兒在崔薇家中四周住了下來，個個安營紮寨，每天有吃的，有喝的，還有陰流那廝時常派了陰雲前去給眾人不時嘮叨幾句聶秋染夫婦的好處，一時間使得流民們對崔薇感激不盡，也都想著若是能在這邊住下來，有吃的有喝的，往後等到定州水患退了，再由聶大人安排著重新安家落戶，自然心中對於崔薇更在意了些，自然不會讓正德帝如願，許多人組成隊伍，自發自動的開始在崔薇家周圍巡邏了起來。

正德帝派來的軍隊一過來，眾人想到這些人是想要自己命，讓自己等人沒吃沒喝，想要把自己等人活活餓死的，自然對這些朝廷的鷹犬不客氣，來一對打一雙，來多少，流民們全部都揍了回去！

雖說御林軍是正規受過訓練的士兵們，本來照理說這些普通百姓不該是他們對手的，但這些流民嘗過挨餓的滋味，都怕崔薇被捉進宮中後，自己等人沒得吃喝，再加上聶秋染還是他們的救命恩人，拚命之下，亂拳能打死老師父，御林軍自然不敵。

一個只想完成皇帝的交代，一個則是為了往後拚命，氣勢自然便不一樣了。再加上流民人數眾多，一擁而上便是沒有章法的打架也夠讓人喝一壺了，因此幾天下來，正德帝派了兩撥人去，死傷倒是有，可是偏偏崔薇的影子都還沒能瞧見，自然險些氣炸了肺。

這樣的情況下正德帝也不是沒有想過法子想驅散民眾，但他京中留的親衛只得期門與羽林兩支御林軍隊伍，加起來最多就一萬人而已，如今折損了幾百人，剩餘的流民還漸漸再往京中趕。而一開始正德帝便賑災早了，將這些人餵好了，糧食倒是散了出去，京中商人也恨他入骨了，可偏偏這些民眾卻早忘了他賑災時拿出來的糧食，如今只守著那個崔氏，讓她撿了個便宜！

正德帝這會兒氣得要命，大慶的主要軍隊幾乎都在西涼那邊，就算是現在要調集人馬，最少都得等到三個多月後軍中人馬才會到來，雖說如今早送了信兒出去，可算算時間最少也要到明年初大軍才會到來。

正德帝心裡急得如同熱鍋上的螞蟻，如今他雖然是名正言順的皇帝，可其實心頭的擔憂不比崔薇少多少。

在這樣的情況下，聶秋染其實也擔憂遠在京城的妻子，一路領著定州與江淮一帶沿海遭了災的難民們朝京中趕，這些人一路上除了一些老弱病殘以及幼小的孩子外，其餘青壯年被聶秋染以保護弱小的名義集合了起來，成為他一支親衛隊伍，大約有兩萬人左右。

大慶朝因連年都要與西涼外的蠻族開戰，因此每隔幾年便會徵兵，如今能在十幾萬人中征出兩萬人，聶秋染已經很是激動了。他其實怕正德帝狗急跳牆不管不顧衝自己一家下手，因此才有了這麼一個後著，一路急趕不敢停歇之下，總算在十一月初時，比眾人猜測中早了半個月的時間，聶秋染領著人回到了京中。

如今聶秋染領人一回來，正德帝便知道大勢已去。

聶秋染帶回來的不只是人而已，還有大批的糧草，人群在京外駐紮下來，一路熟門熟路的開始安營紮寨。正德帝心下驚慌無比，便將希望寄託於鎮守在西涼多年，為了防備蠻人的大軍上面。

那裡的部隊可是大慶的精銳，雖說一旦將精銳部隊召回來大慶朝恐怕有危，但正德帝這會兒哪裡管得了這樣多。要是聶秋染回來沒人鎮壓了，他這個皇帝都幹不了幾天，哪裡又能管得到百姓死活，他要的，是自己活著享受榮華，可不管之後大慶危亂。

正德帝將西涼的軍隊當成救命稻草，可惜他卻不知道，自己養虎為患。當初將羅玄派出西涼，本來是為了將他調出京中權勢中心，可誰料到將羅玄放回西涼，無異於縱虎歸山，西涼便是他的老本營，他當初在未進宮前，曾在西涼待過，說是地頭蛇也不為過。這些年來在西涼一面經營，一面又扶持崔敬平上位，以他暗地裡不合作便刺殺的手段，很快將西涼大部分的軍隊掌握在手裡。

在這樣的情況下，正德帝等來的自然不可能是救命稻草，反倒是成為了壓死他的最後一根羽毛。崔敬平領著大軍回來，他當日曾在年少時與秦家的姑娘有些思慕，可後來秦淑玉卻被正德帝賜婚給京中其他官員，崔敬平心中憋著一股氣，再加上又要助自己妹夫一臂之力，自然領兵回來。

正德帝作夢也沒料到，自己最後沒有被太子篡位成功，最後卻悄無聲息的死在了羅玄手下。皇帝的駕崩並沒有在大慶朝激起什麼大的浪花，因為此時的災後重建工作在聶秋染的帶領下，百姓們只知聶秋染而不知當今皇帝，自然皇帝的死便顯得不那麼重要了。

與此同時，小灣村中一封書信卻是飄向了京中而來。

第一百二十章

楊氏病危！好歹還是占過她女兒的身體，崔薇仍是想替原主盡最後一分心意。兩夫妻收拾了東西，與一身勁衫的崔敬平一塊兒準備回到小灣村，送楊氏最後一程，夫妻倆靠坐於馬車上，一隊隊羽林軍化為護衛安靜的跟在馬車身側。聶秋染含笑看著妻子光潔的容顏，想了想，將自己多年以來存在心中的秘密，終於在一切塵埃落定後向妻子悄悄的道了出來。

兩人夫妻多年，心意相通，且又情投意合，崔薇哪裡不知道丈夫的心，他為了自己，就連天下間最尊貴的地位都能捨棄，就為了能只守著她一個人過生活，這份真心，令她動容，更別提他如今連這樣重要的事情都與她說了，崔薇也不準備再瞞著他，也索性倚在他懷裡，勾著他耳朵，輕語了起來。

說清秘密之後，夫妻之間並未生疏幾分，反倒都更多了幾分貼近與貼切。

回到小灣村中時，幾人才發現楊氏是真的危險，確實是不大好了。但卻並不是因為病危，而是被她自己最看重、最心疼，也是最維護的二兒子崔敬忠拿刀給捅傷了，崔敬平得知這個消息時，險些沒將崔敬忠給打死！

崔薇聽說楊氏想見自己最後一面，因此拉了丈夫一塊兒過崔家來了。

吳氏與林氏二人雙眼通紅正坐在一旁，楊氏的老父親也坐在一邊與人說著話抽著旱煙，臉上雖然沒笑，但卻並沒有什麼凝重的味道。屋裡羅氏等人在準備著白布與麻草等，這會兒看到崔薇過來了，崔世福連忙過來道：「薇兒，妳進去跟妳娘說說話吧，以後就看不到了……」

崔薇沒有出聲，與聶秋染一塊兒進屋裡去了，跟她一路過來的碧柳等人卻是留了下來，引得村裡好些人都好奇的盯著她們看，一副想圍上來說話又不敢的樣子。

屋裡楊氏已經換了一身嶄新的衣裳，被人抬到了用門板臨時搭起來的架子上，一身的黑布衣裳，襯得她那張臉更是慘白得半點兒血色也沒有。崔世財的媳婦兒劉氏正陰冷著一張臉，領著自己的兩個兒媳婦在替楊氏收拾著她睡過的床鋪，看到崔薇等人進來時，劉氏冷哼了一聲，也沒動彈，收拾了一下，索性便坐下去了。

「妳，妳……」楊氏喉嚨裡發出「霍霍」的聲音，目光都有些渙散了，她現在確實是迴光返照，前些天聽說連眼睛都睜不開呢，她是一直在熬著等崔敬平回來。屋裡一股陰森森的味道，就是待了這樣多人，也半點人味也沒有。崔敬平不知何時也站到了門口邊，盯著屋裡。崔薇轉了頭去看他時，只看到他熬得通紅的一雙眼。

屋裡靜悄悄的，楊氏衝崔薇伸出一雙手來，像是要與她說什麼話般，但她卻明顯說不出話來了，喘氣聲也更急了些，像是下一刻便要斷了氣的樣子。

就是當年有再多的恩怨，看到這情景。崔薇也只有嘆了口氣算了。走了幾步進到屋裡來，屋裡一股剛燒過的香燭味，熏得人難受，崔薇還沒開口說話，劉氏便道：「妳娘要去了，妳就好好陪她說說話，也不要再倔著了，知道妳是姓什麼的，得顧著些娘家才好，咱們可一筆寫不出一個崔字。妳也是嫁了讀書人的，該懂著些。別自己人不顧了，去顧別人……」

崔薇懶得理劉氏在這個時候想要趁火打劫的行為，淡淡的看了她一眼。劉氏被她一瞧，心下一寒，想到崔薇如今的地位，哪裡還敢多說什麼，心臟都抖了幾下忙閉了嘴。聶秋染從外頭領了個揹了藥箱的老頭進來，崔薇轉頭去一看，頓時便將他給認了出來，這就是眾人回鄉時帶回來的御醫令，在太醫院中醫術可是最好的。

聶秋染領著御醫令進來，那後頭崔世福等人也跟著過來了，還有剛剛在外頭跟著眾人說話的游大夫，也興奮的跟了進來。

「華大人，煩勞您瞧瞧，她這身體到底是怎麼了，之前還說能治好的。」崔薇衝這御醫令福了一禮，一邊讓到一旁，順手拎了張凳子過來，擺到了楊氏躺著的門板子面前。

「夫人折煞老臣。」那御醫令半側了一下身子，讓開了崔薇的禮，連忙才惶恐的道了一聲謝，小心翼翼的沾著一小半凳子坐了下去，一邊將自己的箱子放了下來。

「三哥，點個燈來。」崔薇根本沒理他，只回頭衝崔敬平吩咐了一句，崔敬平答應了一聲，連忙出去了，不多時果然點了燈進來。御醫令道了聲謝，一邊伸手將楊氏眼皮揭開，一邊又說了聲開罪，拿了剪子便要剪開楊氏的衣裳，崔世福與崔敬懷兩父子剛要著急，崔薇便淡淡道：「你們放心，等下我出銀子，重新再給整治一身衣裳。」只要有錢，沒什麼東西是辦不到的，崔世福一聽到這兒，雖然仍是有些心急楊氏都快死了還要受折騰，但在看到崔薇臉色後，皺著眉頭便嘆息了一聲。

那御醫令就是沒問，也準確的將楊氏傷口處的衣裳剪開些來，只一剪開，便看到裡頭腐爛的傷口來，爛得已經發黑了，足有碗口大小的傷口，一個大洞，裡頭的內臟都能透過傷處瞧見一些端倪。眾人給她洗澡時估計不敢碰她這傷口處，因此血肉模糊的，看起來十分嚇人，還有沾著的麻布，讓人一瞧便觸目驚心。

「不是一個匕首傷的嗎？怎麼這樣嚴重？」崔薇一看到這兒，便吃了一驚，在場除了大夫便都是自己人，再者楊氏又沒露出什麼肉來，御醫令的動作十分有分寸，連半點兒多餘的地方都沒看到，這會兒連聶秋染等人都能直視了，崔薇忍不住倒吸了一口涼氣，下意識的問出聲來。

「崔夫人恐怕是約一個月前受的傷，本來倒是瞧了些，用了些藥，也該有效果，若是由老臣來治，將傷口縫上，能使她半月內恢復的。但如今經人診治，本來也無大礙，想來這副模樣，該是服食了一些藥，可又未全服的原因吧？」御醫令一邊瞧著，一邊張嘴數了幾樣藥材出來。「這些可都是補血的使身體加速復原的好東西，一般大夫應該會開，但想來是沒有吃，或者是遇著庸醫，將次品充好了吧？」

屋內頓時死一般的寂靜，半晌之後，崔薇大聲道：「將那大夫給抓過來！」

「不用了。」崔世福這才開口，小聲道：「那些藥開了，但是妳娘說要留給妳二哥，所以……」崔敬忠當初被剔了膝蓋之後，便一直不見好，平時沒錢治，便一直拖著，楊氏愛子心切，連自己的救命藥都要分給他同喝。

這話一說出口，崔薇是真的有些無語了，看了門板上躺著的楊氏一眼，半晌說不出話來。這果然是死了都要愛！楊氏這會兒說不出話來，但好歹還能聽到，呼吸聲便更大了些，一邊激動著，她那傷口竟然又滲出血來。御醫令想了想，索性從自己的藥箱裡取了一個針袋出來，拈了根針在她身上摸了摸，隔著衣裳便朝楊氏身體緩緩扎了下去，那肉眼瞧著往外滲的血，一下子便漸漸停了下來。

露出這一手，頓時令現場看到的人眼睛都瞪大了，游大夫更是興奮得眼睛都不敢眨一下，深怕自己錯過了什麼。

「回夫人，若是早些天，說不得老臣還有法子，但如今傷口已經錯位，已生毒氣，原本傷處便在心臟，如今直攻心，恐怕……」御醫令原本露了一手，令眾人眼睛一下子都亮了起來，可聽著他這樣一說，崔世福眼裡的光彩迅速黯淡了下去。崔薇衝這華御醫令點了點頭，他才接著道：「老臣有法子使這位老夫人稍精神一些，至少去時不會感覺疼痛，能使她與夫人說幾句話倒是成的。」

他一邊這樣說著，一邊看了崔薇一眼，崔薇又轉頭瞧了瞧崔世福。「你們認為如何？如今情況已經這樣了，這位華大人醫術高超，能使她去得無痛苦一些，讓她清楚一些，至少能說幾句話……」

「不能治好嗎？」崔敬懷有些絕望的問了一句，剛剛那老大夫開口時他還心裡生出期望來，這會兒聽到這老大夫不能治好，頓時便險些哭了起來。

「當初若是早些找了華大人醫治，又何必會有今天的苦痛？」這是古代，可不是現代能做手術的時候，也最多只能做到這個樣子而已。楊氏的傷口在心臟處，又發黑化膿了，誰敢去動那手。崔薇嘆息了一聲，聽到楊氏讓了藥材給崔敬忠吃時，不知心裡是個什麼滋味。

崔世福咬著牙，臉上現出掙扎之色，半晌之後才道：「使她去得安心一些吧。」崔薇嘆了口氣，示意御醫令動手了，那御醫令才點了點頭，一邊將自己的針抽出來，朝楊氏身上不停的落下去。

隨著楊氏身上的針漸漸落下去，原本楊氏一張死灰的臉色，竟然漸漸的紅潤起來，眼睛裡也多了幾分光彩，急促中帶著時常就像要斷氣一般的呼吸聲漸漸的平緩了下來。

「好了。」隨著最後一針落下，御醫令站直了身子，抹了抹滿頭的大汗。「最多能支撐一刻鐘，多的便不行了，夫人有話便說吧。」

他話音剛落，本來眾人以為隨時會斷氣的楊氏竟然自個兒支撐著，半坐起了身來。「我的話跟夫君，跟兒子們，說得都差不多啦。」她聲音中氣十足，若不是瞧著她那衣裳還被剪開，裡頭露出的碗口大小的傷口，眾人剛剛還看她躺在門板上要死不活的，都不敢相信不過是幾針下去，這人竟然平白無故能自己坐起來了。

眾人的目光都讚嘆的落到了御醫令的身上，崔世福嘴唇動了動，看著楊氏，眼淚一下子便滾落出來。「阿淑……」

「這輩子能嫁夫君，是我的福氣，只是這輩子緣分淺了些，下輩子再來。」楊氏衝崔世福笑了笑，一邊揮了揮手。「我有話跟女兒說，你們都出去吧。我想好好和她說說，等下說不定便沒這個機會了。」楊氏一邊說著，一邊不捨的目光落在崔敬平身上，那眼神不捨得像是有好多話還沒來得及和崔敬平交代一般，可她卻仍只是看了看崔敬平，又衝他揮了揮手。

崔世福眼睛含著眼淚，慢慢地走出去了。屋裡頓時安靜下來，劉氏等人也被拉了出去，聶秋染卻是站在崔薇身邊沒走，楊氏笑了笑，道：「姑爺在也好。」

「別人都說，人之將死其言也善，我現在要死了，才想想以前，確實是對不住妳，以前都是我錯了。」楊氏看著崔薇，竟然說出了令崔薇有些意料的話。原本崔薇以為楊氏將自己留下來，是想說讓自己以後幫忙照顧崔家人呢，沒料到她竟然會認錯。崔薇頓時沈默下來，她沒料到楊氏竟然會這樣說，不知怎的，心裡竟然生出一點點兒的酸楚來，也不知是她自己的，還是原主身體的本能反應，漸漸的那絲酸楚化為眼睛的脹熱，水氣頓時湧了上來。

沒料到自己在跟楊氏鬧成這樣後，還會聽到她這話，便要哭出來。崔薇沒有出聲，只安靜的站著，與楊氏的目光相望，楊氏頓了頓，接著道：「以前都是我的錯，都是我生下來的，我不該這樣偏心。以前我做得不對，不該同意妳二哥的想法，想把妳送給縣太爺做妾。」楊氏說到這兒，頓了頓，輕輕喘息了幾聲，兩夫妻都看得出來，她這會兒是很累了，雖然臉龐緋紅，看著紅光滿面的，但其實那眼神已經有些不對勁了。

「以前都是我的錯。」楊氏又說了一句她的錯，接著才又道：「但過去的事就過去了，我現在想求妳一件事情，看在我將死的分兒上，妳不會拒絕我的吧？」楊氏又喘息了兩聲，也不敢讓崔薇開口，像是深怕她一開口，便會拒絕自己一般，因此連忙又道：「妳現在發達了，我也不替妳愁了，但妳二哥現在還躺在床上。當初他的腿，也跟妳有關係。妳以後想法子照顧照顧他，讓人不敢小瞧他，再替他張羅一個媳婦兒，找個孩子替他養老。妳爹以後煩勞妳多費心一些，妳大哥也是個沒本事的，但到底是妳大哥，佑祖是咱們崔家的孩子，妳那女兒便許給他吧，妳大哥的性子妳也知道的，會替妳好好照顧的，妳只要多給些嫁妝，讓他們以後衣食無憂就是了。妳三哥的婚事，妳要記著！」

楊氏一瞬間說了一大堆話，那原本紅潤的臉色頓時灰敗了一些下去，眼神也黯淡了些，像是一瞬間流失了不少的精氣一般，也坐不住了，頹然靠在牆上喘息。「妳要答應我，將妳那女兒嫁給佑祖，以後不會虧待她的，會照顧她的……」楊氏頓了頓，緊緊盯著崔薇道：「答應我，答應我！」

她說話時聲音有些嘶啞，崔薇開始時還覺得心裡有些動容，可聽到後來，卻忍不住笑了起來。

說了這樣一大堆話，楊氏哪個都考慮到了，哪個都提到了，崔世福、崔敬懷父子以及崔敬平都提到了，連自己的女兒她都算計到了，偏偏沒有提過崔薇本身一句話。

吩咐了自己這樣多事情，卻連一句為她考慮都沒提過，是不是總是表現得出色優秀的那個人，不會哭不會鬧了，卻總是被人忽略？有可能是她哭過鬧過了，但楊氏就是不喜歡她，剛剛一開始說的那些，也不過是為了後來她提的要求所勉強說出口的一個小計謀而已。

「妳也說了，人之將死，其言也善。」崔薇臉色漸漸淡了下來，剛剛自己險些流出來的眼淚現在看起來就像是一個笑話一般，這令她心裡十分的憤怒，有為原主的憐惜而憤怒的，也有為原主不值的，這會兒令她原本不忍與楊氏直言說話的打算都淡了下來。

「可為什麼妳到如今地步了，我還沒發現善在哪裡？妳口口聲聲說不過是一個丫頭片子，可為什麼崔家一旦出了事情，妳偏偏又來找的是我呢？」崔薇有些不解，她不是責問楊氏，她是真的有些不明白楊氏的想法。「妳既然說了我是一個丫頭片子，這樣不重視我，崔家的事情不該我來管才是，妳應該找崔敬忠才是。」

楊氏眼睛瞪了瞪，剛想開口，崔薇卻沒給她說話的機會，又接著道：「我的女兒是不會嫁給崔佑祖的，我的女兒不是崔佑祖能娶的。」更何況近親結婚對孩子本來就沒好處，崔薇也不可能拿自己的女兒這樣來糟蹋。「妳不喜歡女兒，可我的女兒卻是我跟夫君的寶貝，妳便不用在這方面打主意了。崔敬忠年紀不小了，他自己有手，會讀書識字，再不濟時常到鎮上給人寫家書也能掙些銀子，不必要我來養著。至於大哥和爹，都是有兒子的，用不著女兒來幫扶。若妳要說臨死前為了崔薇，我替妳出一筆銀子也成，但其他便不行了。」

沒料到自己已經道了歉，都已經好聲好氣說了半天了，可崔薇卻就是不動聲色，楊氏頓時大怒，恨恨的拍了拍門板，厲聲道：「妳怎麼就這樣狠的心，妳這心腸是石頭鑄的吧，妳答應我，養妳爹、妳大哥、妳二哥、妳侄兒一輩子，一輩子！」楊氏眼神陰冷，緊緊的盯著崔薇道：「若妳不答應，我做鬼也不會放過妳的，我做鬼也會纏著妳的！」

「做鬼要纏的，妳也不應該來纏著我，說實話，我跟崔家實在沒什麼關係，再說妳都總說沒我這個女兒了，妳就當少生了一個吧。」崔薇實在是弄不懂楊氏，既不喜歡女兒，又要將女兒拿來當搖錢樹，不知道崔薇上輩子是倒了什麼大楣才投胎到這樣的人家，被楊氏折騰。到了這個地步，她不想忍，也不打算再忍下去了，自己欠崔薇身體的，真的，早該還清了。楊氏打著道歉的名義便想捆著自己替崔家做牛做馬一輩子，她難道真的就覺得自己這樣傻？

「我不明白了，崔家就算是嫁個女兒出去，嫁到其他家，怎麼也不該這樣幫襯著娘家吧，我做了這樣多，竟然還說要來做鬼纏我，妳當我怕了？」崔薇平心靜氣的看著楊氏，一面就道：「我替崔家做得夠多了，我不會養崔敬忠一輩子，崔佑祖好手好腳的，他也用不著我來侍候，我不欠崔家的，妳怎麼就不明白？」

「照顧他們，照顧他們，照顧崔家人，否則我做鬼也不放妳！」楊氏卻不肯聽崔薇的話，只是盯著崔薇嘴裡只說這一句話。

崔薇嘆息了一聲，突然間安靜了下來，楊氏本能的覺得有些不安，她這會兒臉色更是灰敗得厲害了，像是剛吸滿了水的海綿，一瞬間被人將水擰乾了似的，有著遲暮之色。

「我不是妳的女兒。妳的女兒早在剛滿八歲那一年就死了。」崔薇淡淡的開了口，楊氏快死了，臨死還認為自己應該替崔家做牛做馬，崔薇替原主那個早已經死去的姑娘不值，真的替她不值。她的母親臨死前沒有想過她，只將她當成搖錢樹，或是將她當成一個永遠可以隨意使喚的物件，連個人都算不上。

「妳說什麼……」楊氏呆了呆，這倒是冷靜了下來，呆看著崔薇。

「妳的女兒在八歲那一年，崔敬懷的妻子王花當初在生崔佑祖時，就被他推倒，跌在地上，當時沒了命。我只是不知道怎麼從她身體裡面醒過來的一個人而已，妳女兒死了倒是死了，痛快的去了，倒是讓我來到這麼一個莫名其妙的地方，我試過好多次想回去，我用過許多方法，但回不去。」

崔薇說到這兒，深呼了一口氣，看著楊氏一下子呆滯住的臉色，又接著道：「妳知道嗎，妳根本不是我的娘，不是我跟妳鬧脾氣，因為我根本沒辦法將妳當成我的娘，我是用了崔薇的身分，但妳看看，我替你們崔家做了多少的事情？」崔薇是被崔敬懷害死的，與她無關，她占了崔薇的身體不是她自己願意的，若是她自己願意，哪裡想要從現代社會穿到這麼一個鬧心的地方來。剛開始在崔家那半年的時間，對於崔薇來說，無異於人間地獄一般。

從一個未吃過苦的女孩兒一下子變成被人嫌棄的，時常打罵且羞辱的，不受喜歡被當成物件的女兒，當初崔薇真的受不了，好多次想過回現代，那段時間她過的什麼日子，恐怕楊氏沒有想過。當然，她不能真正從心裡將楊氏當成母親，楊氏也不可能一下子就將她當成女兒，若不是一開始崔世福處事還算公正，在崔薇一開始來到古代的時候給過她一些溫暖，否則事到如今崔家這檔爛攤子她根本不會再來收拾的。

「妳不是我的女兒？」楊氏這會兒臉色已經越發灰敗了，整個人精神低迷，眼底已經開始浮現出灰色的陰影來，她卻像是沒有發現一般，呆呆道：「難怪……原來妳不是我的女兒，妳只是不知從哪兒來的孤魂野鬼，難怪我怎麼都覺得不喜歡妳，若是我的女兒，不應該會這樣的。若是我的親生女兒，她怎麼也該疼娘家的，她應該會幫助她爹她大哥二哥的，若是她二哥有要求，她不該有怨言的，要是我的女兒現在還活著，她一定會幫助娘家的。」

楊氏神情呆滯，她整個人這會兒呼吸聲已經漸漸微弱了起來，突然深呼了一口氣，楊氏像是用盡了渾身的力氣般。「妳不是我的女兒，妳把我的女兒還回來，若是聶大郎知道，他一定會休了妳的，妳要被燒死，妳還我的女兒，妳還我女兒……」

「現在表現得倒是很愛女兒了。」楊氏要不這樣說，崔薇心頭還好受一些。她一開始來到這個地方時，心頭怨過也氣過，可這樣多年來也認命了，從聶秋染口中知道了崔薇本來的過往之後，她替那個早已經消失的姑娘可惜，也同情她。

現在楊氏已經不大好了，可她在臨死前連自己的女兒是個什麼樣的人她都不知道，因為她所謂女兒是賠錢貨的想法，上一世的崔薇過成了什麼悲慘的生活她也不明白，憑什麼！

「妳知道嗎，妳的女兒崔薇，上一世她嫁給了誰嗎？」崔薇神色冷了下來，看著這會兒神情已經開始漸漸茫然起來的楊氏。「她上一世便如同崔梅一般，嫁給了陳小軍。妳知道嗎，妳將她嫁給了陳小軍，妳知道她最後過的是什麼日子嗎？」

「妳女兒被王氏打得小產，最後回到陳家受公婆欺壓，受丈夫打罵，最後屍身便被扔到了亂墳崗中。」聶秋染接了崔薇下一句，緩緩開口。「若不是現在薇兒頂替了她活著，最後結果也是一樣而已。妳應該謝謝薇兒頂替了妳女兒活下去，若是妳女兒那樣的性格，便是百十個我都不會喜歡也不會娶的。」

原主的崔薇實在太軟弱了，又愚孝，在娘家吃了苦忍氣吞聲，回頭別人責罵卻自己擔著，那樣的人連告狀都不會，難怪最後會落到那樣的結局。

「這就是妳所謂的愛女兒，在妳心中，其實妳根本沒將妳女兒當人看。崔敬忠不是我的二哥，我也不會再養著他。」崔薇淡淡地看著楊氏眼神漸漸的黯淡下去，腦袋還在輕輕地搖著，嘴裡輕聲念叨著，似是在說不可能般。

對於楊氏這樣一個固執的人，到死了還要惦記著兒子，以為若是她的女兒，她便能隨意使喚，崔家與崔薇在她的指揮下能活得更好。可偏偏事實不是楊氏想像中的那般，崔家在她的糊塗偏心下，只是過得越來越差，而她自己的真正女兒最後也沒能落得個好下場。楊氏不愛女兒，她愛的永遠只是丈夫兒孫以及崔家而已。

她的崔敬忠前一世最後的確是中了秀才，娶了同樣秀才的女兒，將家裡的銀子搬空成就了他一個人，過上了好日子，崔家一堆窮親戚卻開始被崔敬忠嫌棄，最後楊氏勞累半生，也是窮困而死。

崔敬懷最後熬得早年就過世，王氏丟下兒子改了嫁，崔家家倒人散，崔敬忠只是自己一個人開始漸漸過得殷實。

這些事情崔薇曾聽聶秋染說過，但現在都不想再跟楊氏說了，反正說了其實也沒意思。現在的楊氏聽了聶秋染的話之後，已經十分震驚了，估計還有一絲被人揭開心中真實想法的慌亂，她也不想再去打擊楊氏了。

看著楊氏漸漸的開始慌亂，氣息微弱下去，崔薇這才搖了搖頭，示意聶秋染去將門打開來。

楊氏迷濛的眼睛直勾勾地盯著她的方向，張了張嘴，似是在說著什麼，可是漸漸的，那手卻是垂了下去。她長呼了一口生命中最後的氣息，漸漸的，那口氣緩緩地落了下去，她的胸口平了下來。

不知何時，崔世福等人已經站在了門外，看到這情景，頓時個個都開始抹起了眼淚珠子。

崔薇低垂著頭，看著楊氏瞪大的眼睛，那目光漸漸在失去光彩，她輕輕說道：「妳的喪事，我會辦了，也會再給崔家留下一筆銀子，從此崔家的事情再跟我無關，以後的生活，你們自己要如何，都已經不再關我的事了。」

崔薇說完這一句，楊氏的眼睛才漸漸閉了上去，屋外頭崔敬懷突然之間吸了吸鼻子，開始哭了起來，嘴裡喊了一聲。「娘！」

外頭的嗩吶同時響了起來，一股悲涼的氣息開始在屋裡環繞，崔薇之前出了銀子製好的壽衣同時被人拿進來給楊氏換上了。有了銀子，不少人都爭著要替楊氏換衣裳。

御醫令上前將楊氏身上的針取下，剛剛楊氏雖然落了氣，但這些針還護著她的身體，一時間還沒讓她完全死透，現在幫她換上衣裳時身體正好還是軟的。

崔薇與楊氏說完話，心頭鬆快了，也不知道楊氏死前心裡在想什麼，不過以她最後死睜著眼睛不肯落下的行為，崔薇心裡還是能猜得到，估計她就算知道自己女兒死了，可臨死前想的應該還是崔敬忠等人。但自己已經替崔薇將話說完了，楊氏死前想什麼，與她已經無關。

從崔家的一切無窮盡的束縛裡掙脫出來，崔薇不是楊氏，不能做到像她那樣愛崔敬忠等人。她為崔家做的已經不少了，替楊氏辦完後事，又給崔家留了一筆足夠他們生活無憂一輩子的銀子，崔薇與聶秋染以及崔敬平一塊兒出了小灣村。

崔薇從此不準備再回村裡來，而楊氏死了，崔敬平的心事完成一半，只待將崔世福餘生安頓好，他便準備鎮守西涼，不再回村中來，對於楊氏的死，他其實還很不能釋懷。

而京中正德帝死後，太子劉乾上位，聶秋染被封為攝政王，而劉乾在上位一年之後，因思父過度而薨。

在眾人以為聶秋染名望地位都足以自封為帝時，聶秋染卻出乎意料地扶了劉乾才剛足五歲的太子劉宗為帝。

劉宗十三歲時，自認能力不足，將帝位禪讓於攝政王聶秋染，聶秋染卻再三推辭，百姓們紛紛哭求這王朝該當聶秋染來坐。

劉宗十五歲薨，身後未留下子嗣，大慶王朝皇室嫡出血脈，在此斷絕。民心所向之下，聶秋染剛滿十六歲的兒子聶霖在滿朝文武百官以及手握重兵的冠軍侯崔敬平支持下登基為帝，國號正式由慶改為周，意為周而復始之意。

多年以後，崔薇自然是貴不可言，誰曾會想到，當初小村中的一個窮困小姑娘，會走出步步榮華到如今這個地步。

——全書完

文創風 165-170

全套六冊

田園閨事

詼諧幽默・輕鬆搞笑・字裡行間藏情／莞爾

穿越到這古代窮兮兮的崔家，她叫天不靈叫地不應，
在這兒，女兒身命賤不值錢，她偏要自己賺錢給自己鍍金身。
在這兒，家家戶戶不是打雞罵狗，就是家長裡短的……
她偏要把心思全放在自己身上，她要有房、有錢、有閒、有好日子，
再可以的話，就考慮找個靠譜的好男人嫁了！

她不過是睡一覺，醒來竟成了一個名叫崔薇的七歲小女娃兒，
困在古代回不去就算了，這崔家窮得連吃雞蛋都要省，
崔薇的爹就是老實的莊稼漢，但崔薇的娘重男輕女得很過分！
以前她可是十指不沾陽春水，
現在從早到晚要幹的活比她的娘、哥哥、嫂嫂還要多，
整日不是被娘嫌、就是供嫂嫂使喚，當個女兒竟這麼的不值錢！
如果她不想被折騰到死，最好能藉機從這個家分出去……
她打算靠自己掙些錢，接著開口跟她娘說要買斷自己，
住在自己的小院落裡，經營起她自己古代田園的小日子……
正當一件件事都按著她所想要的發生，都在她掌握之中……除了聶秋染！
他是這個村裡有名的年輕秀才，聰穎、斯文、好看……
可她就覺得他很腹黑，表面上斯文有禮，骨子裡詭計一堆，
但憑她這個穿越來的，就不信他能將自己算計去了……

步步為營，活出自己的一片天／紅景天

醜顏夫君

全套二冊

她若想平安出府，太出挑了不行，
得防著上頭的主子，畢竟她長得不差；
但若表現太平庸，也只有被人欺辱的分，
這樣憋氣地活著亦非她的本意。
死過一回的她早已看得通透，
樣貌醜陋不算什麼，可怕的畢竟是人心啊……

文創風 148 上

前一世，楊宜極為艱辛才成為了童家二少爺的姨娘之一，
無奈手段不如人，被人誣陷通姦，最終丟了性命，輸得一場糊塗，
重生後，她才驚覺這一切有多不值得，並發誓此生絕不重蹈覆轍。
雖然一樣被賣進童家為奴，但這回她謹守本分，整個人低調到不行，
不料她的沈著表現仍是引來上頭的關注，欲將她分派到二老爺身邊，
說起這位前世她該喚一聲「二叔」的二爺，她多少是知道一些傳聞的，
從軍的二爺童豁然長得高大魁梧，一張臉實在稱不上好看，還常嚇哭人，
再加上他前後兩任未婚妻都沒入門就死了，因此他無端扛上剋妻的惡名，
眼看他的哥哥、姪子們妻妾如雲，他卻仍是孤家寡人一個，常年駐守外地。
這麼個人人懼怕、避之唯恐不及的主子，她卻是極樂意前去侍候的啊，
畢竟，若能順利被他留下，她就能逃離這座曾葬送她一生的童府了……

文創風 149 下

為了救人，她家二爺本就欠佳的容貌又意外地留下一道醜陋的疤，
說實話，在講究白皙俊雅書生氣的當世，二爺那張粗獷的臉可以說是極醜的，
但她看久了，便也覺得順眼了，甚至連他臉上的那道疤也不再害怕了，
死過一回的她早已看得通透，樣貌醜陋不算什麼，世上最可怕的還是人心，
不過這樣的臉再加上那剋妻的傳聞，想討房門當戶對的媳婦，很難，
尤其身為次子的他又不能繼承爵位家業，會看上他的千金小姐就更少了，
即便如此，這樣外冷心善的二爺仍是她楊宜無法高攀的對象，
她欣賞他、關心他，卻自知配不上他，不料，二爺竟開口要她下嫁 ?!
聽到她說不為人妾，他立即承諾娶她為妻、絕不納妾，還肯讓她考慮幾日！
而後，她意外得知他曾費心算計她的追求者，說明了他心裡確實有她，
雖說手段不很磊落，但她心底卻充滿了甜意啊，這樣好的夫君，她能不嫁嗎？

文創風
170

田園閨事 6 完

國家圖書館出版品預行編目資料

田園閨事 / 莞爾著. --
初版. -- 臺北市 : 狗屋, 2014.03
冊 ; 公分. --（文創風）
ISBN 978-986-328-257-0（第6冊：平裝）. --

857.7 103001985

著作者	莞爾
編輯	王佳薇
校對	黃薇霓　曾慧柔
發行所	狗屋出版社有限公司
地址	台北市104中山區龍江路71巷15號1樓
電話	02-2776-5889～0
發行字號	局版台業字845號
法律顧問	蕭雄淋律師
總經銷	知遠文化事業有限公司
電話	02-2664-8800
初版	103年3月
國際書碼	ISBN-13　978-986-328-257-0
原著書名	《田园闺事》，由起点女生网（http://www.qdmm.com/）授權出版

定價250元
狗屋劃撥帳號：19001626
網址：love.doghouse.com.tw　E-mail：love@doghouse.com.tw